明治・大正・昭和を生き抜いた

孤高の歌人

土岐善麿

長浜　功　著
NAGAHAMA Isao

社会評論社

わがために一基の碑をも建つるなかれ
歌は集中にあり
人は地上にあり（土岐善麿「周辺抄」『寿塔』）

はしがき

最近出版した『啄木の遺志を継いだ土岐哀果』について友人たちから寄せられた感想はほとんどが土岐哀果という名を知らなかったというものだった。私の友人は読書好きが多いから啄木についてはそれぞれ一家言もっていろいろ註文をつけてきたが、土岐哀果に関しては型どおりに初めて知ったという素っ気ない返答が多かった。かくいう私自身が啄木研究を始めてようやく土岐哀果の名を知ったのであるから無理からぬ話なのだが、それにしても土岐哀果の本名が土岐善麿であることを知る人は私の知っている限り一人もいなかった。

ちなみに啄木は二十六歳と言う若さで亡くなったが哀果は九十五歳の天寿を全うした。哀果という雅号は十年ほど使っていたが本名の土岐善麿に戻すのは啄木の遺稿を全集三巻にまとめて大きな成果を上げた時期と重なっている。以後の土岐善麿は啄木と一線を画すように独自の道を歩み出す。

土岐善麿と同時代に活躍した歌人は恩師の窪田空穂をはじめとして斉藤茂吉、前田夕暮、北原白秋、若山牧水、釈迢空、折口信夫、大熊信行などがおり、また善麿と交遊した社会的人脈は杉村楚人冠、柳田國男、大杉栄、堺利彦など錚々たる人々であった。言ってみればこの時代の文芸界をリードした人々の間にあって土岐善麿は思う存分の活躍をした。

また善麿は大学を出てすぐ読売新聞の社会部記者となって後に朝日新聞に移り論説委員で停年を迎

えるまで三十二年間、第一線で活躍する傍ら一時期文芸誌『生活と芸術』を一人で編集発行するなど、激務の合間を縫ってコツコツと歌作に励み膨大な作品を残し、評論や国語国字問題に取り組んだ。

とりわけ注目されるのは善麿が明治、大正、昭和という日本の激動期にあって時代の動向に冷静な姿勢を堅持したことである。明治期における日本の近代化の潮流と社会主義的イデオロギーの普及に伴う反体制志向のうねり、昭和前期の帝国主義と軍国主義、そして敗戦に伴う第二の開国への歩み、文字通りの激動の時代を善麿は生き抜いた。多くの知識人や文学者が時代の流れにひたすら同調して生き延びたのに比べ、善麿はあくまでも己の良心に従う道を選んだことを見逃してはなるまい。

ところが今日にいたるまで善麿の名が浮かび上がることはない。言い換えれば忘れ去られてしまっているのだ。なにより石川啄木を世に送り出した大恩人であることすら思い起こされない存在なのである。啄木との関わりでもなければ私も善麿に関心を持つことはなかったと思うが、二人の関わりから生じた梢火は消え失せるどころか、ますます勢いがつき始めてしまった。

それから善麿探求の密林に入ることになったが最初の難関は善麿の文献が散乱状態になっていることであった。善麿ほどの人物であればひとかどの「全集」が残されているのが〝常識〟である。肩肘張ってこの密林に入ったはいいが、肝心の全集が存在せず、その文献を完全に揃えている近隣の図書館はなく、また国会図書館には一応揃っているが高齢者が足繁く通える場ではない。おまけにこの図書館が一番利用しにくい。

やむなく昔取った杵柄《きねづか》というやつで古書店巡りを始めることにした。といってもこの方法はカネがかかることもさることながらそれ以上に困るのは時間がかかることである。戦時下の問題を研究して神田の古本街を歩き回った時分に一冊の本を手に入れるのに三年もかかったことがあるし、顔なじみになったつもりの何軒もの主人はいつも無愛想、不機嫌で、この古本巡りで愉しかったことは一度もない。

ただ今回はインターネットのお陰で全国の古書店を瞬時に検索し入手できる。もっとありがたいのは複数店の値段の比較が出来ることだった。また数年前までは購入の度に郵便局まで出掛けて支払いしなければならなかったが現在ではキーボードのボタンを押すだけで済ませることが出来るから大助かりである。

私は現職の時は出来るだけ研究費で購入するようにしていた。セコいと思われがちだが、公費で入れれば退職後も図書館に保管され後学の人々に役立ててもらえると考えてのことである。ある人物の研究をしている際にあまり出回らない貴重な本を見つけ、個人的に私物にしたかったが涙をのんで公費で入れたこともある。しかし私人となった現在はそういう配慮が無用になった。手元に集まりつつある善麿の資料は貴重なものばかりだから一区切りついたなら、どこかに寄贈するつもりでいる。

ところで古書購入が進んでも、もう一つどうしても蒐集できないものがある。それは日記と書簡類だ。善麿は啄木からいろいろ学んだが日記を付けることは学ばなかったようだ。啄木に出会う以前にも善麿は日記に関心がなかったらしく一度も書いていない。ただ、書簡についてはマメに書いていて、その交遊の広さと見識豊富な相手とのやりとりはこれだけで一つの文化遺産になるはずだが、既に散逸、処分されているだろうから期待は出来ない。

以上の結果、言えることは善麿を語る重要な資料や証拠が十分ではないということである。そのような条件のなかで善麿を何処まで語ることができるのか。強いてその理由を挙げるとすれば善麿についてこれまで殆ど語られてこなかったという一種の開き直りで筆を取らなければならなかったことを正直に告白しなければならない。　啄木の場合、全集はもとよりその歌碑はあまねく全国に建てられ、現在では啄木祭も開かれている。善麿は晩年「わがために一基の碑をも建つるなかれ」と遺言して逝ったが、確かに碑一つもなく記念行事も催されていない。しかし、同時代を拓き不屈の魂で明治、大正、昭和を生き抜いたリベラリスト善麿を忘却の彼方においたままでいいのだろうか。本書はその一念で書き上げたが、彼が眠る浅草等光寺の寿塔に刻まれた文字が「一念」だがそれは偶然の一致である。

二〇一八年三月十日

著者

明治・大正・昭和を生き抜いた　孤高の歌人　土岐善麿◆目次

Ⅳ章　敗戦から戦後へ

【凡例】

①引用文献の「かな」文字は基本的に原文通りですが漢字は新字体にした場合があります。
②ルビは原文のままです。
③〈カタカナ〉ルビは筆者の独断でつけました。
④敬称は一切、省かせて戴きました。

序章　忘れられた歌人

ともかく土岐善麿という人物の存在はほとんどと言っていいほどに知られていない。とは言っても石川啄木をはじめとして斎藤茂吉とか若山牧水、北原白秋と言った名は誰もが聞いたことはあろう。土岐善麿という人物はそれらの人々の時代に生き、そして彼等と一つの時代をつくり上げた人間の一人なのである。

【晩年の土岐善麿】

一　忘れられた歌人

はっきり言って土岐善麿は現在では忘れ去られた存在である。彼の名が辛うじて出てくるのは石川啄木という人物の絡みだけであって、それもほんの付け足しである。啄木が急逝したあと心血を注いでその遺稿をまとめ、ベストセラーになって啄木は初めて世に出る契機を作ったのが土岐善麿だったという話はまず今もほとんど知られていない。

しかし、以下おいおい述べて行くが土岐善麿という人物は啄木の恩人というだけではなく我が国の文化文芸におおきな足跡を残しただけでなく、明治・大正・昭和という激動の時代を生き抜きリードした希有の存在というべき人物なのである。逆にその活動の幅が広すぎて、この為に彼の残した仕事を一言で言い表すのは不可能に近い。

確かに善麿は中学時代に歌の道に入り終生この道を歩いたが一方でローマ字運動やエスペラント、そして国字分野に首を突っ込み、古代文学、中国文学を手がけたかと思うと能や謡曲、演舞に踏み入り、戦後はラジオの世界にまで顔をだしドラマにまで手を染めた。

であるから土岐善麿の専門と問うてみてもなかなか一言では表しにくい。強いて言えばエンサイクロペディストというべきかも知れないが一番無難なのはやはり「歌人」であるが、肝心の本人はそう呼ばれる事を嫌っているから始末に悪い。

なにしろ五十冊以上の歌集があり七千首以上の作品がある。そして善麿が読売新聞と朝日新聞を渡り歩いて三十二年勤め上げた新聞記者、いまで言うジャーナリストである。ただ、善麿は記者生活についてはあまり述べていない。しかし、言論活動が厳しく統制された時代を三十年勤め上げた経歴を無視することは出来ない。しかし、ここでは読売新聞時代に彼が企画した京都—東京間の駅伝については一冊の著作を残して珍しく自慢話を語っている。この駅伝は今ではなくてはならない行事になっているが、現実には予算がオーバーして読売新聞に居づらくなって朝日新聞に拾われたというエピソードものこしている。

また善麿は啄木を世に出そうと遺稿集を出したり、啄木の未発表の小説を読売新聞に掲載させ、ついには心血を注いで一人で『啄木全集（全三巻）』を編集し、気乗りがしなかった新潮社の佐藤善亮社長を口説いて出版させ、これがベストセラーになって石川啄木は一躍時の人となり今日につながる素地を築いた。

もう一つ、若き日に善麿は啄木と出会って、二人で新しい文芸誌『樹木と果実』を出そうとして奔走するが印刷所の不誠実から挫折、啄木は失念のうちに急逝する。善麿はその遺志を継いで『生活と芸術』を創刊、一人で編集発行する。これも善麿は二年十ヶ月、全三巻三十四号を出した。多忙な社会部記者を送りながら一人で編んだこの雑誌は当時の文芸界に新風を吹き込み斉藤茂吉らとの論争は二人の名を時代の人に押し上げた。

しかしなんと言っても余人を寄せ付けないのは戦時下における歌人として時局に迎合せず自分の信念を貫き通した姿勢であった。この時代、多くの歌人が時局に便乗して戦意をあおり立てた中にあって土岐善麿は冷静に時局を見守っている。この件に関しては後に少し詳しく紹介しよう。とりわけ斉藤茂吉との対照的な態度は注目に値する。このために善麿は文芸界では煙たがられ誰も寄りつかなくなってしまった。

土岐善麿という人物はおしなべて温厚で情誼に厚いことは啄木との関係でも明らかだが、またあまり注目されない重要な性格を持っていた。それは人との協調は忘れないが自己を貫くという点では人に譲らないという頑固さである。その典型的な姿勢は彼自身が弟子を持たず、流派を作らないということである。弟子を持たないということは後継者を作らないということを意味し、明星派とかアララギ派などというような流派を作って自己の勢力維持と温存を認めなかった。しかし、この潔さが仇になってしまった。その結果、彼の作品は彼の死とともに消え去る運命を辿ったのである。こういう潔い高貴な判断こそ芸術家としての崇高な矜持だと思うが、この結果、土岐善麿は次第に歴史上から姿を消してしまったのである。

これだけでも善麿は周囲から次第に敬して遠ざけられるようになってしまったが、さらにその傾向に拍車がかけられたのが生前善麿は膨大な著作を「全集」として残そうとしなかったということが挙げられる。善麿と同世代の友人、歌人たちはほとんど生存中に「全集」を残している。

例えば『生活と芸術』雑誌で烈しい論争を繰り広げた斉藤茂吉に至っては岩波書店から二度も「全集」

を出しているほどで、著作はもとより日記、書簡、随想など詳細で正確な「索引」が揃っており、この為に斉藤茂吉研究は誰でも取り組めるようになっているが、善麿の場合は著作は散逸状態で唯一保存されている国会図書館を利用するしかない。後にも述べるが善麿は戦後、乞われて都立図書館の館長を勤めたが自分の著作を書庫に預けなかった。他人の世話は焼くが自分はほったらかしという性分は直らなかったのである。このため善麿の足跡は彼の死とともに地上から消えてしまう運命を避けられなかった。

二　善麿の「評伝」

彼は記念碑どころか自分の膨大な著作を全集として残すこともなくものの見事に自己の信念を貫いた。さらに形式的な権威遺産である国家からの各種褒賞を拒否し無位無冠を貫いた。人の一生を役人が決める勲章報賞で評価する風潮は後退するどころかむしろ肥大化している。

北大路魯山人という野生の芸術家は文部技官がやってきて「人間国宝」の受章内定を告げたところ「芸術家に冠位など邪道だ」といって二度も追い返した。たまたま私は魯山人の取材で当時彼の秘書をしていた人物に会って直接この話を聞いたことがある。「役人に芸術が分かってたまるか」というのが魯山人の口癖であったという。同世代の陶芸家荒川豊蔵が文化勲章をもらった時、魯山人は「芸術家にもいろんな奴がおるわい」と高笑いしていたという話も聞いた。

おまけに善麿の正当な「評伝」がない。いや、正確に言えば二冊あるのだが最初にペンをふるってくれた先達に申し訳ないが、それらは「評伝」というより「歌人論」であって「評伝」とは言いにくい。もちろん力作であることは言うまでもないのだが、例えば善麿の数少ない側近、冷水茂太の『評伝土岐善麿』（一九六四・昭和三十九年　橋短歌会）がそれだが内容的には歌人論であり、また善麿生存中の作品論であり、総ページは二百七十で、善麿九十五歳の人生を語るには半端過ぎるし、また武川忠一の『土岐善麿』（一九八〇・昭和五十五年　桜楓社）も丹念な著作だが前者同様の内容で評伝というより評論に近い。

先にもちょっと触れたが例えば土岐善麿と同期の斉藤茂吉には二次にわたる（五十二巻と三十一巻）堂々たる『全集』があり、また茂吉に関する評伝は十数冊を超えて今なお読み継がれている。本人のみならず二人の著名な子息や大勢の門弟、その恋人らが登場して百家争鳴の賑やかさを誇っている。またその歌碑、記念碑は全国各地に設置され、催事は毎年各地で開かれていて善麿と対照的である。善麿の尽力で世に広まった石川啄木も歌碑や記念碑は全国に飛散し、最近に至っては「啄木祭」も開催されていてまぶしいばかりだ。釈迢空がこうした現象を「苦々しい限り」と評したというが、なにより最も苦々しく思っているのは啄木自身に違いない。

現在では改めて土岐善麿を論じたり研究するにしてもその材料、即ち全集や其の他の素材がないから、特に若い世代にとってこれに取り組むことは非常に厳しくなっている。これまで発行された善麿の著作を完全に揃えている図書館は国会図書館以外なく、古書店で検索しても入手が困難だったり発売されていないものも数多く、とくに評伝に不可欠な日記や書簡なども現在では入手は不可能になっており、善麿研究は困難になっているから、残念ながら今後も善麿が語られる機会は期待できないであろう。このままでは遺憾ながら善麿はやはり忘却の運命にあるのかも知れない。

余談の部類になるが気になったので敢えてここで一言しておきたいことがある。というのは手元にある『新潮日本文学辞典』（一九八八・昭和六十三年版　新潮社）の「土岐善麿」の項目は全文で三段組で二段（文字数約一千文字）しかない。これに比べて斉藤茂吉は十一段（計約六千文字）で比較にならないほど差がある。ついでに「土岐善麿」の執筆は唯一の〝門弟〟冷水茂太である。このような扱いに冷水は抵抗したに違いないが編集部の善麿評価は変わらなかった。つまり文学界における「善麿」はこの程度と見做されているのである。

ついでに庶民の百科事典といわれる「ウイキペディア」では「善麿」は全文四ページ、「斉藤茂吉」は全文で十一ページの扱いである。その内容には触れないが、興味深い記述として善麿には戦時下について「自由主義者として非難され」たとありまた斉藤茂吉の項目ではやはり戦時下について「戦意高揚の歌を多く作成していた」とあり、その表現に明らかな違いがある。

また、『石川啄木事典』（おうふう）では善麿については一ページ全三段の解説があり啄木との関わりが述べられているが「歌集には『黄昏に』『街上不平』『雑音の中』他がある」というあっさりした記述になっていて、歌人としての評価に触れていない。

また啄木研究では右に出る者がいないとされる岩城之徳には啄木に関する膨大な著作があるがその中の初期の著作『補説石川啄木伝』（一九六八・昭和四十三年　さるびあ出版）の巻末「啄木関係人物略伝」に「土岐哀果」の項目に簡単な説明がされているが、『生活と芸術』について触れているものの、肝心な『啄木全集（全三巻　新潮社）』の関わりについてはなぜか一言も述べていない。岩城之徳ともあろうものがという印象をぬぐいきれない。

ただ、善麿八十歳の時に岩城が直接面会した対談「啄木の生前死後」（『短歌』角川書店　四十一年十月号。後に「啄木とその時代―終焉前後を中心に」『石川啄木必携』學燈社に再録）は善麿の貴重な証言を引き出すことに成功している点で評価される対談になっている。対談の結びに善麿が「きょうはあなたが尋ねてくれて、非常に熱心にそして純粋に、一つの学問的な対象として啄木の研究をやっている岩城君と、いろいろ話ができたことは愉快でした。」と述べているのは印象的だった。

三　善麿に対する評価

1　執筆活動

善麿は新聞記者の生活が長かったせいか、多忙な合間に思いついたメモや歌などをそのまま本にしてしまうといわれるほどに執筆にはまめだった。特に社会部記者ということで迅速、簡潔、正確さが要求されるから文章修業はお手の物だった。勿論、本格的な研究にも取り組んで学士院賞をうけるなどの重厚な研究成果も残している。とりわけ歌集などはザラ紙にメモったものをある程度まとまると出版社に渡して印刷させていて作品的にはこの分野が最も多い。

土岐善麿の活動についてはその傍らにあって善麿が提案した『周辺』という雑誌の編集にあたった冷水茂太が善麿の没後、その作品を『人物書誌大系―土岐善麿』（一九八三・昭和五十八年　紀伊國屋書店）にまとめているが、これは編年別に列記しており、それなりに参考になるが、文芸評論家の武川忠一が『土岐善麿』（一九八〇・昭和五十五年　桜楓社）で巻末に「著作・参考文献」として作品を分野別に分類を行っているので、土岐善麿の全作品とその周辺の文献の概要を容易に知ることができる。これを私なりに大別すると次のようになる。

一　著作目録

（1）A　歌集・選歌集・全歌集……四十作品
（1）B　文学全集収載歌集……十七作品
（2）随筆・歌話……四十作品
（3）研究……十九作品
（4）ローマ字関係……十三作品
（5）翻訳・歌曲・其の他……十一作品
（6）編纂……十一作品
（7）再刊（文庫版等）……十三作品

《計二百十一点》

二　研究文献

（1）単行本……五作品
（2）注釈……三作品
（3）雑誌特集号……九作品
（4）単行本書数文献……三十作品
（5）雑誌文献……一八四作品

《合計三百九十五点》

蛇足になるが武川忠一のこの本は公共図書館の一部にしか存在しておらず、また現在古書店でも扱っているのは数店だけであり、じき捌かれて店頭から姿を消して入手できなくなることだろう。

これだけ見ただけでも善麿の仕事の大まかな活躍を知ることができようが実に広汎な分野に手を出していることがお分かりいただけよう。しかもそれぞれがその分野の仕事が時代をリードする重要な役割を果たしているのだ。作品群でもこれだけこなした作家はそうはいない。その上、各種の経歴が示しているように社会的な活躍でも余人を寄せ付けないほどの行動力を示している。これだけのいわゆる実績を持ちながら、どうして善麿は忘れ去られてしまっているのだろうか。

2　文学的評価

歌人としての土岐善麿の今日的な評価はどうだろうか。この事を立証するものとして文学愛好家たちに評判の高いのが新潮社の「日本文学アルバム」である。我が国の代表的な作家たち三十六人が収録されており、コンパクトながら、その充実した企画と編集は定評がある。これまで三十六巻、別巻四冊が発行されている。別巻を除いて取り上げられているのは以下の人物である。

森鷗外、夏目漱石、樋口一葉、島崎藤村、柳田國男、石川啄木、谷崎潤一郎、高村光太郎、有島武郎、武者小路実篤、志賀直哉、宮沢賢治、芥川龍之介、萩原朔太郎、川端康成、堀辰雄、山本周五郎、太宰治、三島由紀夫、正岡子規、泉鏡花、永井荷風、与謝野晶子、北原白秋、折口信夫、梶井基次郎、小林多喜二、吉川英治、中原中也、野上弥生子、山本有三、林芙美子、坂口安吾、壇一雄

なんとこの中に土岐善麿の名が入っていない。編集部の企画基準ははっきりしないが帯のフレーズには「写真で実証する作家の劇的な生涯と作品創造の秘密！」とある。そしてこの企画が最初から三十六名と決め、この数に合わせて選定したものとは思われない。要するに日本の文学界を担った文学人という程度の基準だったと思われる。また選定された人物の顔ぶれをみると、それなりに厳選されているようにも思うが、やはりなぜ土岐善磨が入らなかったのかという疑念は消えない。

例えばこのアルバムには善磨と交遊があった石川啄木、北原白秋がはいっているし、また様々な文学的分野で協同した柳田國男、斉藤茂吉もはいっている。ただ若山牧水が抜けているのが気になるが、それにしても善磨が外されているのは解しがたい。おそらくこの企画については編集部が独断でこれらの人選をやったのではあるまい。公式に発表していないが幾人かの顧問を選び、それらの人物が企画を決定したのだろう。それに基づいて各巻に、たとえば斉藤茂吉の場合「編集・評伝」は矢沢永一、「エッセイ」は辻邦生に依頼して書かせたのであろう。それにしてもこれら顧問に選ばれた人物が善磨の実力を超えるような人材だったとは到底思えないが、こうした結果が土岐善磨という逸材を文芸史上から消し去る一因になっているのである。

念の為に「別巻」を取り寄せてみた。『Ⅰ明治文学アルバム』『Ⅱ大正文学アルバム』『Ⅲ昭和文学アルバム（Ⅰ）』『Ⅳ昭和文学アルバム（Ⅱ）』である。この中で土岐善麿の名が出て来るのは『大正文学アルバム』だ。最もこの頃は善麿は土岐哀果を名乗っていたが「冬の時代」の項に辛うじて取り上げられている。

大杉栄・荒畑寒村らの『近代思想』（大元・10）、堺利彦の『へちまの花』（大3・1）土岐哀果の『生活と芸術』（大2・9）、この三誌はいわゆる大逆事件後の「冬の時代」において、それぞれの姿勢は若干異なりつつも、三誌雁行のかたちで、この時代を耐え抜き、やがて労働文学から「種蒔く人」に至る路線の前哨的位置を獲得する。

として「前哨的位置」といともあっさり片付けられている。「前哨」とは言うまでもなく露払いという意味であるから、哀果の役割はほとんど評価されていない。ただ『生活と芸術』については一ページを割いて家族の写真と共に次の解説が付け加えられている。蛇足だが哀果（善麿）の写真は非常に少なく、この写真はこのアルバムでしか見られない貴重な一枚である。

土岐哀果ははじめ啄木とともに『樹木と果実』という雑誌を出そうとしたが、実行出来ず、啄木の没後にこの『生活と芸術』を創刊した。市民意識というよりは新聞人として働き、都市居住者ともいうべき意識を持ちつつ、「まづ、生きざるべからず」と主張する。誌面には生活派の短歌が中心であるが、寒村の小説「逃亡者」(大2)や啄木の遺稿も掲げるし、大杉栄・上司小剣・杉村楚人冠・大熊信行・安成二郎らも寄稿。

と言った具合で積極的に善麿を評価しようという気配が見られない。歴史的な評価はこの程度だからやはり哀果は「別巻」ということになっている訳だ。ただ、ここで善麿の歌風を「生活派」と称しているが、善麿自身はこうした一派一絡げの括り方を認めなかった。それに善麿は流派を作らず弟子を持たなかったから「生活派」の息吹も生き残らなかったことを付け加えておこう。その気になれば善麿派や生活派は一つの勢力を形成できたはずだが善麿はこうした道は選ばなかった。このことが善麿の評価に大きな影響を与えたことも忘れてはなるまい。群れることなく孤立をおそれずひたすら孤高の道を歩んだからである。

3　流派と全集

文学的評価とは関係がないが、現在、善麿が忘れられている原因について常識的要因として二つの問題が挙げられるように思う。

今も述べたが、一つには善麿が弟子を持たず、自分の流派も持たないという信念を貫いたことである。例えば同世代の北原白秋は「パンの会」や「多磨」などの流派を拠点に活躍し、若山牧水は「車前草社」を結成、同人誌「創作」を活動の拠点にした。ところが善麿はこうした活動の拠点をつくらず、あくまでも個人としての歌人を目指した。したがって歌壇の一匹狼的存在として後継者を育てなかった。したがって善麿の歌風を引き継ぐ子弟が育たず、善麿が亡くなったあとは立ち消える運命が待ち受けていた。

啄木と一緒に出そうとした文芸誌『樹木と果実』の発行が啄木の急逝で解消された後に善麿は一人で『生活と芸術』を発行するが、これを善麿は歌壇に限らず評論、小説などの広い分野に解放し自由な投稿による文芸雑誌を目指した。個人誌でありながらベテラン、新人に門戸を開いて「自分誌」にしなかった。つまりここでは文芸の「編集者」に徹したのである。このために流派＝結社＝門弟という循環を断ち切る結果になり三年後に廃刊とした時、編集者善麿は裸一貫で歌壇に残ることになった。

いま一つは同世代の歌人のほとんどは「全集」を残したが、善麿にはこれがない。後に述べるが、「全集」を出す話が全くなかったわけではなく、一度は具体的な計画があったのに善麿は最終的にこれに乗らなかった。善麿は夭折した啄木のために骨身を惜しんで『啄木全集　全三巻』を嫌がる新潮社の社長を口説き落として出版させ、これが大ベストセラーになって啄木の遺族を救った功績があるのに、自分の全集には見向きもしなかった。

後学の徒が善麿の足跡を辿ろうとした場合に個人的な熱意と努力が必要であるのは無論のことであるが、それだけでは徒手空拳になる可能性が強く、最も頼りになるのがその人物の全集である。編集方針にもよるが、一般的には総ての作品以外に日記や書簡など個人的な記録も非常に重要で、全集には欠かせない資料である。ところが善麿にはこれらの資料を収めた全集がないためにその生涯を詳しく知る方策がない。かりに全集があったとしてもこれに取り組むとしたら数年かかる。私の経験で言うと柳田國男をノートに取りながら調べた時には三年かかった。その弟子スジの宮本常一の場合も二年かかっている。善麿の場合には作品だけで言えば国会図書館で閲覧できるとしても、そうそう簡単に足を運べるわけではなく、その時間を取れるのは極く限られた人間だけだ。また、現在は古書店がネットワークで結ばれているから必要な作品は以前のように神田古本屋街を彷徨せずに懐だけを気にして入手できるが、中には入手できない著作も少なくない。

つまり土岐善麿から学ぼうとするなら、安易な妥協を捨てて、徒労覚悟で取り組まなければならないということであり、その覚悟と新しい気概をもって取り組むことが必要である。そこに土岐善麿研究の課題と意義があると信じている。

I章

「啄木と善麿」再懐

哀果と啄木が出会ったのは一九一〇（明治四十三）年、二人共二十代半ばの時であった。意気投合した二人は自分達の文芸誌を創ろうと奔走するが、啄木が病魔に襲われ急逝、残された哀果は啄木が遺した作品を『啄木全集』三巻に編んで世に問い、これがベストセラーになって啄木の名は全国に知れ渡った。

【出会った頃の啄木[上]と哀果】

一　啄木再懐

善麿が亡くなる直前の数ヶ月前、九十四歳の時、手元に届いた短歌誌『短歌現代』（一九八〇・昭和五十五年四月号）「特集石川啄木と日本人」をパラパラとめくって読んで傍らにいた人間に「相変わらず啄木、啄木だね。もう土岐善麿など用はないね。」と語ったことがあるという。この号には岡井隆や小田切秀雄、秋山清などの文芸評論家十六人になる寄稿で埋まっていた。とりわけ論争を巻き起こすような論考はなく、企画としては通り一辺の編集だったが、善麿は年のせいか全部に目を通すことなく先の感慨を口にしたのだった。

この話はたちまち広まって啄木ファンの不興をかったと言われている。この話は善麿の評判を芳しからぬものとして伝わって、善麿が啄木に尽くした献身的な行為はあまり話題に上らない。しかもこの噂の端緒を作ったのは善麿の唯一というべき側近冷水茂太であった。しかし、冷水はこの言葉のあとに「私はハッとして先生の顔を見た。時には痛烈な皮肉屋でもあった先生が、相変わらず啄木、啄木という短歌雑誌を皮肉ったのかと思ったからである。しかし先生の言葉のひびきからは少しも厭味が感じられず、むしろ明るくすがしい響きがあった」（「土岐善麿臨終記」（『短歌現代』一九八〇・昭和五十五年七月号）と神経質な啄木ファンを刺激しない内容になっている。それでも善麿や冷水に対する非難は続いた。

また、これに近い話であまり語られることがないエピソードだが、善麿の晩年にある出版社が「現代歌人選」と言う企画をたて、その案を善麿にみせたところ「ほう、面白いね。啄木は一軒家で、ぼくはマンションなんだね。」と言った。こう言われた編集者は単なる比喩としか考えずに社に戻って編集長に話した。すると編集長は顔色を変えて「しまった。これは全くのミスだ。善麿先生も一戸建てに住んでいただかないと。」この対応に善麿は「話が分かるねえ」と機嫌がよかったという。この話は善麿がこの時代でもあまり評価されていなかったことを示すものだが、晩年の善麿は人にはあまり愚痴らなかったが内心は不満を覚えていたことを物語っている。

かつて何かの雑誌（何とか正確なこの時の座談を思い出そうとしたが、生憎記憶が追いつかない）で釈迢空（折口信夫）が善麿との対談で「啄木の神話化はまともじゃない。あんな風潮は歌壇に相応しくない」と語っているのを読んで強い印象を抱いたことがある。釈迢空という人物は温厚な人格で知られていたから、このようにはっきりした非難口調は珍しい。余談になるが私は高校時代に、

葛の花踏みしだかれて色新しこの山道を行きし人あり

という歌を目にして以来、氏の名を忘れたことはない。こうした体験から才能がある場合はやがて歌の道に入るようだが私にはその気は起こらなかった。

こうした善麿の言動が啄木を非難するものでないことは彼が啄木の為に果たした一連の行為を見ればはっきりしている。啄木ファンの層の幅広さを考えると善麿に反感を抱く人間がでることは、むしろ当然であるが、本人と無縁の土地に歌碑や記念碑がむやみに建ったり、各地で啄木祭が行われたり、啄木の神格化が増幅されている現状はまともとは言いにくい。

かといって私は啄木の遺産の価値を疑うものではない。ただ啄木が生きていればこの現状を苦々しく思い、否定することは間違いないであろう。勝手に祭り上げられて自惚れる啄木でないことは少し啄木を知っている人間ならば理解するだろう。

二　啄木追悼会再録

1　最初の追悼

善麿は石川啄木という人物を高く評価し、無名のままに済ませてならないと様々な思案をめぐらせた。この頃は善麿には金田一京助や宮崎郁雨といった啄木の親友との付き合いが始まっておらず、節子夫人や「明星」の与謝野寛、晶子などといったごく限られた人脈しかなかったから、ほとんど善麿の独断でことを進めるしかなかった。そして啄木の葬儀を実兄の浅草等光寺住職月章の手を借りて済ませその納骨を境内に保管した。

普通なら葬儀を終えてこの辺りで一区切りとするところだが、葬儀後、両者の関係はむしろ生前より深くなっていく。一つには未亡人となり妊娠中だった節子夫人への生活の心配や啄木の遺した数少ない品々の保管、また啄木が世話になった函館の友人たちとの交流、なかでも函館図書館の岡田健蔵が等光寺に安置した遺骨を持ち帰った前後は新聞記者に成り立ての身だったからその対応の時間を作るのに汗だくの対応を迫られた。そして函館へ帰った節子夫人のために少しでも生活の足しにしてもらおうと啄木の原稿をまとめて出版、未発表の小説を自分の勤める読売新聞文化部へ掛け合って連載をみとめさせ、それらの原稿料を送った。

また三年後、善麿は啄木の法事をとり行うことを忘れなかった。その「追想会」は一九一五・大正四年四月十一日午後一時、浅草等光寺で開いた。この前後のことは既にここかしこで語られているので、ここではこれに参加したメンバーだけ紹介しておきたい。というのもこれから述べる様に少し混乱があるからだ。最初の「追想会」に参加したのは以下のメンバーであった。記録は善麿自身の手で保管されたものである。


斎藤圭、小林茂、藤田武治、井上芳郎、川上真水、中野武雄、鈴木厳、北村定身、内田栄一郎、大木雄三、金子玄一、秋山瑟二、矢代東村、中村一義、浅利豊治郎、西村陽吉、富田砕花、大内正、大熊信行、高山辰三、柴田武、金田一京助、清水七太郎、窪田通治、阿部たつを、小沼菊郎、松

村英一、与謝野晶子、与謝野八峰、与謝野七瀬、木下茂、古泉千樫、中村憲吉、秋田雨雀、荒畑
寒村、吉井勇、亀森忠三郎、久保田俊彦

意外なことに北海道から小林茂が函館図書館の岡田健蔵から木造で作った啄木墓標の写真をあずかって参加、また宮崎郁雨から依頼された香典を持参した。また窪田通治は窪田空穂であり、与謝野一族、秋田雨雀、荒畑寒村、吉井勇などの顔ぶれが見えることである。いわゆる啄木の初めての追悼会について実は一寸複雑な〝混乱〟が起きている。というのはこの追悼会について善麿は「補注」として同日、同時刻に拓かれた「三年忌」と称して別の記述を行っているのである。

【『生活と芸術』】

啄木の三年忌が盛大に営まれたのは、僕が当時雑誌『生活と芸術』をもち、それを中心とする交遊の範囲の広かったことにもよるが、四月一日発行のその誌上、表紙裏に、この集会の通知を大きく掲げたことも一つの原因であったろう。（中略）そして第一ページには啄木の「かいたもの」を載せたのである。そして『生活と芸術』の表紙裏にのせた集会の通知というのは表紙裏一面を使って次の通りである。

故石川啄木追想会通知

石川啄木君が死んでから、今月の十三日がまる三年の命日にあたります。それで、その近くの十一日の日曜の午後、故人の生活と芸術とを敬愛する人々と共に、追想会を催したいと思ひます。多数の方々のご出席を希望いたします。

定　め

□四月十一日午後一時より、浅草区松清町等光寺（東本願寺境内）に於いて。
□法要厳修の後、写真撮影、追懐談数氏。
□故人を憶ふ歌数首を持参されれば最もよし。それを席上で発表し、且つ、その一部は翌月の『生活と芸術』誌上に掲載する。
□会費金参拾銭（当日持参）
□当日出席の希望者は八日迄に芝区浜松町一の十五土岐哀果に宛て便宜通知の事。

そして『生活と芸術』（第二巻・第八号）に「啄木のかいたもの」というのは巻頭ページに啄木ではなくて土岐哀果が書いた「啄木断片」という感想文である。だから「啄木のかいたもの」ではなく正確には「啄木についてかいたもの」のことでプロの記者の記述としては正しくない。ただ、この前後、善麿は法事の工面から受付、議事の進行まで一人で仕切ったのだから、おそらく疲労困憊の故のミスであろう。要するに「三年忌」の当日の参加者名簿はさきに引用した「斎藤圭」から始まる参加者は、以下の六十一名であったようだなにしろ一連の追悼会はすべて善麿一人で仕切ったのだから多少の誤差はやむをえまい。。

（参加者一覧）

佐藤白夜、大熊信行、関清治、田丸睦郎、鈴木松代、金田一京助、沢田天峰、清澤厳、加藤鈴之助、鈴木得二、三井甃三、林御風歌、与謝野寛、星野梅太郎、秋庭俊彦、北原白秋、鍋井克之、植田暁、江南文三、杉村廣太郎、阿部龍男、岡邦雄、杉原三郎、高山辰蔵、邦枝完二、福田辰男、西村貞次、伊藤潤三、内藤鉦策、中山永一、阪本三郎、小泉葵三雄、望月博、波岡茂輝、中村唯一、柏谷後彫、堀合赳夫、前田洋三、栗本義時、富田戒治郎、加藤四郎、原田實、平出修、米田雄郎、石摶千亦、人見東明、生方敏郎、相馬御風、宇野浩二、細田源治、鈴木滋也、岩井重雄、松崎市郎、福田夕咲、矢口達、日夏萩之介、古泉千樫、伊藤左千夫、斉藤茂吉、新妻莞、土岐善麿

したがってこの一件は善麿の記憶違いや疲労から生まれた混乱というべきだったのかもしれない。善麿はこの十五年後に同題の『啄木追懐』（新人社）をだしているが「三年忌」「七年忌」「十五年忌」は全文削除されている。

ここで注目されるのは啄木の「小樽日報」記者時代に主筆を野口雨情と組んで追放し、クーデターは成功するがあおりを食った雨情がクビになり啄木はその功績から主筆に昇格、これを怒った事務局

長「バン寅」から殴打され啄木は憤然退社するのだが、策略を巡らせて啄木が後釜に据えたのが沢田信太郎（天峰）である。彼は札幌から参加していたわけだ。また、堀合赳夫は啄木の夫人節子の弟で盛岡時代に実家のカネを持ち出して東京に逃亡、啄木は彼をかくまって諭し改悛させるという事件があった。その時の恩義を感じての出席だった。また斉藤茂吉の名が見える。この時点で茂吉は『生活と芸術』誌上で善麿と熾烈な論争を始めており、気性の荒い茂吉がよく参加したものだと思わずにはいられない。喧嘩はしても善麿の温厚さに頭が上がらなかったのかも知れない。

2　追悼「七年忌」

三度目の追悼会は順調にいけば善麿にとって重要な節目になる筈であった。というのは善麿は秘かに啄木の遺稿を『全集』としてまとめて、出来ればこの「七年忌」に間に合わせてみんなを驚かせようとしていたからである。ただ、このことは与謝野寛と金田一京助だけに相談している。金田一は喜んで自分に「年譜」を書かせてくれと言った。原稿の整理、校正、編集など実務的な作業もふくめてすべて一人で進めた。当時、善麿は啄木の遺志を継いで『生活と芸術』を出していたが、これもすべて一人で進めた。誰かに話せば協力者は何人もいたであろうが善麿は幻になった『樹木と果実』の苦い経験から人に頼らず自分一人でことを運ぶようにしたのである。啄木とは表だった葛藤は生じなかったが、記者という現職を持ち、片や病人という複雑な環境で意志が疎通しない苦い経験があったから、善麿は周囲に頼らず自分一人でことを運ぶべきだと考えるようになっていたのではあるまいか。

だから『生活と芸術』や啄木『全集』も単独で進める道を選んだのであろう。

　そして編集も大変だったが最も苦労したのが出版社を説得することだった。この頃は新聞記者だったから出版界の情報は善麿の耳に入っていた。なかでも女性問題を起こして苦境に陥っていた島崎藤村の版権を破格で買い取って文芸界の話題をさらっていた新潮社に善麿が啄木全集の企画を持ちかけたのは自然の成り行きだった。しかし、まだ無名に近い善麿の申し出に新潮社の佐藤善亮社長はクビを縦に振らなかった。しかしやがて善麿の熱意にほだされてゴーサインが出た。このことはよほど嬉しかったと見えて善麿はここかしこに感慨を書き残している。

【啄木全集全三巻】

　周囲には内緒にしていたものの予定では啄木の七回忌に間に合わせるつもりだった。参加者を驚かせようという善麿一流の〝もてなし〟の演出である。ところが印刷所の都合で四月十三日の等光寺に届けられたのは全三巻のうち第一巻「小説」編の見本が三冊だけだった。「菊版截判」（十六×十二センチ）、黒クロス表紙、厚堅牢函入、定価二円というコンパクトな製本は読者の目を引き付けるに充分だった。この見本刷りは参加者に与えた驚きや感動はいかばかりであったろう。

　この『全集』がなんと大ベストセラーになった。私が入手した第一巻は一九二一・大正十年、つまり発売二年後で八刷、第二巻は三十九刷である。善麿が、この出版は冒険ですがと新潮社の先代がうべないしわれらの友情と詠んだのはその心情を率直に現している。

（参加者一覧）
安藤正純、荒畑勝三、中根駒十郎、与謝野寛、川路柳虹、江馬修、大杉栄、橋本徳寿、久野朔郎、（沼波武夫　代理）森田佐一郎、鍋井克之、神保椎歌、久知清夫、林倭衛、大石七分、高桑義生、藤森成吉、和田三郎、矢島昇一、河原侃二、小林茂雄、佐藤五平、松宮三郎、松崎天民、高山辰三、平四方司、馬場孤蝶、前田洋三、福士幸次郎、工藤信太郎、中山雅吉、中野武雄、矢代亀房、島田清二郎、大熊信行、熊丸虎雄、小野花亭、大島経男、古泉千樫、西村陽吉、大木雄三、金田一京助、土岐善麿

この日の参加者の発言の要旨を善麿が残したメモからその一部を抜粋（要旨）して紹介しておこう。

与謝野寛――石川君がはじめ新詩社へ送ってきた歌は随分まずいものだった。見込みがないと返事をすると懲りずに今度は詩を送ってきた。仙台平の袴を引きずるようにはいて、

そり返って歩いていた。よく作り話をしていた。「今日は尾崎行雄と一緒に会食してきた」などと言っていた。

馬場孤蝶――夏目漱石君は石川啄木君に好意をもっていたとみえて「あの人を校正係にしておくのは惜しい」と言っていた。

小林茂雄――中学時代の彼は非常に喧嘩早く、それに物をブチ壊すことが好きだった。ゴム風船をたくさん買ってきて、ふくらませては壊し、ふくらませては壊して、バーンという音を聞いて喜んでいた。

金田一京助――前半生の愛国的熱情家としての彼と、後半生の社会主義的思想の彼と、彼には明らかに一見矛盾したような二つの性格が合った。家庭の不和はいつも彼を苦しめた。そのことを書いた日記を指で指しながら啄木はボロボロ涙を流した。

松崎天民――朝日新聞社に校正係として入社した石川啄木君は、いつも人を見下したような態度をしていた。それがまた我々の石川君を敬はせるものになっていたように思う。

大島流人――明治四十年、私達が函館で「レッドオクトバー」という明星派の雑誌を出す時、郷里を去ってきた石川啄木君を迎えた。歓迎会でかれの詩集「啄木鳥」を朗読したが、その時彼は感激して泣いた。歌の話はあまりしてくれなかったが社会的な問題になると積極的に話した。

荒畑寒村――彼は社会主義的感銘を大切にしていた。「果てしなき議論の後」や「墓碑銘」の二編には啄木の思想の源流がある。ただ残念なことは彼の思想にはロジックがない。すべて感情だ。しかしこの感情は尊い。啄木がこの熱烈な感情を持っていたことにおいて、彼は永久に我々の友であり、また恋人である。

3　最後の追悼会

啄木の最後の追想会は一九二六・大正十五年四月十三日に行われた。いつもは浅草等光寺で行われていたがこの時は都合で中渋谷の「家庭購買組合」で開かれた。等光寺に急な葬儀が入ったため詩人の新島栄治が起居していたこの会館になったらしい。この会合に関しては参加者名簿が残っておらず、善麿の回想記が唯一の記録になっている。

八畳二室をぶつ通して会衆は三十名ばかり、石川準十郎君は今相州腰越に住んで、社会思想の研究に熱中してゐますが、わざ〳〵上京出席したのを初め、金田一京助君も江馬修君も見え、洋画壇に名を知られて来た清水七太郎君や、若い有望な新聞記者の吉田孤羊君も来ました。それらの会話が盛岡弁なのも、なつかしい情景の一つです。いささか殺風景な男達の中に、洋装の若い婦人のゐるのも記念すべきでせう。(中略) 五十銭の会費で、うどん二つ、その他にネーブルやバナナが一個づつ分けられ、せんべい、南京豆といふ御馳走＝まだもう一つ、主催者側はコーヒーをいれたのだといふのですが、どうものんでみると、紅茶の味がするそれが一杯、これは一同散会まで遂に要領の得ないのみ物でした。「なにコーヒーでも紅茶でも、どつちでもいいぢゃないか、のどのかわいた時のどをうるほせば、それで十分なのだ。啄木の歌も結局その必然的要求から生まれたもので、それが伝統的に考へて、歌であらうと歌でなからうとかまはない、コーヒーであらうと紅茶であらうと生活の渇を癒やすることはたしかだ」などといふ説が出て、まづ大笑ひをしました。／例によつて会衆一同自己紹介を兼ねて順番に感想を述べました。大部分は啄木に会つたことのない人達なのも考へるべき事実と思ひます。生前の友達としては僕と金田一京助とぐらゐなもので、あとは、かれの芸術の力にうごかされた人達なのです。僕は発起人としての開会のあいさつで、追悼会に来た人達にも来ない人達にも、啄木は生きてゐる、その思想は今後ますます社会的に理解され共鳴されるのだといふ意味を語りましたが、この晩の追悼会も、その空気は実に民衆的で、一点の虚飾もない心と心との歓会でした。

土岐善麿にとって思いもかけなかったことは啄木を直接知らない人間が現れた、ということであった。考えてみれば当たり前のことであるが、こうして集まってみると啄木を知らない人間が啄木を語り続けて行く事への期待と不安が交錯している様子が伝わる集いになった。そのことを具体的に突き付けたのがここに初めて名前が出て来る吉田孤羊の登場だった。

三　吉田孤羊の登場

今も触れたが、この頃になると啄木を直接知らない人間が啄木を慕って集ってくるようになっていった。この中に出て来る吉田孤羊もその一人である。孤羊は十代の頃から啄木に傾倒し中学をでると地元の「岩手毎日新聞」に入り、啄木取材を開始し、東北で初めての啄木会を結成したのが吉田孤羊だった。また「岩手毎日」には盛岡中学に啄木と知り合った岡山儀七（不衣）が編集部にいて何かと孤羊の質問や要請に応じてくれた。

一九二一・大正十年七月十六日、孤羊は盛岡駅でそわそわしながら列車の到着を待ちわびていた。東京から金田一京助、土岐善麿、江馬修らを迎えるためである。金田一京助にとって盛岡は郷里だが渋民は土岐善麿と同様、初めての訪問である。この来訪のスケジュールを任された吉田孤羊は緊張と感激で天にも昇る心境であったろう。その仔細は「岩手毎日新聞」に七回に渡って連載された。（のち『啄木発見』洋々社　一九六七・昭和四十一年に所収）

この記事の中で私が興味を引いたのは次の二つの点だった。一つは土岐善麿が持参したカメラで多数の写真を撮っていたこと、二つにはこの一行の訪問の目的の一つが啄木の記念碑建設の下見であったということである。

しかし、写真については善麿はこれらの写真を一度も公開したことがない。孤羊の記述ではこの時の善麿はしきりとシャッターを切っていたと書いているから、どこかで公開してもおかしくないがこれまでのところ発見されていない。吉田孤羊が編んだ『啄木写真帳』（一九三六・昭和十一年　藤森書店）には啄木碑の写真が数枚載っているが、善麿に関する記述はない。それどころか善麿自身の写真も極めて少なく、特派員経験が豊富な割にはその記録はなかなかお目にかかれない。善麿は亡くなる数年前、啄木に関する手持ちの資料一切を日本近代文学館に寄贈しているが、その中に関連する資料が紛れ込んでいるかも知れない。

一行が好摩駅から歩いて北上川にかかる鶴飼橋を渡りきって付近の小高い丘にたどりつく。左手には雄大な岩手山が聳え、右手にはゆったりとした姫神山が目に入る。この光景を目の当たりにした一行は異口同音に記念碑はここが相応しいと口を揃えて同意した、と孤羊は記している。そしてその記念碑に刻む歌も、

やはらかに柳あをめる
北上の岸辺目に見ゆ
泣けとごとくに

と決まった。なかでも土岐善麿がこの句を強く推したという。孤羊は建設地の設定に異存はなかっ

たが、句については、

かにかくに渋民村は恋しかり
おもひでの山
おもひでの川

にしたかったと悔しがっている。地元で孤羊の名は有名だったらしい。とにかく頻繁に渋民をおとずれ誰彼となく啄木のことを聞き出すことで有名だった。孤羊が初めて渋民を訪れたのは一九二〇・大正九年のことだったが、そのときの模様をつぎの様に述べている。

村にはまだ啄木に対する不信の念が消えていなかった。合う人ごとに「石川ずう（という）人はよくない人でがんした」「あの寺のデンビ（おでこ）息子のどこがえらいってす」といった調子だ。私はべそをかきたいのをがまんしながら、談話を一々書きとって歩いたものである。

（『啄木発見』同前）

この孤羊は啄木に関する、どんな話もどんな紙くずでも拾い集める男として渋民に食らいついて歩き回り、しまいには啄木の「影法師」という仇名まで頂戴することになる。その仔細は省略するが岩手日報を辞めて上京し労働組合の機関紙記者に身をやつして啄木研究を続け、その姿勢を金田一京助に認められて改造社に入り、啄木関連の著書を次々と著していくことになる。

特に注目すべきは改造社員となって函館図書館に岡田健蔵をたずね「啄木日記」を発見、これをこっそりノートに書き写して戻ったことは有名で、後にこれは土岐善麿が中に入って非公開とする契約を改造社に認めさせるという事件があるが、ここでは孤羊は善麿と一時対立状態になる。このことは拙著（『啄木日記公刊過程の真相』）で詳述したのでここでは触れないが、孤羊は啄木の為とあれば無茶もした。函館で写し取った日記の一部を東京の新聞にリークし、それまで知られていなかった日記の存在をあきらかにし、その公開の機運をつくったのも孤羊だったことを知るものは未だ少ない。

やがて孤羊は改造社から『啄木全集』を出すが、これは金田一京助の推薦によるもので浪人中だった孤羊はこれで苦境を脱するどころか啄木研究の第一人者として活躍を続けることになる。

四　「啄木記念碑」建立余話

先にも少し触れたが啄木の故郷に「記念碑」を建てるという企ては一九二一・大正十年にはもう出来上がっていた。この件については後の善麿の生き方に関わる興味深い話とつながるのでここで少し寄り道をしておきたい。

善麿が編んだ『啄木全集（全三巻）』（新潮社）がベストセラーになったのは一九二〇・大正九年以降のことである。こう言えばことは簡単だが、このとき善麿は読売新聞の現役の記者であり、しかも社会部という激職を抱えていた。その中で一人で黙々と啄木の遺稿に目を通し、編集を済ませ、乗り気のない新潮社の社長を口説き落として出版にこぎ着けたのである。これだけでも善麿が啄木の為に払った敬意と努力はもっと評価されていいと思うが残念なことにこの事実さえ伝わっていないのだから不公平というしかない。

啄木の名が善麿の献身的な貢献によって一躍世間に知られるようになると引っ張り出されるようになったのは善麿ではなくて金田一京助であった。若い日の金田一京助の啄木への厚い友情の物語は広く共感を呼び啄木人気に火をつけた。そして東京に住む岩手県出身の学生と盛岡の有志との間に啄木会が結成されて、その記念講演会が啄木没後十年を期して盛岡と東京で開催された。盛岡では善麿、金田一京助、江馬修が講師となって五百人を超える聴衆に熱弁を振るった。この時の収入が六十円でこれを記念碑建設基金とすることにした。しかし、これではまだたりないので東京でも記念講演会を開いたところ百五十円集まった。講師は善麿、金田一京助、森田草平、秋田雨雀らであった。また記念碑建設の話を聞きつけた各地のファンが続々と寄付を申し出て話題となった。しぶしぶ出版を決めて赤字を覚悟していた新潮社の社長佐藤善亮は気前よく百円を寄付して善麿の顔を立てた。これで記念碑建設の計画は一気に進んだ。

地元では啄木のかつての教え子安藤イツ子が自分の所有する山林から縦約五メートル、横約四メートルの花崗岩の碑材を提供して設置場所は孤羊等が善麿等を案内した北上川の一角鶴飼橋の袂と決まった。これだけの巨石を運ぶには当時の運搬技術からいって雪の上を滑らせるということで一九二二・大正十一年二月四日を決めて渋民村の青年団二〇〇人を総動員して三日がかりで運搬、設置した。運搬にはこの為に制作した特別製の橇が使われた。

除幕式は啄木の十周忌にあたる四月十三日だった。下の写真は吉田孤羊『啄木写真帳』（一九八二・昭和五十七年版　藤森書店）からとったもので、撮影日は一九二二・大正十一年二月四日とあるが撮影者の名は入っていない。しかし、中央に帽子をかぶった善磨とおぼしき人物が写っている。この状況を善麿は詳細に描写し「記念碑の建設」（『啄木追懐』一九四二・昭和二十二年　新人社）に残しており、その迫力ある描写から善麿がこの現場に立ち会っていたことは間違いない。

除幕の紐は啄木の教え子秋濱三郎がひいた。碑に刻まれたのは先に述べたように「やはらかに柳あをめる……」の句である。この時、善麿は式典に参加できなかったの次の二句を作って贈り、代読してもらった。

【渋民青年団による啄木歌碑運搬現場。矢印が善麿】

君の碑は今こそ建ちたれ
ふるさとに
そのふるさとの青年の手に
北上の岸辺の柳目にみゆと
歎きし友を
そこに葬る

（「記念碑の建設」『啄木追懐』新人社）

ところでもう一つ付け加えておきたいエピソードが残っている。それはこの碑に刻まれた文字が新聞で使っている「活字」であるということだ。この種の碑文字は殆どが当人の原稿の文字を採っているのに、この碑だけは「活字」なのだ。

これは記念碑建設が決まり、碑に刻む歌詞も選定されてから地元の青年団から善麿に手紙が届いた。それにはくだんの礼とともに意外な申し入れであった。記念碑の歌詞を善麿の揮毫にしたい、というのである。善麿は初めは快諾しようと思ったが少し考えて辞退することにした。その理由を善麿は次のように述べている。

啄木の友人として、僕は彼の晩年に最も親交のあつた一人ではあるが、彼は既に死に、僕はまだ生きてゐる。僕に対する毀誉褒貶は定まってゐない。将来僕がどうなるか、それは僕自身にもわからない。さういふ僕が、啄木の記念碑に文字をかくことは、僭越至極なことではないか。啄木自身の筆跡があれば、それをそのまま刻むことが最も適当なのであるが啄木は生前短冊や色紙などを書かなつたのである。あの一首を収めてある「『一握の砂』」の原稿もない。むしろ、現在民衆的になつてゐる新聞の活字体によることが、最も無難であらうと僕は答へたのである。そこで、この意見が承認され、無名の石工によつて、まもなくそれが刻まれた。

（「記念碑の建設」同前）

私もかなり以前、この碑を訪れたことがある。晴れた秋の一日、赤トンボの群れが舞っていた。北上川の一角、岩手山と向かい合って姫神山が望める。この記念碑は異境で暮らさざるを得ない人々のための心の歌を刻んで今も建っている。

ところで善磨は、この記念碑の意義についていくつかの所感を述べているが、その中で最も含蓄のあるものは次の一文ではないかと思われる。

啄木逝いて十二年、彼のふるさとには一基の厖大な花崗岩の記念碑が建てられた。一個の歌人、一個の詩人、文学者としてのみ彼を追懐することを拒否する、謂ゆる「無名青年」の手によつて、

「やはらかに柳青める北上の岸辺」に建てられたのである。それは岩手の山麓、僻陬の地に立つて、碑そのものは多数の人の眼にふれないかも知れない。また、それはかならずしも形有る記念碑を必要とするのではない。ただ、この計画の最初から完成の最後迄、彼等無名青年達のもつた熱烈な意志と純真な行動こそは、地下の啄木をして、僅に微笑を催さしめるやうなものであつた。啄木が「明日」のために待ち望んでゐたものは、この「無名青年」としての自覚と、団結力ではなかつたか。形有る記念碑を更にまた建てるには及ばない。「明日」の生と希望の上に無数に建てられる形無き記念碑、彼は、その礎の下に眼をあげて、彼の絶望と死が初めて空しくなかつたことを知るであらうと思ふのである。

（「啄木の晩年」『柚子の種』一九二九・昭和四年　大坂屋号書店）

この言わんとしていることは「形有る記念碑」＝「啄木」よりも「形無き記念碑」＝「無名青年」の力の偉大さを示唆したかったからではあるまいか。晩年に善麿が「わがために一基の碑をも建つるなかれ」と説いたのも、その淵源はこの啄木碑にあったとみるべきであろう。

五　啄木讃歌

善麿と啄木について語るべき事はつきないが、ここではひとまずの括りとして善麿が啄木に捧げた歌の一部を注釈抜きで紹介しておきたい。歌人による歌人のための宴の一景である。なお、『4　雑音の中』以降の作品は善麿がそれまでの三行表記から一行表記に戻ったためである。

1『黄昏に』

献詞「この小著の一冊をとつて、友、石川啄木の卓上におく。」と、あり。（一九一二・明治四十五年　東雲堂）

いまもなほ、青き顔して、
革命を、ひとり説くらむ。
　ひさしく逢はず。

労働の、

かなしき愉快をあぢはひぬ。
　ひさしく、われら、会はずあるかな。

わが友の、寝台《ねだい》の下の
　鞄《かばん》より、
国禁の書を借りてゆくかな。

もしこれが成しとげられずば、
死ぬのみといふほどの事を、
　企てし心。

夜、はじめて訪ねて行きし、
わが友の、二階ずまひの、
　冬の九時かな。

革命を友とかたりつ、
妻と子にみやげを買ひて、

家にかへりぬ。

止むべきかと言はんとて来《く》れば、
友、すでに、止めんと思へり。――
われらは哀し。

手の白き労働者こそ哀しけれ。
国禁の書を、
涙して読めり。

2『不平なく』（一九一三・大正二年　春陽堂）

卓上の、友の遺稿のひとかさね、
いまだしらべず、――
いそがしき、わが日ごとかな。

函館の青柳町に住むといふ

亡き友の妻の
　文の来《き》ぬ、冬。

死ぬばかり痩せたりし児の
すこやかに育つとや、
　雪の、ふりくらす街に。

あづかりし金をおくれる
そのときより、またたよりなし。
　世は、冬となる。

いかにいくたび誘へど、われの
遊郭にゆかざるを、友の
　あはれむといふ。

妻子こそはいとほしけれ、──
いまよりぞ金をためむ、と、

おもひたちにけり。

3『街上不平』（一九一七・大正六年　新潮社）

石川はえらかったな、と
おちつけば、
しみじみとして思ふなり、今も。

4『雑音の中』（一九一六・大正五年　東雲堂書店）

「啄木の三年忌における追憶にはじまって『生活と芸術』の廃刊にをはる、そこに僕としては一個の記念がほしいのである。僕を思想的に啓発し、人として導いてくれた亡友に対する敬慕の情、小さいながらも三年余つづけた雑誌をやめるに至った心もち、その間における多少の事象、僕の生活、一ト区ぎりをつけたくなつたのである。」

（啄木を憶ふ）
かくてあれば、わが今日をしもあらしめし亡き友の前にひそかにわく涙。

友としてかつて交はり、兄として今はもおもふ渝《かは》ることなし。
かれ遂にこのひと壺のしろき骨、たつたこれだけになりにけるかも。
おほきなる悲しみをここにうづむると、かのなきがらを土にうづめし。
あきらめてこころひそかに憤る、この病友を慰めがたし。
人のよの不平をわれにをしへつるかれ今あらずひとりわが悲し。
病ひやや癒ゆといへるに、いつしかもみおもなりけるその妻あはれ。
その妻もおなじ病ひに死ぬことか、日に日に痩せて死ににたるなり。
いまはかの北の浜辺に住みてある孤児《みなしご》の顔のおもひ浮ばず。
あのころのわが貧しさに、いたましく、悲しく友を死なしめしかな。
いまも眼にかたくからびて悲しきは、かの鼻の血のくろきかたまり。
しろき布《ぬの》、そのかの妻がかかげたる、いま死にしてふ顔のうへの布。
いまぞわれら柩《ひつぎ》のなかにをさむるか、まけずぎらひのかれの體《からだ》を。
まともに、夏の西日のさすなかに、この一室に病みて眠るか。
そのあとに病ひかならずおもれども、われら語れば憤るなる。
病みあがりの眼をひからせてあるきたる、浅草公園地の人ごみの中。
むかうのベッドにゐたりし舞踏病者、かの青年は癒りつらむか。
いたましく、くるしき呼吸《いき》をひきとりし、かの病室にまた入りがたし。

ほのぼのとうらの邸の椎のはな、枕もたげて仰がしめにき。
かれ遂にわれに許さず、死に近くはじめて金を欲しけるかも。
『おい、これからも　頼むぞ』と言ひて　死にし、この追憶をひそかに怖る。

5『緑の地平』（一九一八・大正七年十一月　東雲堂書店）

（函館の立待岬にある啄木の墓に詣づ）
なきがらはさびしきものか、あら磯のかかるところに埋めはおきつ。
しらじらとおんみの骨の眼には見ゆ、この地《つち》の下にふたたびは死なじ。
心の臓はたとまりし一瞬を死にたるなりといかで思へや。
腹のなかに針をとほしていきの身の血みどろの水はしぼられにけむ。
おなじ部屋の患者のことを語りつつ、みづから病むと知らざるごとし。
こんどはおれも死ぬらしいと、笑ひつつ遂に言ひたる顔を忘れず。
いつぽんの杭にしるせる友が名の、それも消ゆるか潮風の中に。
しつとりと朝霧はへる砂やまに転がしてある独木船《まるきぶね》ひとつ。
はるばると沖より来たるうねり波、辿らむとする磯のさびしさ。
朝霧のあらしとならん岬みち、この一廓の墓場のひろさ。

荒磯のかなしき友が墓の杭、このまま朽ちてあとなかれかし。
腹の底より言ひたきことをいふことのほとほとあらぬ寂しさなりし。

6『歴史の中の生活者』（一九五八・昭和三十三年　春秋社）

「啄木記念碑」
啄木がみづから建てし記念碑は食ふべき詩なりき四十年を経つ
わが生れし寺の小庭に友の碑の建ちたれば人の集りきたる
記念碑の除幕のひもは啄木よ君が曽孫の手にひかれたり
浅草の夜のにぎはひはかはらねど貧しく死にてひとり得し名か
新しく銅板に彫《ほ》りしその顔のやや似ざるまで年過ぎにけり

Ⅱ章

新聞記者時代

肩書きを一言で言えないほどの自由人だった土岐善麿の職業と問われたなら、やはり三十年に及んだ新聞記者生活を見過ごせないだろう。しかし、自分では記者時代のことをあまり語らなかった。

【読売新聞時代の善麿】

一　新聞記者三十年

1　入社の動機

土岐善麿には自伝も本格的な評伝もない。歌人であることは伝わっているが新聞記者を三十有余年していたこともあまり知られていない。おまけに善麿自身、その記者生活についてはほとんど語っていないから具体的にどのような記者活動をしたのかわからないが読売新聞と朝日新聞を三十二年にわたってつとめたのであるから、善麿自身の経験は彼にそれなりの影響を与えたことは間違いあるまい。ただ、この時期については記者というより歌人としての側面が強調されているので、ここでは歌人としての側面は後にまわすことにして記者生活が果たした役割を考えてみたい。

早稲田大学時代に善麿はどちらかと言うと歌より小説に興味を持っていた。というのは同級生ら数人で毎月回覧雑誌を作って作品を発表したり作家たちの批評をしあっていた。この頃の思い出を善麿は次のように回想している。

> 早稲田に遊んでゐた時分、最初から歌人として立たうとは思つてゐなかつた。むしろ小説の創作に志して、僕等数人は、毎月数編づつを一冊にまとめ、回覧雑誌を作つたことがある。自然主義

の思潮におしながされてゐた当時で、皆相当の自信と実力以上の野望とを持つてゐた。その中で牧水は国木田独歩の「武蔵野」などに影響された作風が、僕等の間に特異なものとなつてゐた。このグルッペからは然し遂に小説家を出さず、多く新聞記者になつてしまったが、牧水については、彼の短歌に伴つて価値高く認められてゐる紀行文の方に、当時の才能が十分に発揮されたわけだ。この牧水も、学園を出て間もなく一時新聞記者生活にはひつたことがある。無論、生活費の必要のためで、新聞は「中央」だつたかと思ふ。

（「牧水追憶」『柚子の種』一九二九・昭和四年　大阪屋号書店）

しかし、善麿はそのうちに窪田空穂の歌集を読んで影響を受けて歌をつくる喜びを感じ始めていた。やがて卒業を迎えると善麿はあまりはっきりした目的も持たず新聞記者の道を選んだ。縁故もなく、いわば実力で入社したが、どういう分野があるかも分からず社から出た「任社会部記者」という辞令をすんなり受け止めた。いってみれば新聞記者になるという自負もなく気負いもなく、いわば漫然として選んだ道だった。その当時の心境を善麿は次のように綴っている。

実をいふと記者生活を送るやうになつたのも偶然の機会からで、学校生活もただ年限が来て終りになつたとき、別にあはてて就職に狂奔する気も起らず、寺の次男坊のノホホンと夏――そのときはもう「夏休み」ではなかつたのだが――を過し、冬になつて、さきにある新聞社へ入つてゐた級友にすすめられ、何の気もなく社会部の仕事をやるやうになつてから、十有余年、今はもうこれよりほかに職業を求めることもなく、出世のほどもおぼつかなくなつたのだが、学生の時代にはつきりと志を立てておけば、――いくらかは立ててもゐたやうなのだが、学者になるか作家になるか、仮りに、そのどちらかになつたとしても、この体質と、この才分と、この欲求とこの意力と、この時勢と、種々な事情を考へても、現在の記者生活以上になれたらうとは思へない。憐れむべしこの男も、この程度で生涯を終る運命なのだらう。

（『春帰る』一九二七・昭和二年　人文会出版部）

これを見ると基本的に善麿は楽天的な性格だったように思われる。誰でも大学を卒業近くになると自分の人生を左右する就職先が決まっていないと不安になるものだが、善麿の場合は自分の意志ではなく級友から進められて「何の気もなく」新聞社を選んでいる。それでも一応、学者になるか作家になるか程度は考えていたというのだからやはり楽天的というしかない。

2「NAKIWARAI」の原点

土岐善麿の短歌の原点とも言われる「NAKIWARAI」はローマ字体で現されていてこれだけでも注目を浴びたが、実は善麿の記者生活の出発点でもあったということはほとんど語られていない。実は善麿は早くからローマ字問題に関心を持ち、記者になって本格的な取材を始めたのがローマ字問題だった。
「NAKIWARAI」は縦十七・五センチ、横十三センチの函入、総てローマ字で三行記、全百四十六句が収められた我が国で最初のローマ字句である。最初の一句は、

Isidatami, koborete utsru Mizakura wo,
Hirou ga gotoshi!-
Omoiizuru wa,

これを日本語に直すと、

石畳、こぼれて　映るみざくらを
　拾うが如し！
思い出づるは。

となる。しかし「koborete」は「こぼれて」なのか「零れて」なのか「溢れ」なのか分からないし「Mizakura」は「見桜」なのか「美桜」なのか判然としない。第一「ishidatami」も日本語では「石畳」もあるが作者によっては「石だたみ」とするかも知れない。

また善麿には後に「俳句とローマ字に就て」(『文芸遊狂』一九三二・昭和七年 立命館出版部)という随筆があって、そこで芭蕉、蕪村、子規などの俳句をローマ字で紹介している。例えば芭蕉の句「芭蕉野分して盥に雨をきく夜かな」は、

Basyo Nowaki site
Tarai ni Ame wo kiku Yo kana.

と二行表記にして「いづれも自由な日本語の表現であるから、漢字仮名交りでかいたものをローマ字にしるしたところで、詩としての韻律効果は相異のあるはずがない。」と言い切っている。しかし「Nowaki」を瞬間的に「野分」と読み替えるのは一般には至難の業であって、いくら「韻律効果に相異はない」といわれても納得するのは無理というものだ。

万事がこの調子であるからローマ字表記では日本の自然や情景、わびとさびは伝わるまい。したがってこの善麿の取り組みはあまり反響がなく、一種の話題にはなったがローマ字推進の機運には繋がらなかった。

しかし、善麿は「漢字・ひらがな・カタカナ」という組合せは却って複雑で難解であり、日本の社会や文化にそぐわないと考えていたらしい。その証拠に、善麿は記者になって間もなくの頃、ローマ字論者の前島密に取材を申し込み、以後も他のローマ字論者に会いこれに関する資料を集めて本格的

にローマ字研究にはまり込んでゆく。その活動は善麿の生涯に渡って続く。この時の回想記が残っている。

訪問の目的は、新聞記者として何か逓信事業に関する記念的な感想をうかがうためであったか、あるいは国語国字問題に関し田丸卓郎博士の紹介状をもつてあがつたか、このふたつに一つともうが、二つを兼ねていたのかも知れない。いずれにしろ明治四十一年の冬以後二三年の間のことで、翁は大正八年四月二十七日八十五歳で逝去されたのであるから、僕の初対面のときは七十六七歳、あるいは翁の喜寿に際して祝賀の意を表するような用務であったかも知れない。／翁の応接振りはいかにも老貴族らしい懇切さで、成長した孫をあしらうようであつた印象を残している。そのとき翁は談話の中途座を立たれて、こういうものがあるから読んでみてほしいといわれ、右の小冊子をわたされ、その由来なども語られたとおもう。

（『国語と国字問題』一九四七・昭和二十二年　春秋社）

ここに言う小冊子とは慶応二年に徳川慶喜に上申された「漢字廃止之儀」と、明治七年、議会に提出しようとして起草された「興国文廃漢字之議」、明治二年に衆議院に対する「国文教育之儀ニ付建議」及び「国文教育施行之方法」を明治二十二年に一冊にまとめた綴りであった。

この内容はこれからの日本が世界に肩を並べる為には国語国字を統一して漢字を排しローマ字を新

たな日本語とすべきだというものであった。確かにそれまでの日本は「漢字」「ひらがな」「カタカナ」三種類の文字を習得しなければならず、とりわけ漢字の習得は少国民に多大な負担をかけて国力の減退の一因になると言われていた。前島密の提案は新たな国字としてローマ字に統一して近代国家列強の仲間入りを果たすべきだと提案しようとしたのだった。しかし、いきなりローマ字を導入すれば混乱を招くから暫定的に「ひらがな」を国字として、ローマ字移行の前段階に位置づけようとしたのである。

新国字論争は各界にも広がった。代表的な論客は西周と森有礼だった。西周は「洋字ヲ以テ新国字トスベシ、洋字トハローマ字ナリ」と主張し、アメリカ帰りの森有礼は「外国列強ニ肩ヲ並ベルニ英語以外ニ如クハナシ」として論陣を張った。

いずれにしても新人記者土岐善麿は前島密翁の熱意にほだされてローマ字問題にクビを突っ込むようになる。我が国でローマ字問題が正式に取り上げられるのは一八八四・明治十七年十二月に「羅馬字会」が成立してからである。とはいっても大同団結一貫したローマ字体制になるには様々な壁があり、一例をあげると「ジ」は「ji」と「zi」、「シ」は「si」と「shi」のように流派が（俗に「ヘボン式」「日本式」）があり、両者は自説を譲らず、このためローマ字論の流れは衰退の一途を辿った。

啄木の名が出たついでに善麿はこの「ローマ字日記」を読んでいない。というのは啄木が亡くなったとき、啄木から「オレが死んだら日記は焼いてくれ」と言われていた友人の丸谷喜市が啄木の葬儀後、そのまま徴兵検査のため函館に出掛けてしまったのでこれを啄木の夫人節子が保管し、その後、日記は函館図書館の岡田健蔵が預かっていたため善麿は知る由もなかったのである。

やがて啄木が善麿の「NAKIWARAI」の書評を朝日新聞に書いて善麿と面識を得るが、二人は新しく創刊する文芸誌『樹木と果実』のことで頭が一杯でローマ字論を交わす時間がなく、また啄木の病気が悪化してますます時間が無くローマ字論争をする機会がなくなってしまった。啄木が生きていればどこかで必ずローマ字で共著をなしたことであろう。

ともあれ新国字としての「ローマ字論争」は昭和の時代にはいっても「ヘボン」と「日本式」両派の分裂が続いた。端からみればどちらでもいいようなものの両派は一歩も譲らない。これでどこかの時点で統一が成されていたならローマ字国語が母語になった可能性は高い。私からみれば「樹をみて森をみない」連中のために折角のローマ字論争は敬して遠ざけられ、現在のような「漢字・ひらがな・カタカナ」を折衷した国字になってしまったのである。

大正に入って善麿は『啄木全集』の編集に多くの時間を取られるようになったが啄木の遺志を継いだ『生活と芸術』を廃刊したせいもあってローマ字運動推進の新しいアイディアを打ち出した。それは当時の文壇の作家達に呼びかけてそれぞれの著者の短編をローマ字書きにしてもらったのである。その内容は以下の通りだった。


正宗白鳥『玉突屋』、岩野泡鳴『指の傷』、有島生馬『鳩飼ふ娘』、小山内薫『色のさめた女』、高浜虚子『十五代将軍』、鈴木三重吉『金魚』、小川未明『小さな喜劇』、志賀直哉『清兵衛と瓢箪』、芥川龍之介『鼻』、武者小路実篤『或る日の一休』、中村星湖『人形』、上司小剣『美女の死骸』、徳田秋江『小猫』、徳田秋声『日向ぼっこ』、江島修『長崎にて』、有島武郎『小さき者へ』、島崎藤村『家畜』

（『文学と古典』『国語と国字問題』春秋社）

短編とは言え善麿は一人でこれをタイプしたのだから驚嘆に値するが、推察するにこの作業は読売新聞の編集室で合間を見てタイピングしたのではなかろうか。というのも善麿には「内職」の前科があるからだ。『生活と芸術』を一人でだしていた時、編集部で作業をしているところを見られているのだ。「おい、あまりやり過ぎるとクビになるぞ」と同僚が忠告している場面が残っている。しかし、ほとんどの社員は熱心にタイプを打ち続ける善麿が「内職」しているとは気付かなかった。仕事熱心な男と定評があったから出来た「内職」だったのである。

この企画は善麿が直接執筆者に連絡をし、その了承を取り付けた。そしてそれぞれの作品を善麿が一人でタイプしたというから、善麿のローマ字運動は真剣でかつホンモノであった。そしてこれを新潮社に持ち込んで出版にこぎ着けたのだから敬服するしかない。しかし、不運なことに関東大震災でタイプの原稿も出版した本の紙型も消失して今は一冊も残っていない。善麿はなんとかこれを復刻したいと望んでいたが叶わなかった。正に埋もれたローマ字文壇史である。なお、右の協力者のなかで島崎藤村と有島武郎からはローマ字の為の書き下ろしをやってもいいという返事をもらったと善麿は付け加えている。

ローマ字論争はまた思いがけない余波ももたらした。ローマ字だ、英語だと騒いでいるが、それならいっそのこと日本人が好きなフランスの言葉を導入すればいいと言ったのは誰あろう「小説の神様」と言われた志賀直哉である。これにはさすがの善麿もあきれはてて、志賀直哉自身フランス語を話すのも書くことも出来ないで、そんな無責任なことを言うようではまじめにローマ字論争は意味が無いと匙を投げかけたこともある。

この問題はこの辺で切り上げることにしたいが最後に一つ興味深い座談のあったことを紹介しておきたい。時期ははっきりしないが戦後間もなくの『週刊朝日』における善麿、羽仁五郎、高見順のやりとりの一部である。羽仁は戦時下、治安維持法にひっかかり投獄され戦後に釈放された後、参議院議員となり、国会図書館設立に尽力した高見は新進の中堅作家である（「文学と古典」『国語と国字問題』同前）。

土岐　しかしそれ（善麿の註・文学者にローマ字で原稿をかいてもらった場合、高い原稿料を払えば、必ずローマ字の原稿が出来るということ）は一つの方法ですよ。少なくとも今日までローマ字でもつて原稿料が取れたためしがない。

羽仁　高見君の言うのは個人的な感情で、社会的な問題としては、やつぱり土岐先生のいわれるほうが正しいんだ。

高見　革命でなければあらゆることが出来ない、改革改良は社会民主主義でダメだというのはボルシェヴィキの理論で、その原則は僕にとつて青年時代に入れられた理論で、抜くべからざるものとなつている。否定はしません。しかし時期の問題だつてあると思う。現在私だつて今の国語ぢや困るということは、ひしひしとこたえておりますけれども、現在のこの混乱状態に、皆さんがおっしゃるように、一種強権の力でもつて革命を起こしてひつくり返そうといつても、一体日本では言文一致の運動さえできておりません。この時期にすべてをひつくり返しちまつてローマ字に直すことができるかどうか。

土岐　ローマ字に直すんぢゃなくて、初めからローマ字で書くんですよ。そうすると、おのずから国語の問題も解決してしまうし、言葉もやさしくなるんですよ。

議論としては白熱しているが高見には一歩も譲る気がないから平行線のままになった。やはりなんとしてもローマ字を導入しようという善麿のあせりばかりが目立つ討論となった。善麿のローマ字問題の取り組みはこの後も続いた。国語審議会では座長や議長となり我が国のローマ字問題は可も不可もともに善麿に帰せられるところが大である。

本節の最後に参考までに善麿のローマ字関連の著作を挙げておこう。何度か述べたが私個人は日本語のローマ字化には反対である。問題はあるが「漢字・ひらがな・カタカナ」の組合せが生んだ日本文化はローマ字化によっては決して生まれなかったと信ずるからである。しかし、ローマ字論争が廃れてしまった現在、せめて善麿が奮闘した足跡を残しておきたい。

1『NAKIWARAI』一九一〇・明治四十三年　ローマ字ひろめ会
2『MUKASIBANASI』一九一一・明治四十四年　日本のローマ字社
3『国字国語問題』一九一四・大正三年　日本のローマ字社
4『ローマ字日本語の文献』一九一七・大正六年　日本のローマ字社
5『HYAKUNIN ISSYU』一九一七・大正六年　日本のローマ字社
6『OTOGIUTA』一九一九・大正八年　日本のローマ字社
7『短編小説集』（ローマ字タイプ）一九二一・大正十年　新潮社
8『MITI NO UTAI』（ホイットマンの訳詩）一九二二・大正十一年　日本のローマ字社
9『BARAHIME』一九二二・大正十一年　日本のローマ字社
10『UNMEI』一九二二・大正十一年　日本のローマ字社
11『DYOSI ROOMAZI TOKUHON』一九二四・大正十三年　日本のローマ字社
12『ローマ字文の書き方』一九四七・昭和二十二年　朝日新聞ローマ字教育会社
13『国語と国字問題』一九四七・昭和二十二年　春秋社
14『KAZAGURUMA』一九四八・昭和二十三年　ローマ字教育会

3　記者の現場

また、善麿は三十二年も続けた自分の記者生活をあまり語っていないが社会部記者としての体験と感慨を記した一文が残っている。ここには記者生活の一端が窺えると同時に記者としての自覚や使命感といったものがにじみでている。

「さあ寝るかな」／かう赤インクの筆を机の上に擲つて、昂奮と、疲労と、得意と、不安との一緒こたになつた顔を一人がふり向ける。／「うまく行つたね、実に素早く纏つた。」／「驚くぜ。」／「驚くね。」／五六人の顔が机の上に集る。そこには薄くしめりをかけた大型の紙に、くつきりと黒く大きな活字や小さな活字の組合せ、四角や長方形の痕が刺激つよく展開されてゐる。皆の眼は異様に光る。／――今暁××の大火――／皆の心はこの「今暁」の二字に特に異常の緊張と満足を感じてゐるのだ。／編集室の午前三時、さすがに広い編集室も、灯ともし頃の銭湯のやうな紛然雑然たるにひき換へて、いま動いてゐるのはここ五六人と、むかうの一隅に幾人、あちらの一隅に幾人だけだ。電灯のひかりだけは、どれも消されずに煌々と明るい。／やがて締切らうとした間際に起つた××の火事が、意外に大きくなつて、大きな工場や会社、名士の邸宅もだいぶ焼けた。死傷者もある。昼間にしても大きな事件に違ひないが、それがこの時間、「今暁」となると新聞価《ニュースバリュー》が異常に多くなつたことは言ふ迄もない。／普通の人々はもう安眠してゐるのだ。そして一時間半か、二時間の後、その円かな夢からさめた東京の市民達は、インキの匂ひの新しい紙面を披いてみて、オヤ！　と胸をとどろかすだらう。あの目抜きの場所が、自分達の安眠してゐるまに、惨しい焼あとになつてしまつてゐる！／まして紙面には写真版まで入つてゐる！　黒煙の濛々たる中を罹災者の逃げまどふ情景をまざまざと眼の前にひろげた一刹那、彼等は運命の不思議と都会生活の不安とを今更のやうに痛感せずにはゐられまい。／報道の義務を完全に果たした愉快さと、大火に遭つたその人々に対する気の毒さと、新聞記者としての心理の中にはそれがあやしく交錯する。

（「「今暁」の悲哀」『朝の散歩』一九二五・大正十四年　アルス）

また、新婚で毒を飲んで自殺した女性の事件報道に娘を失った父親が葬儀直後に本社の社会部を訪れて記事に関して抗議にやってきた。この時、偶々居合わせた善麿がその対応に当たった。この父親は某私立大学の学長で自殺と大学の学長の娘ということでセンセーショナルに扱われたことへの不満をぶつけにやってきたのだった。この時、善麿はこの父親の不満にじっくりと耳を傾け、気がついたら夕刻になっていたという。思いの丈をはき出したことと善麿の懇切な対応にこの抗議者は感謝の言葉を残して退散したという一件であった。（「応接」同前）

それにしても善麿が記者生活を主題にした歌はあまり多くはない。社会部記者は一面で「事件記者」といわれるほどにいわば歌とは無縁な世界ということもあろう。非道、悲惨、不幸といった情景は歌には相応しくないから、さすがの善麿も表現しにくかったものと思われる。強いて挙げるとすれば次の作品くらいであろうか。

毎日、あさ、電車の乗りて、おもふには、
車掌より、われ、
すこしは、よきかな。

焼跡の煉瓦のうへに、
小便をすれば、しみじみ、
　秋の気がする。

「今まで語りしことは、
みな嘘なり、あは、」とわらひて、
　おこられしかな。

わが力を、わが心を、
すべてかたむけて、働きしことなし。
　一日も無し。

哀しきは、
職業のある、その事を幸福とする、
　いまの、心かな。

快く働かしめよ、
健やかに眠らしめよ、と、
　けふも、いのれり。

（『黄昏に』一九一二・明治四十五年）

編集長のかへりしあとに、
　かけてみる、
廻転椅子の夏のゆふぐれ。

いり日かげ、ガラスに赤く、
刑事課のドアをあくれば、
　つと、かなし、冬。

囚人が、写真とるとき、掛くるてふ
廻転椅子に、
　かけてみたりけり。

警視庁の、
この石段がこわかりし、ころのなつかしや。
疲れはてにけり。

県庁のまへの大道、—
まよなかの
　春なりしかば、小便したり。
　　（『不平なく』一九一三・大正二年）

4　タクシー余話

堅苦しい話が続いたので軽い話題で休憩しよう。善麿が面白い体験を書いている。新聞記者ということで善麿はタクシーを利用することが少なくなかった。それほど自由にタクシーを利用することは出来なかったが、サラリーマンよりはこれを使う機会が多かったことは当然だった。以下は善麿の筆にまかせよう。当時の世相の一端も伝わってくる興味深い話である。文中に「ショフア」という言葉が出て来るが、どうやら運転手のことらしい。

つひ、このあひだの晩、銀座の横通りから、そこに停車してゐた一台に声をかけていつものやうに行先をいつて、「七十銭」といつて乗つた時のことである。走り出して間もなくショフアが笑ひ声をうしろの僕に送つて、「あり難うございます、どうせ旦那は増してくれますからね」といふ。どうしてそんなことをいふのかと、僕が不審にきくと、をとゝひの晩も、そのタクシイに僕が乗つたのであるといふ。彼の話によると、をとゝひの晩も、その晩も、僕の顔はおぼえないが、声ですぐ判つたといふのである。そして彼の説明するところによると、一体タクシイのショフアは、客の顔といふものはあまり見ないしまた一々覚えてもゐないものであるが、声といふものは不思議に忘れない。そして客の人柄は声でわかる。座席も無論同じ方向にむいてゐるので、強ひて振り向いて客の顔をみないでも、ひと言ふた言はなしかけると、その声で、どんな客かはすぐ見当がつく。「あたしは、それで、お客さんには失礼ですけれど、ちょいと話しかけてみるのですよ」と、かうショファはいつた。／「すると、僕の声はチップを出す声なのかね？」／「あまく見られてゐる」ことは僕も承知の上ではあつたが、然し、声でわかるといふ一種の人間判断を平凡ながらおもしろく思つて、僕がそんな冗談をいふと、／「イエ、チップ声なんてのがあるわけでもありますまいけどね、をととひの晩目黒までお送りしたのは、お顔はおぼえてゐませんでしたが、いましがたお乗りになる時、お声で旦那とすぐわかりました。……然し、永年こんな商売はしてゐても、さう度々同じお客を乗せるといふことは、流しをしてゐても辻待ちをしてゐても、あまり無いものですよ。」降りて、木雫のパラパラと落ちる裏木戸をあけて入ると、ショフアは「かういふところでは随分安眠ができませうなァ。お休みなさいまし」といつて帽子をとつた

（「霧の円タク」『影を踏む』一九三五・昭和十年　四条書房）

ちなみにこの頃、善麿は下目黒に一家を構え書斎に当たる地面が斜面になっていたため「斜面荘」と名付けて新聞記者と歌人の二足草鞋の生活を始めていた。ショフアの予言通り「安眠」はならなかったが一男二女の家族とともにこの庵で起伏に富んだ人生を送ることになる。

5 「駅伝」創始者

駅伝と言えば今日では箱根駅伝が有名だが、実はこの駅伝は土岐善麿が生みの親だということは知られていない。我が国のスポーツ界で相撲は国技とされるほど歴史も古いが、駅伝は土岐善麿が読売新聞の社会部長時代に考え出した第二の「国技」なのである。平凡社の百科事典の「駅伝」の項目にはこの発案者は善麿だと明記されている。文学辞典や文芸事典では冷遇されている善麿だが、百科事典では正当な扱いを受けているのだからもって瞑すべしというところだろう。

一九一七・大正六年、東京では「奠都五十年奉祝博覧会」が主催され、読売新聞もこれに協賛し、新しい事業を以て臨むことになった。その企画と実行を任されたのが社会部長になって間もなくの土岐善麿だった。部長ということで言えば適任は社内の運動部長だったろう。にも関わらず善麿が選ばれたのは日頃の仕事ぶりもさることながら日頃から職場で野球チームに入ったり、テニス、バドミントン、卓球に目がなかった。ゴルフで幹部と付き合いお世辞のひと言もあったろう。つまりは人付き合いがよかったのである。こうした職場人気が善麿を場違いの役職に就かせたとも言えよう。

ただ、ライバル社の朝日新聞は一九一五・大正四年に「全国中等学校野球大会」を開催しており、これが人気を独占していた。しかもその起案者が新聞界で名を馳せていた長谷川如是閑であり、氏もまた社会部長というポストにいたのだから、善麿はよけい闘志を燃やしたのかも知れない。

善麿は部下の大村幹と語らって国民を元気づけるにはやはり運動競技がいい。当時、中等学校の全国野球大会は朝日新聞が主催していたということもあって対抗意識も働いたのであろう。二人は当時のスポーツ界元老武田千代三郎に会って相談すると、催事は大きくめでたいものがよい、思い切って京都から東京までを何人かで走らせる競技として、名称は「駅伝」とすればよいとアドバイスを受けた。社に戻った二人は張り切って具体的な作業にかかった。

なにしろ初めての試みだったので基本的な構想を練ることから始まった。「計画はおもしろく雄大であったが、何しろ全く前例のなかったことはいうまでもない。日本にもなかったが、おそらく世界にもなかった。京都三条の大橋をスタート東京上野の博覧会場をゴールと定め、その距離は正に百二十七里、即ち五百八キロメートルである。その間を昼夜兼行で走破する選手は東京、名古屋、京都大阪の三方面から選出し、この三団体の選手を三人ずつコースの要所要所十数区に配置して、マラソン・リレーを行おうというのであった。」

競技は大正六年四月二十七日午後二時、三条大橋での号砲から始まった。競技は刻刻と電話で東京本社に詰める善磨のもとに送られ、ベルがなる度に善磨は受話器に飛びついた。

初めての試みでもあり、また歴史的な大事業ということもあって進行は順調とはいかなかった。最初の躓きは中継の為に雇い入れた自動車でこれが途中で故障して役にたたない。ついでに起こったハプニングは最初に走った選手と伴走者が次の選手にバトンを渡すとそこで帰らずそのまま第二走者のあとを伴走する。これが次々と続くのでみるまに参加者は数を増し、宿泊旅館は走り終えた選手と伴走者で溢れかえる。その費用は予想外のものとなり、のちに善磨を窮地に追い込むことになる。また選手や関係者だけでなく周辺の応援者たちまで同宿し始めたため膨大な支出にもなった。

最終日の二十九日、東京に入った走者たちは沿路の大歓声に囲まれてテープを切った。関東組は四十一時間五十四分、関西組は四十三時間十八分。この記録がマラソン界でどのような価値を持っているのかスポーツ音痴の私にはわからないが、この記録よりも我が国で初めての五十三次マラソンが成功裡に終わったということの意義は計り知れなかった。その点で善磨の斯界への貢献は歴史に刻まれる快挙だったといえよう。読売新聞がこの記事を一面トップで扱ったことは当然ながら他紙も無視できずスポーツ面で大きく扱わざるを得なかった。この結果、「駅伝」は一躍全国区の市民権を得ることになった。振り返って善麿は「今も僕の生涯の最も尊い追憶の一つ」「『駅伝』という文字や名称を目にし耳にする毎に、僕の心は奠都記念の昔に返って、一種爽快な若々しさを感じるとともに、そぞろに惜春の情に堪えないものがある。」（駅伝競走の追憶」『駅伝十三次』一九七五・昭和五十年　蝸牛社）と書き残している。

ところでこの駅伝にいま一つ紹介しておきたい隠れたエピソードがある。それは善麿の一の〝側近〟冷水茂太が明かした一件だ。

選手が東京市内に入ったとき、善麿も新聞社を出て、走者の後につづく応援の伴走者の列に交って、オープンカーには妻の鷹子も同乗して、沿道の観衆に手を振った。日本橋の三越呉服店前を通るときは、二階や三階の窓から店員や観衆が帽子やハンカチをふって、その成功を祝ってくれた。この日東京市内の沿道に集まった熱狂の市民は、十数万人に上ったと、読売新聞は報じた。

（冷水茂太「駅伝競走事始め」『駅伝五十三次』一九七五・昭和五十年　蝸牛社）

この中に善麿の妻鷹子がオープンカーに同乗していたという記述が出て来る。本書では善麿の鷹子夫人についてはほとんど触れていないが、啄木が「美しい人」と称したほどの女性で、善麿の宅を訪れると先ず夫人が出迎え、用事を済ませた客が帰る時も必ず見送り出るという光景が日常で、常にひっそりと目立たず善麿を支えていたのが鷹子夫人である。また善麿もそうした夫人を慈しんでいたが、ついぞ表だって目立つことを強いたことはなかった。そうした夫婦が、いかに善麿の大仕事のフィナーレとは言えオープンカーに同乗させ、観衆に手を振らせるなどということは思いもつかない話で、とうてい信じられない光景だ。この話はおそらく善麿が冷水茂太と組んで出した『周辺』に「駅伝」に特集を連載することが決まった際に雑談で洩らしたのであろう。これは推定だが善麿はこの大事業が終わったなら新聞社を辞めるつもりでいたのではなかろうか。というのも一つにはこの事業で社にかなりの経済的負担をかけて、社の幹部連中から批判されて嫌気がさしていたということ、またこのような記者生活を続けていたら自分がダメになってしまう。好きな歌も作れない生活は続けるべきではない。そう考えて善麿はそれまで面倒をかけてきた夫人に最後の花を贈ろうとしてオープンカーに乗ってもらったのではないか。そう考えると善麿のこの決断も納得出来る。善麿の生涯をみてもこの決断は夫人に対しての最初で最後のプレゼントだった。

私事で恐縮だが京都には魯山人の研究の都合で何度も足を運んだ。京都にはここかしこに歴史を刻んだ石碑が残るが三条大橋の袂に「駅伝の歴史ここに始まる」という碑が建っている。

6　朝日新聞入社

(1)　杉村楚人冠

読売新聞を辞めた後、善麿は一時「パン屋」をやろうと考えたという。これは実現しなかったが、クロポトキンのパンに関する著述の影響らしい。この辺りはいかにも青きインテリの観念的な社会主義観が窺える。話がすこし横道にそれるが啄木の娘婿石川正雄は函館の地方新聞記者を辞めて上京した際に喫茶店や遊興場を開いていたことがある。労働者に娯楽を提供するということだったが、これは数ヶ月で廃業して『呼子と口笛』という文芸誌を創刊した。これには善麿が短歌選者として参加しているが、二年ももたず廃刊となった。善麿の『生活と芸術』も二年半で廃刊になっている。石川正雄の場合は読者がつかず赤字がかさなっての廃刊だったが、善麿の場合は経営的に黒字で人気が続いていたにも関わらず理由を明かさず「イヤになった」と言っての廃刊だった。

パンも焼けない善麿に救いの手を差しのべたのは杉村楚人冠だった。楚人冠は朝日新聞の編集長で善麿とは記者仲間ということもあったが、何より『生活と芸術』を通じて意気投合していた。楚人冠も社会主義思想に共鳴していたし、善麿の『生活と芸術』の試みに共鳴していたから、読売新聞を辞めたと聞いて早速善麿に誘いをかけたのである。

朝日新聞への入社は一九一八・大正七年、十月、三十三歳の働き盛りである。この年に哀果の雅号を廃して本名の「善麿」に戻っている。朝日では社会部に配属されたが肩書きは「社会部記者」つまりヒラからのスタートだった。そのかわり勤務は自由にさせたらしい。前島密に取材してその成果を記事にしたりローマ字関連の複数著作を出版し、なにより我が国初のローマ字短歌集『NAKIWARAI』を出して、啄木と交遊の契機を作った。啄木の朝日新聞校正係自体が啄木のその後の人生を変えたが、その仲立ちとなったのは実に朝日新聞であった。なかでも『啄木全集』の単独編集は朝日にいたから出来たところがあり人使いの荒かった読売では不可能だった。また盛岡での啄木記念碑建設の相談に乗ったり、同地や渋民に出掛けたり比較的に自由が許されていた。
土岐善麿が朝日の社会部次長になったのは一九二二・大正十一年であるから五年の年季奉公の成果ということになる。そして学芸課長から学芸部長になるのが三十九歳、下目黒に新居をかまえ順風満帆の人生だったが、四十一歳の時、腸チブスにかかり生まれてはじめて二ヶ月の入院生活を送る。この年に病気見舞いと称して自由の利く調査部長に任命される。そして論説委員になるのが四十九歳の四月である。この間、善麿は社命でジュネーブの世界海軍軍縮会議に特派員として派遣されたのを機会に西欧を八ヶ月に渡って巡遊した。この時の経験を『外遊心境』（一九二九・昭和四年　改造社）にまとめている。実はこの『外遊心境』は本文もさることながら、この本に「序文」を寄せた杉村楚人冠の文章が評判を呼んだ。

社から海外にやつてもらつたことが、今日までに十度近くもあるが、いつも急ぎの用事ばかりいひつかつて、用がすんだら、すぐ帰らせられた。ロンドンに行つてこい、「タイムス」との話がすんだらすぐ帰れ。世界一周会について行け、一周会と一所に出て一所に歩いて一所にかへれ。ベルジュームに行つてこい、皇帝に太刀を献上したら、出来るだけ短い旅程でかへれ、すべてこの類だ。ホノルルの新聞大会に出た時は往復に二十日かかつて、先方には二週間しかゐない。日本に帰つて横浜へ着いたら、その日からノースクリフ卿の随行を命ぜられて、妻子にもあはぬうちに、京都から大阪宮島下の関へとやられた。サンフランシスコの新聞大会の時は往復の航海に三十六日を費して、先方には十日ゐたきり。その内五日は会議にかかつて、あとはヨセミテにもアリゾナにも往く暇はなかつた。最もひどかつたのは、初めて上海に行つた時で、朝上海に着いて、その夜上海を出る船に乗つて帰つて来た。／かういふ旅ばかりさせられた自分に取つて土岐善麿がいういうと、そこら中すいたところを歩きまはつて、帰つて又いういうと外遊心境などを書いてゐるのは、いまいましくも羨ましい至りである。その心境を集めて書物にするから、その序文を書けなどいはるるに至つては、羨ましくもいまいましい次第である。何が序文だ。馬鹿。

この『外遊心境』は土岐善麿の著書には珍しく堅牢厚手表紙を使い、二十一×十八センチ版で上質紙、各ページに複数の写真が挿入され、巻末にはエスペラント語とおぼしき〝訳文〟が添えられた瀟洒な書物である。それだけに杉村楚人冠の容赦のない「馬鹿」が効いている。

ついでながら楚人冠という人物は善麿に対して全幅の信頼をおいていた。このことはライバル社から引く抜いたことでも分かるが楚人冠の晩年、実母の墓の件で善麿に宛てた手紙がある。その一節に「亡母の墓を立つるのに、その碑面には戒名を書かずに／杉村登み女が墓／と書きたいのですが、「とみ女」でよいか又「が墓」でよいか、高見を伺いたいのであります。「の墓」と書けば無難ですが、何だか「が墓」と書いてみたいような気がする」楚人冠の孝心はつとに有名で「母を見送ってからでないとオレは死ねない」が口癖だったという。八十九歳で亡くなった母への思いがこの手紙を書かせたのであろう。楚人冠がいかに善麿を信用していたか現す話である。（「杉村楚人冠翁」『目前心後』

一九六三・昭和三十八年　東峰出版株式会社）

また、楚人冠が自分の「全集」を出した際に全十二巻は完成し一応落着したが、未編集の原稿がまだ残っていることがわかり、このためあと三巻ほどを追加しなければならなくなった。しかし執着のない楚人冠は「もういいよ。止める」と言い出した。これを効いた善磨は「あとは私に任せて下さい」といって一、二年で完結させた。

顧みれば、土岐君と相識ること三十余年、その性格に於いても、その意味に於いても、その才能（若し私にそんなものが少しでもありとせば）に於いても、相隔つること行く十重なるを知らざるものあるに拘はらず、不思議に親交を続け得たのは、一に全く土岐君が何事にも私に一歩を譲つてくれた謙抑の態度に由る。その最も著しい一例は、どことして身どころのない私の全集の中の、その最もつまらない部分の編輯を快く引き受けて、文字の校訂から、原稿の選択と整理と、再三の校正まで、相当面倒な仕事を面倒がりもせず、一人で皆やり遂げてくれたことでも知られる。かういふ端役に当たってくれた事は、謙抑の人にして初めて為し得ることと、私は敬服も感謝もしている。

（杉村楚人冠「序にもならぬ序」『天地自然』一九三八・昭和十三年　日本評論社）

基本的に善磨という人間はお人好しなのである。そしてお人好しの欠陥は人に騙されやすいということである。しかし、見たところ善磨は人から騙されたり欺かれるという経験はほとんどない。かと言って世話好きというのでもない。もし、善磨が世話好きであったなら「弟子にして欲しい」とか「是非入門を」と言ってやってくる人々を喜んで迎え入れただろう。ところが善磨はただ一人の門弟も持たなかった。むしろやってくる志願者に冷たい拒絶の態度で追い返した。これが原因で、いわゆる「流派結社廃止論者」と受け止められ、結果的に歌壇で孤立する運命を辿ることになるのである。

(2) 論説委員室の光景

土岐善磨が論説委員になるのは先に述べたとおり四十九歳である。朝日の停年は五十五歳だったから結構長い間居座っていたわけだ。つぎの一文は或日の論説委員室の光景を伝えている。

この同じ部屋のうちに、デスクを据えてゐる僕の同僚は、毎日たいてい僕よりも遅く、昼頃から午後にかけて出勤する。これは別段、僕だけがひとり「勉強してゐる」わけなのではなく、仕事の都合で、かういふ時間に顔を合わせることになるのであるが、ひとわたり政治や、経済や、外交や、文化問題や社会問題や、さういふニュースや時事などを談じ合ふと、やがてまた各自の廻転椅子をくるりと、デスクの方に向けて、鉛筆を執りはじめたり、再び資料を整理したりする。

(『萬目抄』一九三八・昭和十三年　人文書院)

この時期の論説委員には善磨をはじめ緒方竹虎、関口泰、柳田國男、鈴木文四郎などがいた。いずれも各界を代表する人物であり、これらの人々が一堂に会して論じ合うのだから、さぞ談論風発、内容の濃い議論が交わされたにちがいない。

また次の風景も又某日の論説委員室である。「時代に触れる」という言葉が印象的である。これは善麿が停年で辞める年のことであるが、文中の「僕だけは午前からの仕事」がある、と言っているのはおそらく善麿が中心になって進めていた朝日から出す『明治大正昭和史』の編集だったのかもしれない。

新聞社の方は毎日午前十一時ころから午後六時頃までは行つてゐなくてはならない。論説委員室の仲間は、たいてい午後になつて出てくるものが多いが、僕だけは午前からの仕事をもつてゐるので、それに遅れるわけにはゆかない。その責任が午後の二時半頃まで断続する。表面にあらはれるところは、たいしたことでもなく、また仕事としてあとに残る性質のものでもないが、全般的に「時代に触れる」という点からいふと、僕にはそれにいつも新しい興味がもてるのである。

（『斜面の悒鬱』一九四〇・昭和十五年　八雲書林）

この『明治大正昭和史』の企画は

1　美土路昌一「言論編」／2　永井萬助「外交編」／3　牧野輝智「経済編」／4　柳田國男「世

相編」／5 土岐善麿「芸術史」／6 野村秀雄「政治編」で、何れも好評で大半が版を重ねたという。

論説委員が中心になって朝日はこの数年前に「朝日常識講座」を出版したことがある。読者のための教養と啓蒙が目的である。これが評判がよかった。この企画編集も善麿だった。とにかく善麿は仕事人間、しかもアイディアは尽きることなくわき出てくるマルチ人間なのだ。

1 下村宏「人口問題講話」／2 米田實「世界の大勢」／3 西周斎「信濃の現状」／4 緒方竹虎「議会の話」／5 関口泰「労働問題」／6 柳田國男「都市年と農村」／7 牧野輝智「物価の話」／8 土岐善麿「文芸の話」／9 鈴木文四郎「婦人問題の話」／10 杉村楚人冠「新聞の話」

先に少し触れたが石川啄木が朝日新聞の校正係に入ったことについてかつて私は「生活のために追い詰められての方策」と書いたことがある。書きまくった小説が全く売れなくて困り果てて北海道の函館、札幌、小樽、釧路で食いつないだ地方新聞の経験を活かした校正の知識を少しでも小銭を稼ごうとした苦肉の選択だった。

しかし結果的には啄木のこの選択は間違ってはいなかった。なぜならこの結果、啄木は朝日の正社員にはなれなかったが校正係を踏み台にして、主筆の池辺三山に気に入られ、『二葉亭四迷全集』の編集に加わってその第一巻の「凡例」に「校正に銜いては同社員石川啄木氏が細心周到なる注意を以て専ら其労に服せられたり。」と特記されるほどであった。またこの後、社会部長渋川玄耳の推薦で新設された「朝日歌壇」の選者になり、この結果、啄木は歌人としての地歩を固めることになった。

さらに決定的だったのは朝日に安藤正純がいたことである。啄木と出会ったのは安藤正純が編集副部長の頃であった。実は安藤の縁戚に善麿がいてその歌集『NAKIWARAI』をもらった安藤が「これを一つ批評してくれ」と手渡した。啄木には秘かにローマ字で日記をつけたことがあるから興味津々でこれを読み「大木頭」というペンネームで朝日に書いた。これがきっかけで啄木と善麿の交遊がはじまり、二人の蜜月が生まれる。

また啄木が病気で困窮している時に学芸部長だった杉村楚人冠は社内に呼びかけ見舞金を募って啄木の病床に届け、啄木はその中からクロポトキンの『ロシア文学』（二円）を買った。啄木最後の買物だった。

それに啄木は病気になってから毎月のように前借りをして、とうとう前借りもできなくなったとき盛岡出身の佐藤真一編集長はポケットマネーで啄木を支えたのだった。

もし啄木が朝日に入らず他の職場や職業に就いていたなら間違いなく貧困と病気の急速な進行で無名のまま亡くなったことであろう。見舞金どころか最後の歌集も出せず、啄木の名はそのまま葬り去られていたに違いない。

また土岐善麿がいなかったなら啄木という存在を知ることもなく、私たちは啄木の歌を口ずさむこともない無味乾燥な生活を送ることになっていたにちがいない。

(3)　時局追随

実は善麿には全集がないから作品の全容をなかなか知ることはできないが、歌で言えば千ページを超す『土岐善麿歌集』(一九七一・昭和四十六年　光風社書店)や随筆・評論をまとめた『土岐善麿歌論歌話、上・下』(一九七五・昭和五十年　木耳社)も上下巻で一千二百ページを超える膨大なものが残されていて「全集」までには到底及ばないが善麿の大要は把握出来る。

しかし、これだけでは現実には善麿の著作の半分にも満たないから、どうしても遺漏が生じてしまう。例えば次に紹介する作品もその例だ。しかもこの作品を収録した『満目抄』(一九三八・昭和十三年　人文書院)は国会図書館以外では閲覧できないし、古本街でも容易に入手できないから、貴重な資料である。

そしてこの書物に「旋律　その一」「その二」が収められており、現在出されている様々な『歌集』にも未収録になっている。なにしろ善麿の作品を収録している『歌集』はほとんどないから、以下の作品は「幻の歌」である。しかも短歌形式ではなく「詩」形式であることも珍しい。その上、各作品には作曲者名がはいっているから、これらはレコード化されている筈で、またことあるごとにラジオで放送された可能性もあり、社会的に影響力が大きい仕事になったと思われるのである。

題目と作曲者だけ挙げると次の通りだが、作曲者の殆どは戦後にも大活躍した人物たちが名を揃えている。最後の作品は「謡曲」調になっている。なお、この作詞について『満目抄』の「後記」では一言も触れていない。

「皇子生れませり」（平岡均之）「日本賛歌」（成田為三）「嗚呼東郷元帥」（海軍軍隊）「東洋理想の歌」（作曲者名なし）「萬寿節奉頌」（作曲者名なし）「凱旋行進曲」（山田耕筰）「銀翼燦たり」（中山晋平）「神風歓迎歌」（古関裕而）「仰げ神風」（橋本国彦）「航空青年の歌」（古関裕而）「征けますらを」（堀内敬三）「躍進屍超えて」（飯田信夫）「勝つて兜の」（松平昭博）「空の軍神」（橘旭翁）

これらは現在では国会図書館以外ではもう目にする事の出来ない歴史的資料なので、少しスペースをとるが敢えて全作品を引用しておきたい。これらはいずれも善麿が朝日新聞の論説委員を務めていた時期であることを考えると、その歴史認識の姿勢は改めて吟味される必要があろう。

「皇子生れませり」

1
皇子《みこ》　生《あ》れませり
高光る　日の皇子ぞ
あ、　日本

神ながら　皇統《みすゑ》のさかえ　とはに
仰ぐや　おほ空　雲かがやき
よろこび　漲る　けふぞ

2

皇子《みこ》　生《あ》れませり
高光る　日の皇子《みこ》ぞ
あゝ　昭和
皆こぞり　待ちえし幸《さち》は　遂に
今こそ　国民《くにたみ》　声たからか
みいのち　寿《ことほ》ぐ　けふぞ

3

皇子　生《あ》れませり
高光る　日《ひ》の皇子《みこ》ぞ
あゝ　東洋
北みなみ　皇国《みくに》の力　いよよ
延びゆく　おほ地《つち》　いざこの時
万代《よろづよ》　はてなき　けふぞ

「日本賛歌」

1

おほみいつ　天つ日の空に輝き
みめぐみ　八百潮の海にあふれ
神のみすゑ　代々つぎつぎ
しろしめし　窮りなし

2

おほみたみ　国は皆ひとつ心に
いそしみ　新たなる時を迎へ
人のちから　鋭《と》くやさしく
はげみあひ　ひた進めり

3

おほやしま　更にまた北に拡《ひろ》がり
南に　のびゆくや　浦のかなた
さくら　うらら　花さき満ち
富士の嶺《ね》の　ゆるぎもなし

「嗚呼東郷元帥」

1

日東帝国この人あり　天地を貫く永遠《とは》の力
忠誠勇断見よ信念　徳望あまねく私なし
皇軍景仰あゝ元帥　護国のたましひわが東郷

2

逆巻く浪間に燦然たり　旋風かちどき海を圧《あつ》す
皇国興廃この一戦　各員奮励敵影なし
世界に稀なりあゝ英雄　輝くいさをしわが東郷

3

いのちは捧げつみ国のため　帝王畏し師とし給ふ
聖恩広大第一臣　国民ひとしくただ感激
万代栄《は》えありあゝ軍神　われらのわれらのわが東郷

「東洋理想の歌」

1

アジアのひがし朝風に
五色の旗の進むとき
大地はひろし王道の
眩ゆきひかり野にあふる
　ここに日本の希望あり

2

いざ人類の幸福と
いのちのために剣とりて
かの暴逆の軍閥を
匪賊を共に追ひ討たん
　ここに日本の正義あり

3

三千万の民衆が
みづから起ちて新しく
守れば固し国境の
長城万里雲晴れぬ
　ここに日本の防備あり

4

運命国を隣りして
無限の富をいま拓く
文化のさかえ永遠《とこしへ》に
世界の平和路近し
　ここに日本の使命あり

「萬寿節奉頌」

1

東亜の天地いますでに
春の光を湛《たた》へつつ
氷も雪も解け去るや
霞む曠野の眼も遙《はる》に
王道楽土草も木も
若芽かがやき萌えんとす
　このとき、この日、皇帝萬寿、億々歳を重ね給へ

2

ああ創業の功成りて
建国の基《もと》定まりぬ
この大いなる現実を
僅かに数ふ三年の
その歳月にたれかまた
卒然としてみるを得む

3

民衆まさに三千万
ひとしく起ちて民族の
長き悩みをたちまちに
歓喜にかへし運命を
強き歩みに顧みて
進まん路は開けたり

4

げに人ふたり手をとりて
心同じく合はすとき
その利、金《きん》をも断ちぬべし

心同じきまじはりの
その香や蘭の旋風に
潮《うしほ》もかをる思ひかな

5

そよ風うらら櫻さく
都大路の花かげに
みくるまの音ゆくところ
かたき誓ひを呼びかはし
若き力のみすがたを
讃《たた》へ仰がん日も近し
　このとき、この日、皇帝万寿、億々歳を重ね給へ

「凱旋行進曲」

1

凱旋、凱旋！
皇軍忠勇、皇軍忠勇、輝くほまれ
権益擁護の使命を果たす

歓呼にひらめく日章旗！

2

万歳、万歳！
神武のいにしへ、神武のいにしえ大業《みわざ》はひろく
聖帝歴代　威烈は新た
金鵄の羽ばたき今聞けや！

3

凱旋、凱旋！
仰ぐやおほ空、仰ぐやおほ空、海また陸に
かちどき挙げつつ　祖国に帰る
精気は満ちたり一億萬！

4

萬歳、萬歳！
東洋平和の、東洋平和の、もとゐは永遠《とは》に
日本国民　昭和のわれら
世界に誇れや大稜威！

「銀翼燦たり」

1

爆撃戦闘　天地にとどろく
皇国厳たり　競へや躍進
挑み来たらば直ちに起ちて
邪曲の敵を討たんのみ

2

偵察連絡　国境遙かに
盟邦信あり　堅めよ防衛
侵し来たらば直ちに起ちて
正義の軍を進むべし

3

同胞一体　日章旗《ひのはた》捧げて
赤誠凜たり　誇れや国体
時は来たれり祖国のために
銃後の護り　ゆるぎなし

4

航空愛国　平和の理想に
銀翼燦たり　尽せや精鋭
　時は来れり今こそここに
　東亜の制覇われにあれ

「神風歓迎歌」

1

颯爽　制覇を遂げて
国産　機翼は張れり
神風神風　希望の花ひらけり
鳥人ほほゑみ　世界の歓呼に応ふ

2

南方　遙けし一路
航空　記録は新た
神風神風　平和の風わたれり
国際親善　亜欧の心を結ぶ

4

神明　加護あり　ここに
躍進　科学の誇り
神風神風　歓喜の旗なびけり
見よ見よ日本　われらが世紀の勇士

「仰げ神風」

1

御稜威かしこ国産の
銀の翼輝やかに
飛べり行けり天遠く
西へ西へ邦いくつ

2

歓呼とどろ親善の
使命いまや果したり
世界こぞり皆仰ぐ
亜欧一路新記録

3

霧はとざす山や鳥
同胞一億共にあり
風はすさぶ峰よ谿
航空日本ここにあり

4

櫻かざす胸の上
大和心さきにほふ
富士の高嶺雲晴れて
朝日登る東より

5

神のまもりあらたかに
科学進む快速《すみやか》さ
人のちから撓《たゆ》みなし
制覇なれり両勇士

6

神風神風この平和
神風神風この文化

讃へんいざいざ
　われらの神風

「航空青年の歌」

1

航空青年われらが理想は
輝くおほぞら若さをいのちぞ
機翼は四方に張りきる意気もて
護れや国土を、躍進日本

2

航空青年われらが努力は
誠実純真不屈のこころぞ
櫻はあまねくさき満つ精華に
励めや技術を、向上日本

3

航空青年われらが前途は
国民一体挙国のほまれぞ

爆音たからか湧き立つ歓呼に
誇れや文化を、清新日本
　いざ行けいざ飛べ航空青年
　　われらが時代はいま来れり

「征けますらを」

1

征けよますらを凛然と
み旗も高き雄たけびに
空陸並びゆくところ
正義に向ふ敵もなし

2

仰ぐ御稜威の輝きに
雲こそ開け長城の
万里の道を超えゆけば
明朗共に望むべし

3

邦は新たに興るとき
東亜の平和親善の
一路を阻むいく年の
迷夢のとりで踏み破れ

4
西に落陽《ゆふひ》は赤くとも
祖国は東国民の
銃後のちかひ血に燃えて
富士ヶ嶺《ね》朝日照りそひぬ

5
いまぞ皇国《みくに》のために起つ
勇武の軍は天を知り
機は精鋭を地に誇る
忠誠君に栄誉《ほまれ》あれ
　万歳々々　万々歳

「躍進屍超えて」

1

今こそ東亜の危機に起ちて
皇軍常勝威武は振ふ
壮烈義烈の屍超えて
進むは皇道正義一路
　忠魂君あり国に殉ず
英霊とこしへ国を護れ

2

北支の山野はすでに明朗
長城晴れたり黄河近し
南支の制空遂に成りて
海陸ひとしく敵を圧す
　忠魂君あり国に殉ず
英霊とこしへ国を護れ

3

期するは親和の国の誼み
願ふは躍進民の栄え

銃後の誓ひはいよよ固く
堅忍持久の精神《こころ》競ふ
　忠魂君あり国に殉ず
　英霊とこしへ国を護れ

「勝つて兜の」

1

どんとはじめた総攻撃に
勝つときまつたいくさでも
ここをせんどの敵陣抜いて
めざす平和の菊日和
　勝つて兜の緒をしめて
　しめろシャンシャン上海の
　西へ南へ日のみ旗

2

渡るクリーク煙が晴れりや
草はトーチカこもかぶり

抜いたとりでに鏡もぬいて
　けふはほんのり祝酒
　　勝つて兜の緒をしめて
　　しめろシャンシャン上海の
　　西へ南へ日のみ旗

3

挙国一致のまごころこめて
射つた弾丸《たま》だよ戦友と
百発百中いのちを的に
立てたいさをの武勇談
　　勝つて兜の緒をしめて
　　しめろシャンシャン上海の
　　西へ南へ日のみ旗

「空の軍神」

〽かくて敵陣の大爆撃を敢行し、機翼をつらね帰らんと、衝くや雪空雲遠く、峰また峰谷また谷、こだまをかへす爆音の、前にうしろに敵弾は、散りつくだけつひまもなし

〽たちまち見ればあやしくも、部隊長機は濛々と、黒煙を吐き速度をはやめて、ひた降りゆく危さに、すは不時着と思ふまも、あら無念なり大地に墜ち、やがて機上にうち振るは、別れの白布か絶体絶命

〽時を移さず救援の、到る間遅し搭乗の、これを最期と五勇士は、敵の重圍に陥りて、猛射をうけつつ奮戦乱闘、たまも力もつきはてたり、これまでなりといさぎよく、愛機を焼きて一片の、煙と消えし壮烈の、名こそは消えじ秋風に、仰ぐや空の軍神、天翔りゆく命かな、天翔りゆく命かな

「敵前渡河」

〽濁流滔々として暁の闇も深く、秋風膚に沁みて星冴えたり

〽いざ敵前を渡らんと、玉の緒かくる白欅、掩護の砲声殷々として、山野にひびけば前面の、高地に據りて射ちいだす、十字砲火ぞものすごき

〽あるひは鐵の舟の上、あるひは架くる橋の下、無念と叫ぶ声諸共、たちまち逆巻く血潮の浪、しぶきをあびて岸へ岸へと、あがる勝鬨いま聞けや、あゝ戦友よ国のため、捨てしいのちも捨てがたみ、屍を肩に敵陣を、奪ひてたつる日章旗

〽そのいさをしをいしずゑと、ここにうづむる草陰や、君がほまれは花とにほはん

これらは時代が日中戦争から太平洋戦争に向かう過程での作品であり、超一級の戦争賛美の産物であり罪万死に値する。この時分にこれだけの戦意高揚と侵略の正当化を謳った人間はあまり見当たらないし、その先鞭をつけたという意味ではどこからみてもA級戦犯というべきであろう。

こうして見てくると善麿がこの時期に果たした国家への貢献的煽動者としての役割は明白で、後に述べる自由主義者としての善麿像とはかなりの隔たりがある。

III章

時局の狭間で

善麿が最も注目されたのは軍国主義のまっただ中にあって、どのように己の良心を歌に現したかということであった。しかし、この歌集には良心より愛国者としての側面が全面に展開されており、自由主義者としての善麿の姿を伺うことは難しい。戦局の狭間に置かれた歌人の表白である。

【太平洋戦争賛歌歌集『周辺』】

一　大政翼賛会前史

1　『国防の本義と其教化の提唱』

これは一九三四・昭和九年十月に陸軍省新聞班が作成したパンフレットで冒頭に「たたかいは創造の父、文化の母である。試練の個人に於ける、競争の国家に於ける、斉しく夫々の生命の生成発展、文化創造の動機であり刺激である。」おそらく陸軍省史における唯一の〝名文〟と言ってもいい一文である。そして次の五項目を列挙し解説している。

一　国防観念の再検討
二　国防力構成の要素
三　言下の国際情勢と我が国防
四　国防国策教化の提唱
五　国民の覚悟

大体、陸軍省は頭の固い融通の利かない石頭が多いとされ国民の評判が良くなかったから、そのような雰囲気を払拭するようなこの冊子は驚きをもって迎えられた。尤も本文は相変わらずの官僚文書なのだが、この冒頭のキャッチフレーズが効いてマスコミが飛びつき盛んにとりあげた。そのうち雑誌もこの話題を追いかけだした。なんでも十六万部を最初に刷ったが足りなくなって増刷をしたというから評判のあまり芳しくなかった陸軍は久々に鼻をたかくした。

最後の「五」の「国民の覚悟」では「この有史以来の国難――しかしそれは皇国が永遠に繁栄するか否かという、光栄ある国家的試練である――を突破し光輝ある三千年の歴史に一段の光彩を添えることは、昭和聖代に生を享けた国民の責務であり、喜悦である。全国民が国防とはどんなものであるかを了解し、新たな国防本位の各種機構を創造し、運営し、みごとに危局を克服して、日本精神の高調拡充と世界恒久平和の確立とに向かって邁進することを願っている。」としめ括っている。

徳富蘇峰は「我らは、その評判のために、この小冊子を手に入れて一読した。そしてこれは、我らが昔から繰りかえし論述してきたところと、その概要において何らの相違がないだけでなく、むしろ国民必読の重要な書物である。我らは、これが世間不急の、くだらない作家の濫作、あるいは金儲けと邪な欲求を満たすための悪著よりも何十杯も歓迎すべき良書であり、好著であり、時宜を得た書であることを信ずるものだ」(「軍人が横暴なのか、文官・政党に気魄がないのか」)と歓迎の言葉を述べ、また美濃部達吉は「全体を通じて好戦的、軍国主義的な思想の傾向が著しく表れている」と警戒心を露わにしたほか、中野正剛は「地方農村では、平民がやったら弾圧と検束に見舞われるべき程度の言論が、皇軍の中枢において平気で発表されるのを見て、小躍りして喜ばざるを得なかった」と皮肉り、清澤洌は「軍部は決して現在の予算では満足せず、さらに軍備予算の増大を希望している。」とその真意を衝いた。また戸坂潤は「陸軍は第二次国防充備の五カ年計画のために、来年度以降、五カ年総額六億円の要求を大蔵省に要求している」としてその前宣伝のための戦術だと批判した。（以上の引用は『日本ファシズムの原点』キンドル版）

知識人や評論家が軍部の公開文書に対して様々な反応をしたのは珍しく、この当時はまだこれを批判的に論駁する風土が少しは残されていたわけだ。世間ではこの文書が陸軍に相応しくない〝文学的〟なものだったので、これは作家に書かせたのではないかと一時、作者捜しの騒動が持ち上がったほどだった。結局〝犯人〟は見つからなかったが軍部と文壇のなれ合いを示唆する一件ともなった。

ところでこのパンフレットに関して朝日新聞が論説で取り上げた。十月六日付朝刊「陸軍の釈明――パンフレット問題について」と題する一文である。

陸軍新聞班によるパンフレット発行は従来から行われており、近代的軍備国防に関する調査、研究並びに意見を一般に知らせるという目的に基づくものである。従って最近発行の小冊子も一般ジャーナリズム、政界、財界等において遇されたような刺激的重大性があるとは、我々は考えていない。長期的な国運の将来に自信のある大国民的の態度としては、事あるごとに騒ぎ立てるのは好ましくないことである。（中略）／案の内容については、現代国防軍備に対する広範な解説の啓蒙的価値があり、また国内諸制度に対する改革的意見の片鱗にも示唆に富むものがあり、ことに国家の現状に対する誠意ある憂慮が感じられる。その意味において、この提唱は朝野の国策研究上の資料として重視すべきものの一つであると考える。

このように比較的冷静な調子で論じられており、基本的には主張に同調するように匂わせながら結論的には「その反響、ことに諸外国に対する影響が、故意に基づくかと思われるほど誇大であったことは、国際的に隙を見せないためから言って、慎重な用意を忘れてはならないことを暗示している」と述べて警戒心を漂わせた論調になっている。

この時点での朝日の論説委員は善麿の他は柳田國男、美土路昌一、牧野輝智、野村秀雄、永井万助らであった。このうち牧野輝智は経済、野村秀雄は政治、永井は外交、美土路昌一は社会担当だった。そして柳田國男は顧問格で誰も書かないような広範囲の問題を担当しており、土岐善麿は特派員や海外視察の経験も豊かであり論説委員室のまとめ役だった。こう考えると文体からみてもこの論説は美土路や野村の意見を聞いて善麿がまとめたものと思われる。

2　大政翼賛会の発足

「国防の本義と其教化」は、はっきり言って日本が軍国主義国家となって行く過程で陸軍がイニシァチブを取るための一方便にすぎず、国家百年の大計どころか一寸先も見えないその主導権を取ろうとするがそのなかで政府が推し進めたのが「大政翼賛会」だった。これを当時、野にいて政府批判を続けるミニコミ誌『近きより』を出していた反戦弁護士正木ひろしは「大政翼賛、心は欲算」と揶揄して読者から喝采をうけていた。もちろんこの号も発禁になった。

大政翼賛会はすったもんだの騒動のあと、強引に結成された。ようやく決まった役員は次の通りだった。

常任総務——有馬頼寧、井田盤楠、大口喜六、大久保立、後藤文夫、永井柳太郎、中野正剛、橋本欣五郎、八田嘉明、古野伊之助、前田米蔵

常任顧問——及川古志郎、風見章、東条英機、中島知久平、安井英二

職　員——有馬頼寧（事務総長兼総務局長）、前田米蔵（議会局長）、後藤隆之助（組織局長）

このメンバーを見ると軍人と右翼で占められており、この程度の人材しかいなかったのかとも思われるが逆にこの組織に期待をもてなかったので人材が寄りつかなかったとみるのが正しい。ただ及川古志郎の名が見えるが、彼は盛岡中学で石川啄木と文学同好会の仲間である。同じ仲間で陸軍大将の板垣征四郎は後に東京国際軍事法廷で死刑の判決を受けるが及川は「文学をやっとったのとやらなかったの違いだったのかのう」と語っている。

結論から先に言わせてもらうとこの「大政翼賛会」は政治史上まれに見る愚劣で馬鹿馬鹿しい体制だったということである。この結成のために開かれた会議やその議事録の一部は『資料日本現代史12

―大政翼賛会』（一九八四・昭和五十九年　大月書店）にも収められ、また数多の歴史書が公刊されていて私もそのうちの何冊かに目を通したが率直にいって著者たちが真面目なせいかこの大政翼賛会を良くも悪くも歴史的価値があるという前提で書いている。しかし、私にいわせれば大の大人――政治家や軍人、文人たちが寄ってたかって無駄で意味のない議論を繰り返した大馬鹿集団だったと言えばことたりる。例えばこの〝歴史的〟体制が出発した日の総裁で首相であった近衛文麿が「大政翼賛会の綱領は大政翼賛・臣道実践という語につきる。これ以外には、実は綱領も宣言も不要と申すべきであり、国民は誰も日夜それぞれの場において奉公の誠を致すのみである」換言すれば「これから何をすべきか皆目分からないから国民は各自で行動しなさい」という無政府宣言だったのだから呆れて物が言えない。今の政治もそう変わらないが、よくこれで日本が沈没全滅しなかったものだ。

言葉はいくらでも通用するが大政翼賛会とはこのような愚劣で存在価値のない政治家と軍人と文人の「欲算」組織だった。だからここではこれ以上、大政翼賛会の組織と構造そしてその歴史的位置について言及するのは紙とインクの無駄になるだけだから止めることにする。ただ「上位下達」という封建時代を彷彿させる言葉が飛び交って軍人、官僚が大手を振ってのし歩いたことだけは忘れてはなるまい。

3　常会・隣組

現代の若い世代には聞き慣れない用語になっているようだが、大政翼賛会の下部組織として生まれたのが常会、隣組である。これは元々、豊臣秀吉が「五保」という制度で取り入れた統治方式で大政翼賛会が「常会・隣組」として採用したものである。この件については「小集団の国家的再編成―太平洋戦争下の常会・隣組」（『東京学芸大学紀要』一九六七年）として論じたことがあるが、国民全体を地域単位で支配統制するために実施した唯一の〝業績〟である。町内会を五軒ごとにくくり「上意下達」と不穏な動きを取り締まる「密告」を勧奨した巧妙な統治システムである。誰が書いていたのか忘れたが日本の大使がヒトラーにこの話を伝えたところ、自分の国にも取り入れたいと言ったという話を読んだことがある。

先の「国防の強化」パンフレットも巧妙な統治対策だったが、「隣組」では岡本一平が作詞した、

とんとんとんからりと
隣組　障子を開ければ
顔なじみ　廻して頂戴　回覧板
教えられたり　教えたり

という歌は全国各地で歌われた。NHKからラジオで全国放送され、メロディー（作曲は飯田信夫）が軽快だったこともあって大ヒットした。私の記憶では普段口も利かないのに役場の命令で隣家の壁に穴を開けて行き来した記憶が残っている。空騒ぎの体をなしていた大政翼賛会が残した唯一の〝遺

産〟だった。もちろん、敗戦後は真っ先に壁が復活したことは言うまでもない。最近ではテレビ番組「ドリフの大爆笑」で替え歌として取り上げられて少年や若い世代が歌う光景があちこちで見られた。

また常会では大は町内会規模のものから。それこそ隣組規模で開催され、兵器製造のための貴金属供出決議を押しつけられて町内会や隣組が競い合って差し出すという光景が新聞で報道されたりした。我が家では両親が忠君愛国を示すためだと言って囲炉裏にかかっていた一つしかない鉄瓶を供出したため湯を沸かすことが出来ず嘆いていた母親の姿が目に焼き付いている。

4 日本文学報国会

大政翼賛会が空回りしている間に言論界は独自の動きを見せ始めた。農民文学の島木健作が中心となって「農民文学懇話会」、佐藤春夫らの「経国文芸の会」、戸川貞雄らの「国防文芸連盟」、福田清人らの「大陸開拓文芸懇話会」、海音寺潮五郎らの「文学建設」、木々高太郎らの「文芸学協会」などの作家たちが競い合うように大政翼賛会への道になびいていった。こうした動きをみると当時の文芸界が時局便乗の道にまんまと乗りかかっていた体質が浮き彫りになる。大政翼賛会の文化部長には岸田国士が就任した。

会　長　徳富蘇峰
常任理事　久米正雄、中村武羅夫

理　事　折口信夫、菊池寛、窪田空穂、佐藤春夫、下村宏、白柳秀湖、関正雄、辰野隆、長与善郎、松本潤一郎、水原秋桜子、柳田國男、山田孝雄、山本有三、吉川英治
顧　問　正力松太郎、藤山愛一郎、横山大観
監　事　三井高陽
賛助会員　岩波茂雄、下中弥三郎、佐藤義亮、秦豊吉

本来は会長ポストには幸田露伴がつくことになっていたが露伴はやる気がなく健康上の理由で断ったがこれは正解だった。後に日本の戦争犯罪を問うた東京国際軍事裁判で徳富蘇峰が戦犯指名されたが高齢と疾病のため自宅拘禁で放免された。嫌疑をかけられたのはこのポストが一因だった。

このメンバーは一部を除いて概ね良識派とされる人物で、とりわけ山本有三と吉野源三郎は「大人はもうダメだ。次の世代に期待をかけなければならない」と言って少国民シリーズ『心に太陽を、唇に歌を』や『君たちはどう生きるか』などの作品を世に送った。また、出版界からは岩波書店、平凡社、新潮社のトップを据えていて、それなりに良識を備えた人材を引き抜いている。

文学報国会は九部会を設置した。

◇小　説　部会長・徳田秋声、幹事長・白井喬二、幹事長・白井喬二、理事・菊池寛

（四百六十二名）

◇劇文学　部会長・武者小路、幹事長・久保田万太郎、理事山本有三（二百四十六名）
◇評論随筆　部会長・高島米峰、幹事長・河上徹太郎、理事・下村海南（二百五十名）
◇詩　部会長・高村光太郎、幹事長・西条八十、理事・佐藤春男（三百三十九名）
◇短　歌　部会長・佐々木信綱、幹事長・土屋文明、理事・窪田空穂（四百七十名）
◇俳　句　部会長・高浜虚子、幹事長・富安風生、理事・水原秋桜子（七百三十八名）
◇国文学　部会長・橋本進吉、幹事長・久松潜一、理事・折口信夫（二百五十二名）
◇外国文学　部会長・茅野蕭々、幹事長・中野好夫、理事・辰野隆（三百八十一名）

なお、この名簿の要職（会長、幹事長・理事）は情報局による一方的な指名によるもので、参加者も自分の意志とは関係なく情報局の指名によるものである。したがって文学の戦争責任を問う場合、これらの人々に罪はない。個人的に糾弾されるべき人物がいないわけではないが、それはこのリストとは直接関係がない。

またこの前後には室伏高信が中心となって「日本評論家協会」（一九四〇・昭和十五年）が結成された。既に文学報国会があるにも関わらず時代に遅れてはならじとばかりの呼びかけに二百八十名がこれに加わった。この頃は雨後の筍のように「挙国一致」を叫ぶ大小の翼賛団体が無数に誕生した。いわば雑魚の「欲算」集団が跋扈して日本の行く末をじっくり論じる風潮は既に皆無となっていた。それを象徴するかのような集団がまた誕生する。「大日本言論報国会」である。文字通り言論を以て国に奉公するというのだが、改めて取り上げる価値のない「無能団体」であった。

大日本文学報国会によって日本の文学者たちがこれに取り込まれて、これで一団円かと思いきや、これではまだ不十分として誕生するのが「大日本言論報国会」である。その成立過程は文学報国会とまったく変わらない。すなわち国策への全面追従だ。俗に恥の上塗りという言葉があるが、日本の文壇は「文学報国会」ではまだ国への協力が不十分だとばかり、さらに「言論報国会」を嬉嬉として積み重ねたのである。

この前身は一九四〇・昭和十五年に設立した「日本評論家協会」で、細かな事は省くとして「文学報国会」に任せておいたのでは生ぬるいというので極右に近い人間が情報部に取り入って結成されたのが「言論報国会」というわけだ。国策協力というがこの時代の文学者たちの多くは日本がどこへ向かっているのかも分からず羊群がただ意味なく「尽忠報国」と鳴き叫んでいただけだった。

5　三つの「国策協力」

「報国会」について表面的、形式的な実情は詳しく述べれば述べるほど、この時代の文学者の軽薄な生態を明らかにする無意味な作業だから、ここで少し具体的に「報国会」が果たした役割を検証してみよう。なかでも「愛国百人一首」の呼びかけと「国民座右銘」そして「報国会」主催の「文芸報国運動後援会」の活動、さらに「文学者愛国大会」の四つの取り組みを取り上げてみたい。

（1）「愛国百人一首」

これは「評論随筆」部会と「短歌」部会のメンバー、佐々木信綱、斉藤茂吉、窪田空穂、折口信夫、尾上柴舟、北原白秋などが選者となって一般国民から、万葉集など我が国の古典の秀歌を推薦募集し、この中から百首を選定して国民に愛唱させようとするものだった。これには大阪毎日、東京日日が全面的に協力した。これには二万人を超える応募があったという。興味をひくのはその上位五位中にはとんど無名に近い四人が入ったということであった。

1　君が代はいわをと共に動かねば砕けてかへれ沖つ白波（伴林光平）
2　今日よりはかへりみなくて大君のしこの御楯といでたつわれは（今奉部与曽布）
3　山はさけ海はあせなむ世なりとも君にふた心わがあらめやも（源実朝）
4　みたみわれ生けるしるしあり天地の栄ゆる時にあへらく思へば（海犬養岡麿）
5　君のため世のためなにか惜しからむ捨ててかひある命なりせば（中務卿宗良親王）

無名と言っても、これらの歌人はその道では知られた人物と歌で、応募者の中に「通人」が多かったことを示している。また、選定された「百人一首」は新聞雑誌で特集され、主宰新聞社では連日入選作を第一面に掲載し、評者たちに解説を書かせたりした。またデパートなども著名人に揮毫させた色紙で特別展を開いたり、また舟橋聖一が歌舞伎用に台本を書いて歌舞伎座で上演され連日満員だったという。またカルタとして販売されどの会社でも註文が殺到して幾ら増刷しても間に合わなかったというから、いかにこのキャンペーンが愛国心をたきつけたか推して知るべし、発案者は得意満面だったであろう。

この企画の選考委員の中心となったのは斉藤茂吉で、この人気ぶりに気をよくして「折角だから国民学校で教科に取り入れて合唱させるようにしてはどうか」と提起するほどだった。斉藤茂吉の時局便乗については次章で少し取り上げることにしているのでここでは、この程度でおさめよう。

（2）「国民座右銘」

これは敗戦近い一九四三・昭和十八年に出来た「国民精神の涵養」と「国民生活の範たらしめる」という目的で国民の座右銘を選ぶために「報国会」が設けた特別部会でメンバーは次の通り。

井伏鱒二、尾崎士郎、亀井勝一郎、小林秀雄、白井喬二、白柳秀湖、中野好夫、野上弥生子、舟橋聖一、三好達治、保田与重郎、折口信夫、吉川英治、菊池寛、佐藤春夫、柳田國男

ここに挙げたのは当時の文壇や言論で活躍した面々であるが、顧問として情報局文芸課長、軍情報部、文部省国語局長、朝日新聞企画局長らが加わって総勢三十三人から成っている。時局は逼迫し、三度の食事もままならないという状況のさなか、まさに「武士は食はねど高楊枝」の強制である。メ

ンバーたちはどんな心境でこの児戯以下の選定に興じたのであろうか。そして三百六十五の標語をえらんでいる。数例を挙げると、

一　大日本は神の国
一　武士道といふは死ぬ事とみつけたり
一　女はやはらかに心うつくしきなんよき
一　興国の興廃この一戦にあり、各員一層奮励努力せよ
一　皇室を尊び夷狄《イテキ》を攘《ハラ》ふは文武の最大なるものなり

選定委員の一人、亀井勝一郎は「朝に道を聞けば夕に死すも可なりといふが、もう死んでもいいといふ人も出るかも知れない。さういふ素晴らしい座右銘をつくりたい」と朝日新聞談話を残している。亀井はかつて左翼評論家として活躍した人物である。転向もこうなると行き着くところまで堕ちたと言うべきだろう。函館出身の亀井の住居跡はかつて啄木の下宿のあったすぐ近くにあるが、現在は小公園になっていて、その一隅に亀井の小さな碑がポツンと建っている。

（3）「文芸報国運動講演会」

「文学報国会」の今一つの事業は「講演会」の開催であった。これは在京の文士、評論家を中心に

四六人のチームを編成して全国各地を講演するという企画で「文芸会」には三百人以上の会員がいたから人材にはこと欠かなかった。また地方では出版物で名を知っていても直接に顔を見、肉声を聞くという機会がなかったから、この企画は評判がよかつた。それに指名された文士や評論家はこの時期になると旅行禁止令もあって地方に出ることを許されなかったが、講演となると大いばりで出張できた。さらにこのころは食料事情が悪化して贅沢は不可能になっていたが地方に行くと名産や珍品にありつくことが出来たから、自分から手をあげて参加を申し出るほどだった。主催する情報局宣伝課には用もないのに窓口にうろつく「文芸家」が急増したという。

ここでは一つだけのケースをとりあげよう。（本吉野孝雄『文学報国会の時代』二〇〇八・平成二十年河出書房）一九四二・昭和十七年五月、情報局は「東海近畿地方班」を指定、メンバーに久米正雄、石川達三、棟田博、戸川貞雄、真杉静枝。その上、情報局から目付役兼世話役が貼り付いた。石川達三は数年前『生きてゐる兵隊』で戦争の悲惨さを書いて物議を醸していた〝確信犯〟だったせいか、初めての講演会というせいもあって情報局の課長と嘱託そしてヒラ二名が付き添った。一行は夜行で宇治に一泊、皇學館大学学長の挨拶と待ちに待った料亭での接待が始まる。この夜のことは触れずにおこう。

講演会は盛況で満席になっていた。講演は一人三十分ということになっていたが開会の辞をのべた情報局の井上司朗課長は調子に乗って延々五十分にわたって熱弁をふるった。軍部ですら公衆の面前でこうした無礼きわまる態度はとらなかったから、いかに情報局が威力を持っていたかわかる。

井上信興は東大法学部を卒業後、安田銀行に十年ほど勤めた後、内閣情報部情報官となり、課長になったのは三十九歳で、いわば官僚の出世頭だった。

翌日は京都である。講演は相変わらずの盛況で気をよくした井上は遊び人と評判の久米正雄に「飲みに行こう」と誘って木屋街に出掛けた。現在も木屋街は夜の繁華街として賑わっている。久米は馴染みの料亭に入り芸者三人を呼び出して一夜を明かした。一番喜んだのは井上だった。以来、味を覚えた井上は講演会のスケジュールをみては自分の行動を組み入れて各地を〝交援〟するようになった。

正確に数えた訳ではないが、こうした「講演会」では数百人の文士たちが各地を廻り『撃ちてし止まん』とか「進め一億火の玉だ」と国民をけしかけ飲み明かしたのである。

（4）「文学者愛国大会」

一九四一・昭和十六年十二月二十四日、つまり太平洋戦争勃発から二週間後に「文学者愛国大会」が東京で開催された。大会は「国民儀礼」に則って進められた。

一　皇居遙拝
一　国歌「君が代」斉唱
一　戦没将兵への感謝
一　武運長久祈念黙祷

一　詔書朗読

これは大抵の「大会」における定番の議事であり、全国至る場所に見られる光景で、国民も慣れきって違和感を覚えなくなっていた行事である。ここでなぜ取り上げるかというと、これまで「文学報国会」「言論報国会」など近似同質集団の乱造の一環で、改めて論ずる必要はないのだが、一つ気にかかる記述を発見したからだ。というのは先に引用した吉野孝雄の『文学報国会の時代』の一節に次の記述が出て来たからである。

「国民儀礼」に続いて、徳田秋声、佐々木信綱、水原秋桜子、武者小路実篤、久保田万太郎、白井喬二、吉屋信子、久米正雄、横光利一などが登場し、それぞれの愛国の情を吐露、続いて土岐善麿、尾崎喜八、富安風生、佐藤春夫、高村光太郎などの詩人、歌人、俳人が「聖戦」を賛美する自作の作品を朗読した。

翼賛会の周辺を探っていていろんな人物の名が次々と出てくる。しかも同じ人物がここかしこに登場する。言い換えればいかに同一の人物が場所を変え、時を代えて出現するのだ。例えば武者小路実篤、高村光太郎、佐藤春夫、久米正雄、吉川英治、斉藤茂吉、白井喬二、久松潜一等々。

しかし、土岐善麿の名はほとんど出てこない。大政翼賛会についてはいろいろな著作や論考が出ているが、そこに善麿の名を見つけることはまずない。だから、ここで土岐善麿の名を見て驚いたのである。

二　大日本歌人協会

1　常任理事善麿

大日本歌人協会は一九三六・昭和十一年に発足している。大正時代に作られた「歌話会」（一九二四・大正三年）が前史である。若山牧水、前田夕暮、古泉千樫、中村憲吉、尾山篤二郎、西村陽吉、土岐善麿のメンバーであった。その後、いくつもの歌人の流派が生まれ離合集散を繰り返していたが、この歌話会は一貫して存続していた。それは中心となった牧水、白秋、善麿が同世代で結束が強かったからである。

またこのころは満州事変、五・一五事件、上海事件、国際連盟脱退など社会不安が重なる一方、プロレタリア運動が興隆して文壇も落ち着いていられなくなった。適確な情勢判断をするために個人では限界があり流派やグループを作って情報を交換する必要があったから、いくつもの集団が離合集散をくり返していた。「歌話会」が「日本歌人協会」へ、そして「大日本歌人協会」へと変貌を遂げるのはこうした背景があった。

この頃には歌人協会はおよそ二百人ほどの会員を擁するようになっていたが、一九三六・昭和十一年十一月二十七日、「日本歌人協会」は解散し、同日に「大日本歌人協会」が発足した。（以下「協会」という）

常任理事――北原白秋、土岐善麿
理　事――北原白秋、土岐善麿、石榑千亦、吉植庄亮、前田夕暮、川田順、土屋文明、松村英一、尾山篤二郎、臼井大翼、宇都野研、矢代東村、依田秋圃
事務局――松村英一
名誉会員――佐々木信綱、窪田空穂、尾上柴舟、与謝野晶子

この時点では土岐善麿は朝日新聞の論説委員になっていたが記者時代から言えば〝閑職〟だったから思う存分、歌人協会の運営に時間を割くことができた。アイデァマンの善麿はさっそく幾つもの運営改革に着手した。

先ず、理事会は月一回定期的に開催することにした。体調の優れなかった北原白秋は「定期的でなくてもいいじゃないか。必要な時だけ集まればいいよ」と反対したが善麿は理事会の開催要件は三分の二だから休みたい場合は休めばいいといって押し切った。また運営を安定させるため会員の他に「会

友制度」を導入して会費収入の増大を図った。さらに協会の事業として「年刊歌集」の発行、後援会の開催、朗詠会を各地で催し会員の増加を目指すなど相次いだ企画を打ち出した。また「歌人協会賞」を設け、優秀な人材の発掘を目指した。

もっと注目されるのは学校現場で採用されている各種教科書に掲載されている会員の作品について、当該教科書出版社にその印税支払いを求めたことである。実は善磨は著者と印税の関係について記者時代から取り組んでいていくつか論考を著している。例えば『文芸の話』(一九二九・昭和四年朝日新聞社)では「文士の収入」や「原稿料と著作権」に言及し、出版界の曖昧な体質を批判、改善を求めており、それを実践したのである。これによって短歌会のみならず教科書に掲載された作品の著作権は大幅に改善されることになった。これもすんなりと受け入れられなかったが大手の教科書出版社に出向き説得したのが効を奏したのである。交渉相手が既に名をとどろかせている善磨と知ると相手方は降参するしかなかったのである。

傍らで善磨と仕事をした松村はその体験を次のように語っている。

土岐さんと親しくするようになったのは、ここ二年ばかりのことだが、事務家としての土岐さんにも常に敬服している。私との交渉は大日本歌人協会の常任理事と書記との関係に於いてだが、責任感が強く、態度が公平で、公人としての立場をよく理解していられる。歌人協会が今日どうやら基礎を固めて団体的に大をなしたのは、他の諸理事の協議的精神に依るところ勿論だが、これをここに導いたのは常任理事としての土岐さんの力が与って大きかったと言わなければならない。然も土岐さんには、一面政治的手腕がある。決して単なる常識人ではない。

（「書窓」昭和十三年八月）

こうした善麿の尽力によって大日本歌人協会の運営は次第に軌道に乗っていった。

2　改造社『新万葉集』

北原白秋、若山牧水、土岐善麿は早稲田大学、同世代の歌人で歌壇をリードしたということ以外にもう一つの共通点がある。それは三人とも石川啄木と接点を持っているということである。一時代の中にあってこうした人間連鎖はあまり例をみない。白秋は啄木から浅草で〝筆おろし〟を伝授され、牧水は啄木の葬儀の手配一切を仕切り、善麿は啄木の遺作を編んで世に問い不滅の啄木像をのこした。いわば啄木、白秋、牧水、善麿は近代に於ける短歌界の〝四天王〟とも言うべき存在である。啄木はここでも特異な存在感を残していると言えよう。

ここで少し横道にそれるが歌壇界に影響を与えた一つの話題に触れて起きたい。というのはこの時代に歌壇を揺るがすような大きな出来事が起こった。それは出版界の異端児改造社の山本実彦社長が和歌の古典ともいうべき『万葉集』を超える新しい『新万葉集』を社の総力を挙げて出そうという大胆な企画だった。改造社は短歌総合誌『短歌研究』を手がけていて、いわば「素人」ではなかったが古典中の古典と言われる「万葉集」を凌駕する新しい「万葉集」を発刊しようというアイデァはさすが出版界の風雲児といわれた山本実彦ならではの発案であった。

以下、その顛末について述べていくが、この原稿を書き出していてある一冊の書物を入手した。それは『新万葉集』に関する詳細で精緻な研究をまとめた荻野恭茂『新万葉集の成立に関する研究』（一九六八・昭和四十三年　私家版）で、これがB6版、六百七十一ページの大著である。これは私家版だったせいか国会図書館や他の公立図書館にも入っていないが内容的にもしっかりしており、著者は奥付に依ると広島出身、慶応大学を卒業後名古屋大学大学院修士課程修了、岡崎女子短期大学講師としか分からない。学会関係では全国国語国文学会、名古屋大学国語国文学会、慶応大学文学会、若文学会、保育学会所属とあるから真摯な学究であったのであろう。私事ながら私は学会の不思議な雰囲気に馴染めず現役時代には二つだけ、定年後は早々に脱会して好き勝手に生きている。

この著書は博士論文として提出すれば間違いなく学位を取得できた筈だが、その形跡がない。研究手法も着実で、なにより実証的な考察がすばらしい出来映えである。残念ながら本書ではその成果を十分に生かし切れないが本節はこの著者の研究を少しだけ借用させてもらっている。機会があればどこかに紹介したいと思っている。

本題に戻ろう。企画の実現を託された『短歌研究』の編集担当大橋松平と大悟法利雄は当然のことながら「歌人協会」を訪れ協力を依頼した。二人は歌壇の内実をよく知っていたから易々とこの計画が進むとは毛頭考えていなかった。有名な歌人ほど気位が高く、自尊心が強く、その我執性を嫌というほど見せつけられてきたから二人の当面の課題はどんなことを言われても「忍」の一字を貫くことだった。人選は難航したが、結局次のメンバーが選ばれた。

佐々木信綱、太田水穂、尾上柴舟、窪田空穂、与謝野晶子、斉藤茂吉、北原白秋、土岐善麿、前田夕暮、釈迢空

メンバーの構成は無難に世代を重視した。明治、大正、昭和三代から均等に選ぶということで最年長が佐々木信綱（六十五歳）、最年少が釈迢空（五十歳）だった。このメンバーを選出するのに先ず半年が必要だった。発表された名簿をみて、この選に漏れた人々が怒り狂うことは目に見えていた。そこで妥協策として「評議員」というポストを用意した。これでもこの選にもれた歌人たちが不平不満を露わにしたことはいうまでもない。

金子薫園、石榑千亦、相馬御風、石原純、岡麓、吉井勇、川田順、半田良平、松村英一、吉植庄亮、土屋文明、花田比露思

一応事態が整って最初の会合が一九三七・昭和十二年三月三日、東京の星ヶ丘茶寮で開かれた。この茶寮は北大路魯山人が開いた日本一とされる料亭である。会員制で政治家、作家、芸術家等が使った。

珍しく歌舞音曲なしで酒と魯山人が自ら作った料理を愉しむことで有名だった。夜は九時までの営業だった。ある時、さる大物大臣が五分ほど遅れてやってきたが遅刻は認めんといって追い返した実話が残っている。作家の小島政二郎は鎌倉に住んでいて魯山人と親しく、東京に出ると必ず茶寮に顔をだした。芥川龍之介や夏目漱石も常連で魯山人と話し込むこともあった。歌詠みのメンバー一行が魯山人からどんな供応を受けたか残念ながら魯山人は一言も語っていない。

「新万葉集要綱」が審査員たちに示されたのはこの時でその骨格は山本社長が独断で決めたものだった。これによると

一　全十巻とし、これに収まらない場合は別途増刊を検討する。
一　応募締切は一九三七・昭和十二年五月末日
一　応募者の提出は一人二十首までとする

なにしろ初めての取り組みであり選者達にもどのような進行になるのか皆目見当がつかないので、この要綱はあっさりと認められた。ところが実際に作業を始めると想定をゆるがす事態がはっきりしてきた。というのはまず応募者と歌数が予想をはるかに超えて歌数が五十万首にも登ったことである。これを十人に振り分けたとして一人の選者は五万首に目を通さなければならない。これをさらに三、四人で目を通すから結局一人平均十五万首を読まなければならない。五月末まで日数から計算すると

一日少なくとも三千句を見ることになる。タイプに打たれた歌は一ページ十句でこれを十部前後コピーするが、当時のコピーの性能がよくないから印字の鮮度が落ちて読みにくくなる。ひどいときには判読不能のコピーになって選者からクレームが続出する。北原白秋は普段から目に疾患があったが、このため視力が悪化して審査の終わる頃には視力がゼロになってしまうほどだった。そして第一巻が出たのは翌年一月であった。菊判、良質紙、天金の豪華本、定価は一冊二円五十銭である。当時の小学校教師の初任給は約五十円だった。柳田國男は自分の著作の定価を教員の給料の一割を目途にしていたというから、それより少し高目だったことになる。

以後、ほぼ順調に刊行されたが時局は盧溝橋事件のまっただ中でも辛うじて続けられ、続刊の『支那事変歌集　二巻』『支那事変歌集　戦地編』を以て完結した。売れ行きは経済不況の世情だったがまずまずで赤字にはならなかった。しかし、この編集を続って歌人協会の内部には不平や不満がくすぶり続けており、やがて協会をゆるがす大問題になっていく。

3「東京朗詠会」

「新万葉集」の選者として汗を掻かされた善麿だったが、この期間中に興味深い事業を実行している。それは如何にも善麿に相応しいアイデァでここにその一端を披露しておきたい。

善麿はこの時期、ラヂオ放送に関心をもち、時々ＮＨＫに出演するようになっていた。主に短歌に関するテーマだったが、その結びに善麿は自作の短歌や古来の歌人の歌を引いて、これを「朗読」するのが常だった。いつもは歌をそのまま詠み上げるのだったが、この頃始めていた「能」や「謡曲」調を取り入れて善麿独自の節をつけて放送したところ評判が良かったため、朗読を「朗詠」調にして講演を終えることにしたのだった。おそらくこの方式は善麿が初めて取り組んだ企画だと思われる。

この事を知った善麿の友人たち、つまり大悟法利雄、飯田莫哀、柳田新太郎らは自分達の歌会に取り入れた各自が独自の節回しで〝宴〟を愉しんだ。彼等はその宴をそれぞれの会合に持ち帰り、歌の「朗読」は自然と「朗詠」に変わっていった。

善麿はこれは形式に陥りがちな短歌の世界にちょっとした新風を吹き込むことになるかも知れないと考え、さきのメンバーを中心に有志を募り「短歌朗詠会」を立ち上げたのである。この輪は次第に大きくなって歌人協会の東京支部に広まっていった。こうなると善麿の手腕はますます発揮される。

初の「東京朗詠会」が大日本歌人協会主催と改造社後援で開かれたのは一九三八・昭和十三年四月十一日のことである。会場は明治神宮外苑の日本青年館だった。この会場は二千人収容で、周囲は集まってもせいぜい五、六百人くらいだろうと囁かれていたが善麿は平気だった。ただ、「朗詠」だけでは人を集めるのは難しいと考えて講演と舞踏を組み合わせていた。講演は吉田弦二郎、後藤俊子、釈迢空、太田水穂、舞踊は藤蔭静枝一派である。善麿は朝日新聞に記事と広告を掲載、また会員にハッパをかけて入場券を配った。ところが当日になると一天俄にかき曇り果てには暴風までつく騒ぎになった。しかし、開幕の時間には奇跡的に晴れ上がり会場には八百人以上の会衆が集まって公園は大成功となった。これに気をよくして協会の朗詠会は定例化され、各地に広まっていて会員の拡大や運営費に貢献した。しかし、この成功を善麿の手腕によるものと認める者はほとんどいなかった。

三　土岐善麿と時局（1）

1　掌の歌集『近詠』

善麿が『近詠』という歌集を出したのは一九三八・昭和十三年のことである。いわゆる支那事変後のことで世情は暗く不安定になっていた。実は善麿はこの五年前に『新歌集作品I』（改造社）を出しているが、これは善麿が歌の形式をいわゆる「自由律」として表現してきたもので、例えば

「短歌に寄せる」

1
僕によるあなたの心理の変化、
それがあなたの姿にも現れて来た

2
あなたをこの時代に活かしたいためばかりなのだ、

あなたを痛痛しく攻めてゐるのは
3
あなたの態度がはつきりしないために、
僕はただひとりの友情をさへ失はうとしてゐる
4
この時代の昏迷の中に小さくなつてすすり泣いて
ばかりゐてはいけない
5
いくたりも他に僕には愛するものがある、しかしあなただけのもつてゐる
ものを愛させてくれ

と言った調子で表現様式や表現内容、表現技法がまるで異なっている。そして五年ほどの沈黙を破って発表されたのが『近詠』で、B7小型版（八×十一・五センチ）一五三首、九十ページ。掌《てのひら》にすっぽり入る超小型の歌集である。扉に「支那事変を契機として、国民生活の儀式にも変化の認めらるるとき、この小冊子もまた一種の記念すべきならんか」とあり、時勢を憂える善磨の真意が見え隠れした歌集である。構成は「時代（二十句）」「深夜（十六句）」「知性（十九句）」「湖上（中略）二十三句）」「死（三十二句）」「銃後（四十三句）」からなっている。先ず、この中から一部を抜粋してみよう。

〈時代〉

はじめより憂鬱なる時代に生きたりしかば然かも感ぜずといふ人のわれよりも若き
眼の前の事実を歴史のなかにおくことによりてわれらが宿命を見極めむとす
名を知られむとは敢て思はず身に近く接するものもおのづから定まりぬ
一生に成し遂げむとせしこともなかりしかどかくありたるわれはわれなりき
昏迷と紛乱のうちにありてひとりのみ行くべきところを知ると言はなくに
時代と共に疲れてしまふか歴史のなかに生き返るか、わが体力を信ぜむとす
離合集散の甚だしきなかに在り経つつさびしき身辺をわが悔むなかれ
次ぎの時代のいよいよきびしき憂鬱に対しつつ静かに生きて人に知られざらむ

〈深夜〉

彼を殺せとそのときピストルをあたへられたらばあるいはわれも彼を射ちけむ
われはただ市街を右往左往するのみならむ逸早くいづくに身をかくすか
そのときむしろ銃殺されたるは思ひ切りよからむ真偽虚実をわかつ時代にあらず

〈知性〉

ただひとつのことを嘘と知りしよりすべてを信じがたしとはわれは言はず
愛欲に身を滅ぼせる彼らよりもいささか惜しきいのちを持てるのみ

〈銃後〉

東洋の平和のために起《た》てと宣《の》らすおほ詔《みことのり》の前に額づくわれは
戦ひはまさに国の力なりこの国の民のひとりとわれをしも恃《たの》む
国歌の運命も人間の運命もただ勝つよりほかはなき時となりぬ
軍用機ささぐる資金に加へむとて勇敢なる軍歌をわれも作りき
もつと勇壮にうたへぬものかと歌手にいへば大胯《おおまた》にあるき拳《こぶし》振りまはす
国民を敵とせずとは首相もいふ抗日の愚を思ひ知るべし
地図の上にたたかひのあとを印《しる》しつつわが心もいつしか南京へ進撃す
真理の探究よりも馬に乗ることをおぼえておけよ兵に徴《め》されむそのときのため
建設のために文化のために僅かにわれも興《あづか》り得べくば余生を捧げむ

（長男、東京帝国大学経済学部に在り）

ひとり児とて男なれば兵に征くべしただに雄雄しくあれと育つる

この句の最後にみられる句には一人息子（二女がいるが）を思う父親の思いが率直に語られていて興味深い。この長男は徴兵検査のあと短期現役士官を志願、海軍に入隊、南方や各地に任官している。

私は歌を作らないし作れないから尤もらしい解説をつけることは出来ないが、物言えば唇寒いこの時代にあって、土岐善麿が独自の修辞法を用いながら隠喩、直喩を駆使しての表現は驚きというしかない。この歌集を善麿は掌に収まる形にしたたには明確な意図あってのことだったという点にも注目したい。というのは善麿はこの歌集を土屋文明に百部を無償で送って「出来れば戦地に征っている兵士に読んでもらえまいか」と依頼している。戦後に出た『きけわだつみの声』（日本戦没学生記念会）には活字に飢えた学徒兵がメンソレータムの効能書きを繰りかえし読んだという手紙を残している。戦場での歌集はどれだけ兵士を救ったかはかり知れない。そのため善麿は故意に軍服のポケットに収まる掌の歌集を作ったのだった。この歌集を詠んだ戦場の兵士から善麿の元に数多くの礼状が届いたという。次にその一通を引用しておこう。（冷水茂太『評伝土岐善麿』一九六四・昭和三十九年　橋短歌会）

拝啓、突然乍ら御通信差上ぐる無躾御宥恕下され度候、小生は唯今中支に御奉公中のアララギ会員に候が、此の度は御新著歌集発行所を通じて御恵送賜り感激を新にいたし居るものに御座候／先生の短歌についてのご意見は疾くより拝見いたしおり、今又遠く祖国を離れて大陸に戦いに従いつつ僅かの暇々に拝読いたす御歌集に或る示唆を覚えつつ親しみ居り候。一昨年夏応召以来戦塵の間に微かなる意欲乍ら作歌を続け参り候ことを思い浮かべ、今日この御歌集をいただき候ことを一つの幸と存じ厚く御礼申上候／先生には御繁務御担任の御身、何卒一層御自愛の程御願申上候

昭和十四年三月八日　中支派遣片村部隊前原部隊気付　上原吉之助

この歌集についての評判は悪くはなかった。というより好意的評価が多かったといってよいだろう。ここで二人の感想を見ることにしよう。

小形な著者自ら諧謔《カイク》してハンドバッグ的だといったポケットブックである。それが不思議にも新鮮な気持を起こさせるのは、鉄幹の『東西南北』の出たころを想起せしめるほどである。一つの新流とも謂うべき、思想的抒情体のものが多い。言葉もいいぶりも、土岐氏的に地に著いて、借物の感じを起こさせない点を強調していい。全体が土岐氏的に歯切れがよく、縦い憂鬱や死を歌っても、混沌たる暗黒のにごりようというようなものがない。

（「童馬参謀夜話」『アララギ』一九三八・昭和十三年十一月号）

一見褒めているようにみえるが実は中身に触れず当たり障りのない評言だ。また短歌革新論者の岡山巌は次のように述べている。

私は今この書を読んで〈知的感傷〉と言ふうものを捕らえ得た。寂び々々した知性、さうしてその底に一つの感傷が流れ通ってゐる。知性的なものはそもそも土岐さんお最初からの持ち物であつた。それが夾雑物を去つてすがすがした細みを帯びて来、その裏にひんやりした枯淡な感傷がかおつてゐる。

（『短歌研究』一九三八・昭和十三年十月号）

岡山らしい誠実さがにじみ出ているコメントである。

しかし、当然のことながら好意的な評価ばかりではなかった。矢代東村は善麿の理解者であったが、『近詠』を「歌より一歩手前の所謂長所」（『歌壇新報』十月号）とか「どの歌も感銘が逃げてぽかんとするのである。幾度読んでもさうなのである」（筏井嘉一『立春』一九三八・昭和十三年十二月号）。

それはともかく、善麿は自由律表記に区切りをつけ、この『近詠』で三十一文字の定型表記に回帰して本来の感性を活かした作品を生み出していく。

2 『六月』の出版

一九四〇・昭和十五年は紀元二千六百年ということで国をあげての祝賀ムードで幕をあけた。歌人協会も時代に遅れじとばかり祝賀企画を立てた。協会では定期事業として会員の投稿作品を一冊にした『年刊歌集』をだしていたが紀元二千六百記念ということで「奉祝歌集」の出版と東京と大阪で「奉祝記念講演会」を企画した。「記念歌集」は二千部を印刷し、協会の総会用に「年刊歌集」も発行した。この頃は印刷用紙が逼迫して出版業界は音をあげていた。新聞用紙もそのあおりを喰ってページを減らすという状態だった。そういう中での刊行である。

総会は四月十一日、芝公園の女子会館で行われ終了後、講演会が続いた。開会の辞は善麿が行った。講師陣は佐々木信綱、北原白秋、五島茂、前田夕暮、折口信夫。いずれも講演慣れしているから、滞りなく終わった。そして恒例になった「短歌朗詠」と「短歌舞踊」会場は満席で盛り上がった。斉藤茂吉はこういう場は苦手だったが珍しく最後までおとなしく付き合った。

大阪で開かれた大会も盛況裡に終わった。ここでは善麿は挨拶ではなく「現代短歌に求むるもの」という演題で話した。善麿は人前で話すことが好きだったし、話術がうまかったから評判がよかった。調子にのって脱線することが多く、聴衆から「また、脱線！」と野次られることも希ではなかった。

二つの総会を無事終えて東京に戻った善麿の書斎の机上に今度出版する歌集の見本が届いていた。『六月』と題する歌集である。考えて見れば朝日新聞と歌人協会の二足草鞋の生活をよく続けてこれたものだと思った。善麿にはかつて『生活と芸術』という文芸誌を一人で二年半近く編集、発行していた時期がある。亡くなった啄木と約束していた『樹木と果実』の再現だった。この時も読売新聞と雑誌の二足をこなしていた。その多忙な合間に筆をとったのはこの『六月』だった。

朝日新聞の定年は五十五歳である。六月八日の誕生日に定年を迎える善麿はそのけじめとして歌集を出そうと折を見ては歌作に励んで大阪に発つ前に原稿を出版社に渡していたのである。タイトルの『六月』は誕生月であり、定年の月でもあった。

二八三首からなるこの歌集はそのけじめとしてでもあったが、何より社会を取り巻く不穏で陰湿な状況を写さずにはいられなかった善麿の心境が反映されている。「対話（中略）（十句）」「運命（六句）」「近隣出征（十句）」「簡素に（六句）」「大地（十句）」「国旗（十句）」「家族（十句）」「凱歌（六句）」「閑談（六句）」「覚悟（六句）」「寿頌（六句）」「稽古（六句）」「迎年賦（十句）」「究極（十句）」「実証（十四

句）」「身辺（中略）（十四句）」「進展（十句）」「峡江（十句）」「庭前（十句）」「小閑（八句）」「樺太雑詠（七十八句）」「先覚（二十五句）」

この時期は善麿にとって人生の一区切りという思いがあったのであろう。善麿の歌集にはあまり「あとがき」や「後記」がないが、この歌集は珍しく少し長い「後記」がついている。

このなかで「新聞社にあつて専ら事変に対処する一方、書斎に入つては新作能の詞章として夢殿をかくことなどを中心に僕の趣味はつとめて祖国的な伝統性を探究してゐた」とあって、この前後から能楽などに手を染めだして「祖国的な伝統」に回帰する姿勢を示唆している。その前置きは「ここにこの歌集『六月』をだすやうになつたのは僕にとつては生涯の一つの記念とする意もあるわけで、六月八日僕の五十五歳の誕生日を迎へると同時に、三十二年間の新聞記者生活に愉しく訣別を告げるのである。」としながら

国家に対し時局に対し社会情勢に対しまた身辺に対しての理念とも生活感情とも謂ふべきものがいささかでも表現されてゐることは認めてもらへるであらう。歌壇の動向とか趨勢とかいふやうなものがどうであらうとも僕はただ僕自身の表現に忠実であらうとした。個々の作品がどういふ契機において成つたかといふこともその一首一首或は連作的なものの実態に就て自由に鑑賞していただけばいい。

と、このように述べて解釈は各自めいめいが自由にすればいいと突き放している。これは明らかに難しくなりつつある時局への警鐘であり、また悩める善磨の心情の吐露でもあったろう。以下ではその中から時局と対峙する象徴的な作品を紹介してみよう。

いかになる事態ぞといふよりもむしろみづからいかにこれに対すべきかを考へしか
講演を終へて出づれば夜深き路に若き数人の立ちて待つわれを
たたかひはいつを初めとしをはりとせむわれらは今大いなる歴史の中にあり
よしやいましが一時の責は逃るるともその真相は史《し》に録すべし（以上「対話」）
われよおのづからにあるべくあらば愧づることなしもの欲しげなる身じろぎはすな
われは社会的地位も名もなけれども断言すただひとつまことありと（「大地」）
海遙けくみなみの島に兵上陸す国の力を疑ふなかれ
紀元節空青くあたたかに晴れたれば日本国民としての意識を強くす
白秋は妻をつれ子をつれて来たりけり茂吉はひとりわれもひとり（「国旗」）
われひとりの力をもちて起したる事とおもはむや国挙《こぞ》り戦ふ（「凱歌」）
性急に事を遂げむと思ふなかれ次ぎの時代は来たりつつあり（「覚悟」）
かはりゆく世相と思へ阿《おもね》らずわれはわれぞと年迎ふわれは（「迎年賦」）
みづからの声におどろき耳を掩ふ議会よ遂に声を立てぬか

そのまま行かば危き道なりと知りつつ来たりまさに到りぬ
おのれまづ行ひ得べきことひとつそれをだに成し遂げてのちに語らむ
遺棄死体数百といひ数千といふいのちをふたつもちしものなし（以上「実証」）

とりわけ「遺棄死体……」の句は当時、評価が分かれた歌であり、善麿の生涯を象徴し代表する作品になっている。その評価はともかく、ここにおける時代の煩悶をこれだけ凝縮して表現した善麿の真髄を見る思いがする。

しかし、これらの作品は読む人間によってはカンに触るに違いない。特に時局を揶揄したり皮肉ったりするような表現は許しがたい反逆と映るだろう。ある意味でこの善麿の歌の真意が分かるのは時局になじまない人間か、時局を利用して己の威をひけらかそうとする人間のいずれかだろうからである。

また、特異とも思える様な長男に対する作品も目をひく。すでに先に「ひとり児とて男なれば兵に征くべし」とい一句歌を紹介したが『六月』ではさらに複数の作品が並ぶ。

軍艦の上に直立し紀元節祝ふわが児を遠く思はむ（「身辺」）
日曜の朝は帰りきて海軍中尉挙手の礼するわが児なりけり（「閑談」）
大学の業は卒へしめつこれより後の長男のいのちを君に捧ぐ（「覚悟」）

（「長男上海陸戦隊本部転任」）

たたかひに勝ちたるのちもなほ進むおほみいくさぞ身をば慎しめ（「進展」）

『六月』の出版記念会がおこなわれたのは善麿の誕生日の六月八日、丸の内の「Aワン」というレストランであった。出席者は窪田空穂、斉藤茂吉、北原白秋、前田夕暮、釈迢空、土屋文明、佐々木信綱など顔なじみのメンバーの他、普段あまり顔を合わせないような多くの歌人が参加して盛況だった。

この日、会場で受付をやっていた冷水茂太は〝師匠〟のにこやかな顔を見て感激の面持ちであった。その時の様子を克明に描写している。

会が始まって私も末席に加わったが、会は和やかで、斉藤茂吉の前の席で杉浦翠子が元気でおしゃべりをしたりしていた。スピーチがはじまり、サイン帖が廻される。メーンテーブルでじっと参会者のスピーチに聞き入る土岐善麿のはげあがった額は血色よく、さっそうとしていかにも若々しい。私は尊敬の目をもってこの良識者の姿を見つめていた。若々しいといっても善麿はその日五十五歳であった。／彼は三十二年間の新聞記者生活から、朝日新聞社をつい先日停定退職したばかりである。だからこの会は、歌集出版を祝うとともに、彼の停年を記念する意味も含めた気軽なお茶の会であった。／私は盛大な会場に名士の誰れ彼れを目で追っていたが、ふとそこに斎藤瀏の姿を見つけて、ちょっと奇異な感じを受けたが、それもすぐに忘れて人々のスピーチに聞き入った。

（『評伝土岐善麿』一九六四・昭和三十九年　橋短歌会）

この文中に「斎藤瀏」という名が出てくる。斎藤瀏は陸軍大学出で、陸軍少将、済南事件時は旅団長、退役後二・二六事件に連座し入獄という異色の歌人で初期は満州、北海道等の自然を謳う歌人だった。当時はこうした経歴の歌人はあまり多くなかったから気骨ある歌人として一部には強い人気があり、その言動が注目されていた。彼は自分の主催する雑誌『短歌人』（一九四〇・昭和十五年八月号）に「土岐善麿歌集『六月』を読む」という感想文を書いている。

私は土岐氏から其歌集『六月』を頂いて息もつかぬような緊張を以て貪り読んだ。それは近来これ程現代に生きた歌の集をみたことがなかつたからである。（中略）私は実に、国家人でもあり社会人でもある。歌を詠むから歌人であるかも知れぬが、一個単なる歌人が所謂歌を机上で制作するが如きを私は好まぬ。否な国家人であり、社会人であり、家庭人であり、職業人である吾人が短歌表現を知つてその魂の声を之に盛る底のものであることを欲する。（中略）私は久しくかうした考へを以て短歌に対して居た。又之を他にも求めて居た――時、茲に歌集『六月』を得て私は一光明を点じられ私の信念を更に堅くすることを得たことを喜ぶのである――私が本集を貪り読んだのは、此の集の歌がかく現代に生き、現代人の心を真実に打ち出して居るからである。遊戯短歌のみを短歌と心得たり、短歌といふ内容と表現とが特別の玩具の如く存在するやうな短歌を発表して居る人々は、此の土岐氏の短歌集『六月』を見て驚倒するかも知れぬが、私は確かに現代人の短歌に就て示唆され るであらうことを信ずるものである。

これは『六月』に関する批評の中で最も評価の高いものの一つで〝激賞〟に近い。この批評を読んで驚いたのは外ならぬ善麿だった。なぜなら善麿はこの評を額面通りに受け止めていなかったフシがある。新聞人としての善麿は斎藤瀏の言動を知り抜いていたから、ちょっとした弾みが斎藤瀏を豹変させるだろうと予感を抱いていたからである。そしてその予感はまもなく的中する。

四　歌人協会の内紛

右の批評が出て二ヶ月後、歌人協会に届けられた十月十日付の書簡を事務所で開いた善麿の目に「大日本歌人協会の解散を勧告す」という文字が飛び込んできた。

差出人は北原白秋である。実は先の『新万葉集』で最も力を尽くしたのは白秋だった。改造社の編集部から届く応募歌のコピーは印刷にムラがあって読みにくいものが多かった。それでなくとも視力が弱かった白秋にとって一日に数百から数千届くコピーに目を通すことは重労働だった。一枚の用紙に二十句が印刷されていて、選者たちは選定した歌の頭に自分の名前の一文字サインをつける。白秋の場合は「白」である。この作業は十人の選者がルーティンを護らないと全体が停滞してしまうからサボったり病んだり出来ない。このため白秋は次第に視力が悪化して作業が終わる頃には視力を殆ど失う状態だった。

このことを善麿も知っていたから封を切る前は症状の報告だろうと思っていたが一読して驚いた。予感はしていたが怖れていたことが書かれていたからである。

御届
今日の心境上常任理事辞任仕度此段御届に及び候也
昭和十四年八月七日
北原白秋
大日本歌人協会　御中

視力を失いそうになった『新万葉集』へのうらみつらみかと思いきや歌人協会の理事辞任である。この辞意表明には長文の手紙が添えられていて「歌人協会の前途は洵に深憂に堪えません。小生は理事諸君の懇望もあり貴兄との霊犀相通ずる心を以て常任理事の重任をおうけいたし、聊かでも会内の調和ということを念頭にいたし、今日に及びましたが、この頃泌々と考えさせられ、矢張り名誉会員として見送られる光栄を微笑しつつ引退いたした方がよろしいようですから決意しました。」と辞任の〝真意〟を述べている。この書簡は便箋十数枚の長文で視力の弱った白秋の強い思いが延々と述べられている。

白秋と言えば私などは「ゆりかごのうた」「砂山」「この道」「ちゃっきり節」などで心温かな詩人というイメージしかないのだが、実際は「頗る感情的で気にくわぬことがあると、すぐ怒ってやめてしまう習性があり、外部から協会理事専横の声が出たりするとすぐ目に角を立てて怒り出す」（冷水茂太『大日本歌人協会』一九六五・昭和四十年　短歌新聞社）だったらしい。

それにしても白秋のこの決意は看過出来ない含みを示している。看板理事が辞任するということが表沙汰になればようやく増えつつある会員に動揺が広がるし歌人協会の弱体化に繋がる。当然、善麿は白秋を慰留しようと考えるが、確かに白秋の言い分にも理があった。

当時、協会は既に千人を超える会員を抱えており、様々な考えを持つ人間が集まっていた。そして大別すると時局に逆らわずに「挙国一致」路線を唱えるグループとこれに異を唱え、時代を冷静に見ようとする穏健派に分かれつつあった。なかでも前者は軍部や情報局とつながりのある人間が多く、後者は善麿を中心とする人間が集まっていた。白秋の辞表はこの板挟みとなってのことだった。理事会に諮る前に善麿は白秋に会い、辞意を翻意させたが十分納得したわけではなく、善麿の顔を立てることで幕を引いたのである。

しかし、この時期の協会はかなり厄介な状況におかれていた。というのは歌人協会には様々な流派が集まっていてそれらはいわゆる宗匠つまり元締めとなる「師匠」がいて活動の拠点としていたのである。言い換えれば師匠を持たない会員はほとんどいなかったと言っていい。例えば北原白秋は「多摩短歌会」、若山牧水は「車前草社」、窪田空穂は「山比古」、土屋文明や斉藤茂吉は「アララギ」という具合である。只一人、土岐善麿だけはどの流派にも属さず、また自分の結社も持たなかった。

白秋が協会理事を辞めると言い出した背景の一つには協会内部に於ける流派同士の拮抗と対立ということが挙げられる。もともと歌風が一致できないから流派を結成するわけであるから理論、作風、思想などが対立するのは当然で協会が一枚看板でまとまらない事はむしろ自然であり、当然なわけだ。ところがこれにイデオロギーが絡んでくると事情は複雑になってくる。この時代、「挙国一致」や「大東亜共栄圏」といった国策を絡めた風潮によって文壇も歌壇も国策から無縁では居られなくなってくる。協会の場合も例外ではなかった。

それまで協会は常任理事の土岐善磨によって運営されて様々な事業に取り組み順調な運営がなされていた。しかし、白秋の辞任問題が明らかになるにつれて善磨の運営を批判的に見る人間が現れてきた。その代表格が次の四人だった。

太田水穂、斎藤瀏、吉植庄亮、中河与一。この人々は歌壇史の中ではいわば無名に近い。特に私のような素人にとってはここで初めて名前を聞いたという程度の人物たちであるが、実はこの時代の歌壇を乗っ取ろうとしてクーデターを企てた重要人物なのだ。

太田水穂―（一八七六・明治九年‐一九五五・昭和三十年）一字、窪田空穂と交友、『潮音』を創刊、初期には浪漫主義的作品が多かったが、やがて国策中心の神がかり的言辞を弄し、これに敵対する作家、歌人を攻撃し始めた。『太田水穂全集　全十巻』（一九五七・昭和三十二年）近藤書店がある。

斎藤　瀏―（一八七九・明治十二年‐一九五三・昭和二十八年）陸軍大卒、陸軍予備少将。退役後に二・二六事件に連座して入獄。佐々木信綱に師事して『曠野』『慟哭』などの作品がある。「軍人」というより「文人」に近かったが、善麿だけには異常な攻撃心を示した。

吉植庄亮―（一八八四・明治一七年‐一九五八・昭和三十三年）金子薫園の「白菊会」につき、やがて『橄欖』を創刊、一九三六・昭和十一年、父の選挙地番で衆議院の席を引継いだ。日中戦争後から極右の評論を続け歌人協会を危険な自由主義手段と糾弾、その標的として善麿を槍玉に挙げた。

中河与一―（一八九七・明治三十‐一九九四・平成六年）、平成時代まで九十九歳で身罷《みまか》った長寿を全うしたわけだが、文壇史上の評価は毀誉褒貶、落差がおおきい。その最大の理由は歌人協会攻撃にある。中河与一は歌人というより小説家と言った方が相応しい。夫人幹子はどちらかというと中道的歌人。出発は日本浪曼派であったが日中戦争あたりから右傾化し、歌人協会を自由主義とする批判を強め、一説には業界紙に協会内部のスキャンダルを暴露、特に善麿を槍玉にあげて批判した。『中河与一全集全十二巻』（一九六六・昭和四十一年　角川書店）がある。

細かな経緯は省くが、この四人が「歌人協会解散勧告書」（一九四〇・昭和十五年十月十日）を歌人協会に突き付けた。書名は三人になっているがそれは中河与一が「自分は原案を書き、それを三人が目を通したものだ」（「歌人協会解散の経緯」『短歌研究』一九五〇・昭和二十五年五月号）と他人ごとのように書いているが死人に口なし、真偽の程は闇の中である。しかし、敢えて言えば中河の言葉は信用出来ない、ということだ。「勧告書」の全文は以下の通り。

今や我が皇国は外独伊と結び内高度国防国家の体制を整へ大東亜新秩序の建設に邁進しつつあり吾等歌人も当に起ちてこの新体制に応じ翼賛の誠を致すべき秋である而して新体制は旧来の陋習と誤謬思想とを排し国体の本義に徹することを必至要求する今歌人協会の現状を見るに個人主義自由主義幹部の動きに支配され剰へ迷彩を施せる共産主義の混在をも認容しつつあり国家の非常時に於ける新体制に応じないのみか一部理事者に因る醜聞は漸く当局と世人との指弾を受けその依怙の陋策は会員の融和を害して協会の威信歌人の名誉を傷け而も金銭万能的に会員を獲得してその存在の価値を低下せしめてゐる。／実に歌人協会は新体制国家に有害無益の存在なるのみならず其の意義と価値とを毀損し累を歌人に及ぼすこと大なるものである今や旧体制を解散して国家の大局に応ずべきの時に当り上掲の問題を外にするも狭義団体を解散するの要あり吾人は国家を愛し短歌を愛し歌人を愛するの念切なるが故に敢て大日本歌人協会の猛省を促しその解散を勧告するものである。

昭和十五年十月十日

太田水穂
吉植庄亮
斎藤　瀏

この文章の起草は中河与一とされるが、それにしてもくどいし文体が崩れて体をなしていない。しかし、協会幹部への批判とその大義だけはなんとか理解できるという程度の文言だ。その事より問題はこの文書が協会宛には一通だけで、会員に対しては誰にも送付されず、ほとんどはマスコミ、文壇に送られたということの方が問題だった。

また「勧告書」は二つの問題を提起している。一つは協会内部に於ける「個人主義自由主義幹部」への批判と、いま一つは「一部理事者に因る醜聞」問題である。このうち後者の「醜聞」問題を先に取り上げておこう。

これは協会が年次毎に会員から作品を募り『支那事変歌集』として出版していたもので、これには文部省から年一千五百円の補助金が出ていた。太田水穂らはこの補助金が理事たちによって不当に分配されていると『歌壇新報』が報じた一件である。『歌壇新報』は吉植庄亮の息のかかった文芸誌であり、火の元は誰の目にも明らかだった。当時、経理は松村英一理事であった。松村はこの時の総会で詳細な明細を示しながら不正のないことを説明し諒承された。その説明の中で松村理事は問題とされた補助金について「協会は改造社から印税として定価（＊註『支那事変歌集』）二円八十銭の一割五分、金一千四百三十七円八十銭を受け取った。編纂費として理事会の定めたところにより、尾山篤二郎五百円、土屋文明二百円、柳田新太郎に三百円を支出したが、尾山氏は一身上の事情で委員を辞したので返金、土屋氏は銃後編発行まで協会で預かりになっており、柳田は資料の提出と実務にたずさわったため支給されている。」と明快に疑惑を払拭した。嫌疑は逆にこの話を持ち出した吉植庄亮にふりかかった。

この件に関連して解散派の村磯象外人が次のような爆弾発言をおこなった。「先ほど経理に関して詳しい説明を賜ったが、要点がはっきりしない。そこで土岐氏に伺うが、あなたが憲兵隊に出頭を命じられ取り調べをうけたその内容を説明願いたい」というのだった。これは全くのでっち上げでなければ、その筋からのリークと考えられ善麿にとっては致命的な問題に発展する可能性があった。これに対して善麿の返答は次のようなものであった。

私には憲兵隊に出頭を命ぜられたやうな事実はありません。従って取り調べを受けたこともありません。ただ、言い添えますが、こういうことはありました。昨年の九月に憲兵隊から自宅に電話があって、事変歌集に文部省から千五百円の補助を受け、これを勝手に処分しているといふが、事実かどうかといふのであります。さういふ事実はないと答えると、しかし某氏の話では、某氏の名はいふ必要がないと思うので差し控へるが、こうこうであるといふ。それで更に事実を説明し、もっと詳細な回答が必要ならば、いつでも説明に応じますと述べておいた。これがもし憲兵隊に出頭を命ぜられ、取り調べをうけたといふことになるかどうか。私は社会の通念上、これを出頭などとは思つてはおりません。

回答は毅然としていた。慌てたのは村磯象外人だった。「某氏」の名をあげられたならやぶ蛇で不利になるのは「解散派」だったからである。こうして重箱の隅を突いてくるやり方に愛想を尽かして善麿は彼らとの妥協は一切しなかった。

むしろ問題は補助金不正の嫌疑ではなく「個人主義自由主義」であった。土岐善麿の名こそ挙げていないが、端から見れば一目瞭然で、なにより当人は自分を指しての攻撃であることを察していた。というのも善麿はかつて『生活と芸術』という文芸誌を単独で出していた三十代のころ、大杉栄や荒畑寒村などといった社会主義者と交流があり、自らも革命志向を持っていると公言していた。読売新聞時代に「三十歳まで革命家にならないものは劣弱者であるとバーナード・ショウは言つてゐる。僕の二十代はもう三週間しかない」とコラムに書いて周囲を驚かせたことがあるくらいだ。

革命を友とかたりつ、
妻と子にみやげを買ひて、
家にかへりぬ。

手の白き労働者こそ哀しけれ。
国禁の書を、
涙して読めり。（『黄昏に』）

こうした左翼志向は朝日新聞に移ってから次第にうすれて、強いて言えば自由主義に軸足が変わっていくが、もし斎藤瀏らが当時、この事実を知っていれば善麿への批判はもっと強烈なものになっていたものと思われるが、彼らにはそこまで研究する能力はなかったらしい。

考えてみれば常任理事になってからの善麿は朝日新聞にとられた時間以外はすべてを抛って協会の為に尽くしてきた。そして様々な工夫によって会員は千人を超え、打ち出す事業も順調で、文壇の一角どころか中心的な位置を占めるまでに進展してきた。すべて自分の働きとは言わないが心の中での自負は胸を張るだけの確信をもっていた。

また自由主義という批判に対して善麿は微動だにしなかった。なぜなら善麿は自分が自由主義者だとか個人主義者であると思ったことはなかったからだ。いわれのない批判に耳をかす気は全くなかった。ただ、こうした批判が周囲から起き出したことに対して個人的には言い分もあるが公人としての協会の常任理事についてはは責任をとる必要があると感じていた。常任理事を辞めると心に決めると行動は早かった。

この前後の動向については冷水茂太の『大日本歌人協会』（一九六五・昭和四十年　短歌新聞社）が詳しいのだが、生憎と絶版で古本市場でも、もう入手しにくくなっており、国会図書館と府中市立図書館の「冷水茂太文庫」でしか閲覧出来ない。こういう時、「土岐善麿全集」があってくれればと思うが、愚痴っても仕方がない。そこで冷水のこの文献を借りて簡潔に経緯を述べておくことにしよう。

五　善麿の協会理事辞任

斎藤瀏一派の協会解散勧告問題を議題にした歌人協会の定例秋季総会は一九四五・昭和十五年十月二十七日、赤坂三会堂で午前十時半に開かれた。総会では「解散勧告書」と「理事総辞職」が議事に付されたが喧々囂々となって収拾がつかず結局、十一月六日に臨時総会を開くことになった。この辺りの経緯はいま一つはっきりしないが、先の二件の他にいわゆる「醜聞」事件も持ち出されて収拾がつかなくなったというのが真相らしい。「らしい」と書いたのはこの総会の模様をのこした資料が見あたらないからだ。辛うじて十月二十九日付の「短歌新聞」に「不穏の空気、穢された秋季総会」という記事が残されているだけなのである。

> 村磯象外人氏（「橄欖」）起つて質問に入ろうとすると土屋（文明）理事は〈発言者は何の某と最初に断って貰いたい〉と声荒く要求、席上俄に緊張の気分を加え、底に只ならぬものを潜めながら討議にはひったが、主として質問に当った村磯氏その他が先入《（ママ）》主として流説を信じての上での応答から従来に歌人としての躾みをわきまえた和やかさを忘れた前例のない荒々しい総会で、心あるものをして眉を顰めしめた。

とあって要領を得ない記事だが、混乱を極めた雰囲気だけは伝わって来る。さらに十一月六日の臨時総会はもっと荒れたものとなった。

> 会議半ばに会場に乗り込んだ太田、吉植、斎藤の三人は居丈高に一座をへいげいした。立ち上がった斎藤、太田両人が協会の即事解散を要求した。会場の空気は、誰もが彼らの行動に深い怒りを感じているようであったが、大きな声とはならなかった。うっかり発言すると、自由主義歌人として非国民のレッテルを貼られそうで、勇気が出なかったのだ。（冷水茂太『大日本歌人協会』同前）

そして和服姿の太田水穂が立ち上がって芝居がかった声で懐に手を入れながら「いまここに重大な書類がある。これを公にすれば、この中から犠牲者がでる。それでもいいか。」と周囲を恫喝した。それは当局に差し出すブラックリストを意味した。議長席にいた善麿は青ざめた。ここで反論すれば協会の理事は自分を含めて逮捕を免れない。苦渋に満ちた声で善麿は採決をした。「異議ございませんか」という善麿の乾いた声に参加者は無言で頷いた。「異議なしと認めます。これにて散会とします。」

かくして大日本歌人協会は呆気なく史上から姿を消した。解散後、善麿の元には義憤と悔やみの籠もった手紙が舞い込んだ。川田順は「協会解散の総会における大兄の御態度及び御奮闘ぶりは、諸方から伝聞し、誠に敬服しています。」と言い、女流歌人の北見志保子からは「私はあの夜ほど、自分も歌人であることに腹を立てたことはございません。憤りの持ってゆきどころのない、生まれてはじめてあのくらい義憤を感じたことはございません。会の途中から私は涙がでて、これが歌人の仲間かとさみしさに堪えませんでした。」という手紙が届いた。しかし、歌人の良心は少数派だった。太田水穂、吉植庄亮、斎藤瀏というたった三人によって歌人協会は瓦解したのである。数は三人だが、その背景には良心を失った大勢の歌人がいたという事実から目を背けてはなるまい。

この顛末について善麿はつぎのように締めくくっている。それは一つの時代が終わったことを示す兆候でもあった。

あの臨時総会の〈座長〉をつとめたことが、僕の歌壇的事務の「最後の仕事」であると僕は思っていた。あの晩、座長席に着くとき僕は思わず独り語のように「一生の思い出」というようなことをつぶやいたらしいが、全くそう思ったし、今でもあれまでで歌壇に対するぼくの義理は果したたと思っている。あの三時間余にわたる会場の整理に当たったことで僕の任務は一応終わったはずである。大日本歌人協会が解散に至る過程の中には、たしかに北原君のいう通り、「日本短歌史の汚辱の一点」を印したに相違ないが、それをすら忍んでまず理事の総辞任を決行したのは、次に来たるべきものへ明朗に道を開こうとしたためなのであるが、その道普請に、もう一度ご苦労でもシャベルをかついで出て来てくれといわれれば、老躯の腰をのばしてみることも、これも一首の「勤労奉仕」ではあるまいか。

（「斜面荘独語」一九四一・昭和十六年一月四日『土岐善麿歌論歌話』上巻）

ここには一度転んでもまた再起するという気迫を読み取れる。協会はなくなったがまた「シャベル」を持って作り直せばいい、という達観すら感じられる。一方、善麿らを追放した人々はこの後どうなったのか。彼らは大東亜戦争へとつながりやがて敗戦というお定まりの転落の道へとまっしぐらに突き進んでいったのである。

六　善麿と時局（2）

1　善麿の戦争観

大日本歌人協会の問題が一応の決着をして息をつく暇もなく太平洋戦争が引き起こされた。そして歌集『周辺』が出版されたのは一九四二・昭和十七年八月十五日。「後記」は五月二十七日付になっている。ということは開戦からおよそ一年の間に作られた作品集である。歌集はB6版、箱入である。歌集『六月』は開戦前の作品で、どちらかと言うと世情への憂鬱感と時局への不安と疑念を彷彿とさせる作品が多く、このことが自由主義的傾向を帯びたものとして糾弾され、このことが歌人協会を解散に至らしめた遠因になったことを善麿は苦々しく思っていた。『周辺』はその経験がどう反映されたのか、どう活かされたのかを読み解く格好の作品の筈である。「後記」の冒頭にはこうある。

昭和十六年十二月八日、米英両国に対する宣戦の大詔が煥発せられて、茲に僅に半年、太平洋・印度洋の全域にわたる皇軍の赫々たる戦果と、大東亜建設の着々たる進展とは、今や世界の歴史の上に雄渾壮大な理念と現実を一体具顕せしめて、洋々たる民族生活の前途を想望せしめつつある。僕のごときは、この時代的感動の中にあつて、短歌表現における僕自身の非力を痛嘆しながらも、この曠古の一大事態において、生を皇国に享け、光栄ある機運に際会したものとしての無限の感謝を記念し得ることを、ひそかに欣幸とするものである。

この表現は、この時代に於ける「臣民」がみな等しく使った言葉であり、逆に言えば善麿ともあろう者がこのような表現をするのは、これまでに描いてきた土岐善麿像を全面的に覆すものと言わなければならないだろう。

この時代に「尽忠皇国」を叫び、勇ましい言葉を並べて国民の戦意を煽り、「酷軍」を「皇軍」と祭り上げながら、敗戦となると掌を返して国民に媚をうった人々の存在を思うと、よもや善麿もまた同じ轍を踏んだのかと嘆かねばならないのかという疑念を抱くのは当然の感情であろう。

そこで先ず、善麿のこの歌集を注釈ぬきで紹介することにしよう。善麿の口から弁明を聞くのはこれらの歌に目を通してからでも遅くはあるまい。まず、この歌集の全体像を見ると

◇「凱歌」(「大詔煥発」十七句)(「ハワイ大捷」十五句)(「香港陥落」九句)(「洋上」三句)(「マニラ入城」七句)(「マレー進攻」十三句))(「追撃挿話」十三句)(「新春賀頌」十一句)(「特別攻撃隊」十三句)(「落下傘部隊」九句)(「英印交渉」五句)(「大東亜更新」五句)(「珊瑚海上」十五句)(「道程」七句)(「紀元頌」十句)(「進転」十六句)(「フィレンツェ」七句)(「影」三句)(「停年」九句)(「良識」六句)(「参観」七句)(「旋盤」七句)(「指顧」十二句)(「意図」九句)(「責任」十一句)(「柿」

七句）
◇「斜面荘」（「無題」十四句）（「朝」十三句）（「演習」七句）（「消息」五句）（「向日葵」七句）（「送迎」九句）（「夢殿」六十句）

歌集には三百六十一首あるが、以下に引用した選択基準は大まかにいって
一　戦意高揚を図ったもの
一　今般の戦争を正当化したもの
一　誤った史観を強調したもの
一　「皇軍」を強調したもの
一　国体護持や皇室賛美を強調したものなどを中心とした。

撃てと宣らす大詔《おおみことのり》下《くだ》るただちにあげにあげあげにあげたるこのかちどきや
いくたびかひそかに想ひ到りつつ今遂に来れる契機ぞこれは
わが生きてこの朝にしも会へりしと誇り語らくいのち死ぬまで
畏くも忠誠勇武と宣らしたまふその一億のひとりなるわれを
まさやかにひとつにこぞる国ぢからその絶対の中なるわれを
すめらぎのおほみくになる国土《くにつち》をいのちのかぎり護りおほすべし

一ルーズヴェルト一チャーチルのことにあらず世界の敵性を一挙に屠《（ホウ）》れ

悪辣なるかの敵性はわが眼にもまさにし見たり撃つ時到る

世界戦争の挑発者たる「光栄」をアメリカ大統領よ墓へもちて行け

平和の攪乱者協同の拒否者を新しき世界の前に撃ちのめすべし

今にして何をかほざく百年の加速度的なりし敵性を撃つ

その艦上に対日策謀を逞しうせしプリンス・オブ・ウェールズをまづ撃沈す

ルーズベルトよなんぢが頼みし艦隊は一瞬にして海底にあり

この朝のとどろく胸に三千年の歴史のちからみなぎり脈うつ

いくさびとただにいくさに備へつつこの勝いくさけふをあらしめき

忍び難きを忍びしはただ大東亜の平和のためと思ひ知るべし

百年の後の平和をかがやかしきこのたたかひのごとくあらしめむ

進発命令暁闇《あかつきやみ》の艦上のあらしの中に機首ひた向ふ

北東十七メートルの強風にきほひ翔りきハワイへハワイへ

密雲の一路を衝きて来しところすでに真下なる真珠湾なり

母艦の艦位にまさしく誤差はあらざりけり南海のうしほ機翼に映る

いざ今こそ任務に就くや編隊機あるいは高く或は低く

あはれその二条の雪跡まづあきらかに歴史のうへに消ゆるときなし

水柱火柱あげてことごとくアメリカ太平洋艦隊覆滅す
みなぎり流るる重油の底に沈みしはわれを撃たむとせしものならずや
やがて自爆の覚悟のうちに漏りに漏るガソリンをみれば補助タンクのみ
敵艦があぐる水柱眼下《ました》なれば爆撃の順を大空に待つ
傷つきし友機を待ちてなほしばし無敵の空を旋回し旋回す
真珠湾に朝日かがやかにさししとき奇襲成功の無電を放つ
この朝のこの一瞬のためにこそ懸けしいのちと顧みはせず
ノックスよアメリカ海運長官よアメリカ海軍は何処《いづこ》にありや
日を逐ひてつぶさに知ればかの朝のかの瞬間のいよよ厳《いつ》しき
潜望鏡に大きく大きく映り来しは敵なり敵なり敵の戦艦なり
侵略と威嚇の路を寸断すアジヤの大地はアジヤのためにあり
強きただしき大き力の厳《きび》しさをおほけなきかなわが正眼《まさめ》にみたり
大きなる地球儀ひとつ卓上にあり山本司令長官の眼の高さにあり
おほきみの神のみ国のいやさかに直《ただ》に逢はむとわれもさける利目《とめ》

これらの歌にはどう見てもどうひねっても余計な解釈を要するものは一つもない。明らかに皇国皇民を鼓舞し国民精神の発揚を促そうとする国策を奨励賛美する典型的な作品である。かつて見せた自由主義者の面影は寸毫もみられない。

何時のことだったかはっきり思い出せないが戦後になって武者小路実篤がノーベル文学賞の候補になったが、選に漏れて受賞を逃したという話を耳にしたことがある、受賞にいたらなかった理由は戦前に武者小路実篤が何かに「世界の三馬鹿、ルーズベルト、チャーチル、スターリン」と書いたことが原因とマスコミが騒いでいたことがある。

右に挙げた歌だけであれば当時の軍国主義を鼓舞する極右の歌人と全くかわらないが、実はこの三百六十一句のなかに次の歌が折り込まれていることを見逃してはなるまい。

掲示板の紙片のなかにわれの名あり「停年退社客員」とす
三十二年間一記者たりし最後の日にわれの書きたる社説を読みぬ
信なくして事に当りしあはれさは彼も彼も彼も然りき
いかなるを災禍とするや慄然たるその時過ぎて人は疑ふ
次の世代に事を託さむためになほしばらく耐へむとこころを身を起す
はじめより身は退きて鬱勃たる次の世代の力を恃む
帰りくる子ぞとおもひてうたがはず老いづくことを妻も忘れつ
端然と感謝のことばまづいひて腰なる剣を解くはわが児ぞ
青畳のうへにころがり淡淡として語りつぐ子は生きて帰りぬ

をさな児をふたりのこして出で征くともさびしき家とおもふことなから
知りたりしことをぞ思ふふたたびも思ひ遂に疑はず
刻刻に変転し変転し来たれどもこの運命はまさに然りき
これからだこれからだと励ましあひ別れかへる路の遠じろきかな

この十三句こそ善麿がこの歌集にこめたひそかな真意だったのではなかろうか。荒々しい世相の中にあって次代への夢を言葉巧みに表現したこれらの作品は善麿が時局に抗いつつ信念を表現したものと言えよう。

また、戦後、と言っても敗戦から一年後、『短歌研究』に三回にわたって書いた「現代歌人論」(『歌話』一九四九・昭和二十四年　一燈書房に所収)は善麿の戦時中にとった姿勢への自己批判の文章である。

戦争中、情報局の指令やジャーナリズムや文学報国会あたりの宣伝工作に唯々諾々と追随してその手間取りをするようなことは、理念的にも、性情的にも、ぼくには敢てし得なかつたことであるが、そのあいだにつくつたぼくの若干の作品はどうかといえば、あくまで戦争反対の態度に徹していたというわけではない。戦争の勃発そのものを――満州事変が起つたとき、ぼくは朝日新聞社の一記者として、これはイカンという意見を同僚の一部と共にもつたのであるが、しかも、会議の結果、「事ここに到つては」というような現実的な理由によつて、新聞社の態度が決まつてみると、おのずからそれに順応してゆかざるを得なくなり、やがて日華事変へと展開し、次いで太平洋戦争へ突入した時は、既にぼくは停年制の規定によつて、論説委員を最後に第一線から退いてしまつていたが、さて一個の老書斎人となつてからも、現実そのものをいつしか承認していたことは、正直のところ、事実であり、ただぼくはぼくなりの反省によつて、積極的に、それを支持推進するというところまでに行かなかつただけのことで、万難を排し死を覚悟して戦争の害悪を説くなどという毅然たる勇気を持ち得なかつたことは否み難い。そういう事情でありながら、僕の当時の作品は、いわゆる歌壇の内外において一種反戦的な内容をもち、「不逞」な意図を蔵するものであるとして「自由主義」的要素と資質を非難する資料にもされたのである。

戦争中には戦意を煽り、敗戦になると無批判のまま民主化路線に追随していった歌人たちと一緒にされては迷惑千万というわけであるが、戦時下ぎりぎりのところで歌人としての矜持を失わなかったという思いが吐露されている。その彼岸は僅かの差ながら、しかし、ここに善麿の真髄が示されていることを見逃してはなるまい。善麿が他の歌人たちと一線を画すのは、まさにこの点にある。

2　斉藤茂吉の場合

話は変わるが以下、斉藤茂吉について少し触れておきたい。斉藤茂吉研究家の藤岡武雄によれば彼は「愛国者」だったと言う。(『斉藤茂吉伝』一九六七・昭和四十二年　図書新聞社)

茂吉は元来好戦的態度を持していた。その幼年時代において、日清戦争の戦捷の中で村童の総大将となり、学校の行き帰りには必ず戦争ごっこをし、中学生になっては、「鶏の若きが闘ひては勝ち闘ひては勝つときには、勝といふことを知りて負けるといふを知らざるまま、堪へがたきほどの痛きめにあひても猶よく忍びて、終に強敵にも勝つものなり。」云々という幸田露伴の文章を写しとり、この闘鶏の教訓は長く茂吉の心に沁みついていたのであった。一高時代は日露戦争の戦捷に湧きたつ国民の感激を体験し、茂吉の好戦的な態度は、国の政策が軍国主義の方向をたどる歩みの中にあって一段と生彩を加えていった。万葉精神の祖述者であった茂吉は、太平洋戦争に逢着して、前述のように国学的基盤にたって、積極的に協力した。皇国民としての使命感に燃え、愛国者茂吉としての心情を、短歌に吐露していったのである。

確かに茂吉は無条件に国策を信じ、皇国の道を信奉した歌人であった。善麿とほぼ同世代の斉藤茂吉は善麿とは対照的で徹底した尽忠愛国の精神を歌や行動に体現していた。戦意高揚のために全面的に国策に協力した。

当時の斉藤茂吉の作品の極く一部を挙げると以下の通りであるが、表現的には同時代の土岐善麿の作品と比べてあまり違いはなさそうに思えるが、斉藤茂吉の場合はこれらの作品を戦後になると時局に合わせて書き換えたり、削除したりするなどの作為が顕著であり、斉藤茂吉研究では、あらためて真摯な検討が待たれている。

（1）「寒雲」一九四〇・昭和十五年三月　古今書院（一千百十五首）
おびただしき軍馬《ぐんば》上陸のさまを見て私の熱《あつ》き涙せきあへず
なきながら葬《はふむ》る火のおと一隊の銃をささぐるときに聞こゆる
戦ひのはげしきさまも勝鬨のひびかふさまも我が涙に浮かぶ

（2）「のぼり路」一九四三・昭和十八年十一月　岩波書店（七百三十四首）
神の代《よ》のとほき明《あか》りの差《さ》すごとき安けきにいて啼《な》く鳥のこゑ
爆弾の外形は能《よ》くみがかれて冷たき光反射する美貌のみ
大きなるこのしづけさや高千穂《たかちほ》の峰の統《す》べたるあまつゆふぐれ

（3）「霜」一九五一年十二月　岩波書店（八百六十三首）
東京に帰り来りて聞こえをる哨戒《せうかい》機のおとに心あつむる
ものなべてあな悉《かたじけ》なくらやみに飛行機の音とどろく聞けば
はるかなる南の島にゆく友にわれ言はむとす真心もちて

（4）「小園」一九四九・昭和二十四年四月　岩波書店（七百八十二首）

暗幕を低くおろしてこもりたる一時間半もわが世とぞ思ふ
午を過ぎて忽ちにしてひびき来る警戒警報は東北南部地区
戦没のふたりの遺骨むかへむと半郷道にわれの汗出づ
形勢は深刻となりくにあげて声のむときにわれも黙さむ

例えば、そうした姿勢を端的に示しているのが『萬軍』という歌集である。これは幻の歌集ともいうべきもので、敗戦直前の一九四五・昭和二十年七月二十五日、八雲書店が企画した「戦争詠歌集」で茂吉を含む何人かの歌人に依頼したものだが、八月十五日の敗戦によって断念を余儀なくされた。これを八雲書店の伊藤寿一が茂吉だけの作品だけを取り出して六十六ページ謄写版刷にして保存した。作品そのものはこれまで「いきほひ」「とどろき」「くろがね」などに発表したものから選択したものでこの『萬軍』のために書き下ろしたものではないにしても、言わば戦意高揚のエッセンスが凝縮されている極めつきの歌集である。いくつかの作品を挙げれば

大君は神にいませばうつくしくささぐる命よみしたまへり
「大東亜戦争」といふ日本語のひびき大きなるこの語感聴け
ささげたる命ここのつ国をおほふ永久の光と今かがやく

必殺のいきほひとして薄りたる敵軍撃てる空の神軍ああ
わが大君うまれたまひし天照らすかがやきの日に勝のいや幸
この心死すとも止まじえみし等をつひの極みに撃ちてし止まむ
青年のひとつごころは今なれや学問の道はたたかひのみち
尽忠のやまとだましひたばしりて相つぐ海陸特別攻撃隊
大君は神にいませばうつくしくささぐる命よみしたまへり
決戦の時いたれりとこぞりたる国民戦闘隊国民義勇隊
天皇の尊影けふの新聞に載りたまひたりあなかたじけな

など二百二十一首が並ぶ。なお、この『萬軍』は一九八八・昭和六十三年に紅書房から出版されている。この編集を手伝った茂吉の側近だった柴生田稔は「あとがき」で「『萬軍』の特色を一言にいひますと、ほとんど国全体が戦争に全部を傾けたといつていいでせう。さうしてそれはアメリカの計略だといふべきです。その計略にかかつた日本は哀れなものでありました／昭和六十二年十二月十六日」師匠も師匠ならその弟子もまた同じ轍を踏んだままである。

茂吉自らの戦争責任については「軍閥といふことさへも知らざりしわれを思へば涙しながる」（『白き山』第十六歌集一九四六・昭和二十一年）一種の懺悔とも受け取れるし、また茂吉はA級戦犯を裁いた東京裁判（「東京国際軍事法廷」）を昭和二十二年十一月二十日に市ヶ谷まで出掛けて傍聴している。

この日は毎日新聞の記者用のチケットを使ったらしく、行列することなく傍聴出来た。「午後四時近ク終了、南被告ニツイテノ論ガ主デアツタ」とあるが内容の感想は述べていない。夕飯を新宿で取ったため帰りの電車が混んで疲れたとホンネを漏らしている。

私が斉藤茂吉の歌に触れたのは既に述べたように中学時代に目にした

死に近き母に添寝《そひね》のしんしんと遠田《とほだ》のかはづ天に聞《きこ》ゆる

であった。母思いの優しさに撃たれて感動したことを覚えている。しかし、さきに見た如く、斉藤茂吉の軍国主義的史観は母への愛情と無縁であり、最初に抱いた茂吉のイメージとはかなりの隔たりを感じてならない。その上、最近茂吉の驚くような作品を目にして衝撃を受けた。それは斉藤茂吉が一九三二・昭和七年に発表した有島武郎の死をめぐる作品であった。

心中といふ甘たるき語を発音するさへいまいましくなりてわれ老いんとす
有島武郎氏なども美女と心中して二つの死体が腐敗してぶらさがりけり
抱きつきたる死ぎはの交合をおもへばむらむらとなりて吾はぶちのめすべし

「母の歌」といい「戦局礼賛」といいい、この「有島武郎論」この三点を結ぶ茂吉の人生観とは何なのか。凡俗の私には分かりようがないが今なお茂吉の文学的評価は高く、これに比べて善麿は見向きもされない、この空白が気になって仕方がない。

七　学究の道へ

歌人協会の理事を辞め、また朝日新聞の停年を迎えた善麿は次の人生の設計にかかった。当分は休んでのんびり過ごすことにしたが、どうも落ち着かない。かと言って若い頃にやってみたいと思っていたパン屋はもうこの年では無理だし、雑誌を作るには時局が許さない。それに紙市場が厳しくなって不要不急の出版は困難になっていた。

周囲がいろいろ心配して仕事を探してくれた。出版関係が多く編集長で迎えたいとか、また大学講師の話もあった。とはいっても常勤ではなく非常勤だった。また放送関係の仕事もあった。当時、善麿はラジオ放送で講話やちょっとした脚本を書いたりしていたから顧問でどうかという話である。しかし善麿は総てを断った。その理由を善麿はどこにも語っていないが、善麿の耳に当局から睨まれているという情報が入っており、もし検挙された場合は周囲に迷惑がかからないように身辺をきれいにしておこうと考えていた可能性がある。そのためしばらく様子をみることにしての判断だったのだと思う。

そして思案の結果、善麿は書斎に籠もることにした。実は善麿が古代研究を始めたのは大正四年あたりからで『作者別万葉短歌全集』（同年十一月　東雲堂）『作者別万葉全集』（一九二二・大正十一年九月　アルス）そして昭和に入って田安宗武、賀茂真淵等の論考を集めた『国家八論』（一九三二・昭和七年九月　改造社）を出しており、これ以後は啄木遺稿の編集や『生活と芸術』の発行、歌人協会理事と物騒な世情を追いかける新聞記者として古代研究どころではなくなっていた。

善麿の停年を記念して親しい仲間が慰労会を銀座のレストランで開いた。佐々木信綱、窪田空穂らがかけつけて四方山話に花が咲いた。その時に窪田空穂が「これからどうするのか」と聞いた。善麿は「さあ、あまり考えていない」と答えると、佐々木信綱が「以前取り組んでいた万葉や古代文芸をまとめてはどうか。この研究は誰にでも出来るものではない」すると窪田が「それはいい。僕や佐々木君が持っている資料を提供するから一つやって見たまえ」という調子で意見が一致した。

時局がらみで歌作も思うような表現は当局から睨まれているし、幸い時間だけはたっぷりある、おまけに二人の先輩が持っている資料を自由に使わしてもらえるいいチャンスだと善麿は即断した。「いつでも資料をとりに来なさい」という言葉をもらって善麿は眼の前が明るくなるのを感じた。

この前後の状況を善麿は次のように回想している。

ぼくは早稲田の学園を出るとすぐ新聞記者生活に入って、社会部、学芸部、調査部などにつとめ、昭和十五年の六月、停年制による論説委員を最後に朝日新聞の第一線から退くことになったのであるが、あわただしくもまたノンキであった半生以上の境涯を経、いよいよ悠々自適の年齢に達したところ、何分にも大陸における事変の解決はますます困難となったときであり、その憂鬱と身辺の苦悩をまぎらすためにも、この機会に、ひとつまとまった仕事に専念してみようと、かねて歌論歌作の方面から興味をもっていた宗武について、数年まえから収集しておいた資料の整理にかかることにしたのである。（「新南窓記」『土岐善麿歌論歌話』一九七五・昭和五十年　木耳社）

ここに言う「（事変の）悒鬱と身辺の苦悩」とは歯止めの掛からない軍部への不満と長男が兵役に志願するという懊悩を指しているのだが、そのような苛立ちを抱えての日常をなんとか打破したいという思いが古代文学への回帰となったのかも知れない。少なくとも時局と妥協しなければならない葛藤からは逃れられると考えたにちがいない。

善麿が取り組もうとしたのは江戸時代の八代目将軍徳川吉宗の次男宗武の生涯と足跡である。A5版、本文七百七十四ページだから四百字詰原稿用紙に換算するとおよそ十一万三千八百枚になる。ちなみに構成だけを紹介すると

序説　環境と生涯
一　先蹤《せんしょう》の業績

二　悠然公略伝
三　父将軍と生母
四　吉宗の愛育
五　田安家創立
六　性行と生活
七　有職故事研究
八　在満と真淵
九　春満の創学校啓
十　儒学的教養
十一　儒者の万葉観
十二　真淵と宗武
歌集天降言標注（中略）
国家八論解説（中略）
年譜
索引

内容にはとても立ち入れないが堅実な構想のもとに膨大な古典の文献を渉猟し、これを駆使して仮説を実証して行く手法はさすがとしか言いようがない。この論考を早稲田大学文学部に提出し、選考審査会は満場一致でこれに「文学博士」の学位を与えた。一九四八・昭和二十三年のことである。「それから」の人は、ようやくにしてまごうかたなき土岐善麿文学博士という立派な肩書きを得たのだった。

また、この時期に善麿は次の著作を残している。

『田安宗武の天降言』	昭和十五年七月	日本放送協会
『能楽三断抄』	昭和十七年六月	春秋社
『高青邱』	昭和十七年八月	日本評論社
『田安宗武　第二冊』	昭和十八年五月	日本評論社
『源実朝』	昭和十九年一月	至文堂
『能楽新来抄』	昭和十九年六月	甲鳥書林
『田安宗武歌集』	昭和十九年十二月	書物展望社
『田安宗武　第三冊』	昭和二十年三月	日本評論社
『田安宗武　第四冊』	昭和二十一年八月	日本評論社

善麿はこの一連の田安宗武研究によって一九四七・昭和二十二年五月「学士院賞」を受賞する。実

は斉藤茂吉は一足先に学士院賞を貰っている。一九四〇・昭和十五年五月十四日、柿本人麿の研究によってである。斉藤茂吉の人麿研究は是より五年前から始まって『柿本人麿　全五巻』が完成したのは前年のことであるが、二人はいい意味でライバル関係にあったから、このことも善麿を書斎に籠もらせる契機になったのかも知れない。

Ⅳ章

敗戦から戦後へ

一時は「神州不滅」を信じて戦局に追随した局面はあったが、戦後の復興に全力で当たろうとする善麿の姿勢が徐々にはっきりと示されるようになる。その経緯をたどってみよう。その自責と悔悟から善麿の戦後が始まっている。これは他の歌人たちと明らかに一線を画している。

【戦後初の歌集『秋晴れ』】

一　敗戦

1　柳田國男の『炭焼日記』

善磨と朝日新聞で同じ時期に論説委員をやっていた柳田國男に『炭焼日記』という書物がある。これは旧全集『定本　別巻四』に収められているが、一九四四・昭和十九年から翌年の十二月三十一日までの分が収録されている。そこには柳田の戦局観や時局認識が鮮明に語られていて興味深い。敗戦一年前、昭和十九年の世情について嘆息の言葉が綴られる。

「かへりに白木や丸善などによる、荒涼の感ふかし。／電車の中のあらあらしさにもあきれる、少女の頭を打つ男あり」（二月二十六日）

「孝（＊夫人）芦屋へ行くつもりにて、警察の証明其の他、切符を買ふために奔走す。えらい世の中になつたと思ふ。／もう外へ出るのがいやになる。本は毎日読むが身にならぬやうな気がする、是も食糧難の故か」（五月十五日）

「内閣辞職放送せられ、後任まだ決せず。不安加はる」（七月二十日）

「いろいろのことを考へて憂鬱に堪へず」（八月八日）

また戦局についても悲観的な観測の言葉が並ぶ。例えば一九四五・昭和二十年の日記には次のような記述が見える。

「五編隊九十機主として太田を襲ひてにげかへる」（二月十日）
「空襲一機あり、硫黄島につき特別放送あり、海上の神風隊やや有利」（二月二十二日）
「けふは敵機来ず、されど硫黄島の状勢おもしろからず、人気沈滞す、天佑をまつのみ」（三月九日）
「昨夕は久しぶりに海軍マーチの大本営発表、けふも戦報はややよし」（四月九日）

善麿は日記をつけなかったからその様相は分からないが、柳田國男のこうした時局観とそう違いがなかったことはこの時期の歌から推し量ることができよう。それにしても敵機が「にげかへる」とか「神風隊やや有利」などという表現に柳田の時局観の一旦が窺えて興味深い。

ある時、弟子の一人が出征の挨拶にやってきた。「大島正浩来、九日出発、豊橋の特別予備士官学校に入るといふ。いとま乞なり。日の丸の旗に『未来を愛すべき事』と書いてやる。」（『炭焼日記』昭和十九年十月五日）これから「死」に向かって行こうとする青年に「未来を愛すべきこと」と揮毫するのは柳田ならではのことと言えようが、この時代には「米英打倒」とか「敵国必殺」というような激烈なスローガンが流行していた事を思うとこの柳田の姿勢は時局に一定の距離をおいたものといえないでもない。

ところが一面で驚くような原稿を書いている。それはある女性向けの雑誌に寄せた「特攻精神をはぐくむ者」と題する一文である。

勇士烈士は日本には連続して現はれて居る。特に多数の中から選び出されるのでは無く、誰でも機に臨めば皆欣然として、身を捧げ義に殉ずるだけの覚悟をもつて居る。又さうで無ければ個人の伝記であつて、御国柄といふことは出来ぬであらう。／旧い戦史を読んで見ても、小さい区域でならば死に絶えるほど人が討死をした例はいくらでも有る。しかも其為に次の代の若者が、気弱くなつたといふ地方が無いのである。勇士烈士をして安んじて家を忘れしめ、子孫を自分の如く育て上げるだけの力が、後に残つた女性に在ることを信じせしめて居たのである。今度はその証拠を算へ切れないほど我々は見出して居る。／女性の職分は戦時に入つて、内外に非常に増大した。その上に苦悩は多い。それにも拘わらず、もうこの次のものは用意せられて居るのである。深い感謝を寄せざるを得ない。／ただし、家々の事情は一様ではなく、力の足らぬものと余裕のまだ少し有る者が入りまじつて居る。之に均衡を与へるには、女性が今一段と心広く、よその家々の疎開学童の、勇士烈士となり得るだけの計画にもう少し参加するやうにしたいと思ふ。母といふ国民の道徳は、斯ういふ時代に於てもなほ錬磨せられる必要がある。

（『新女苑』一九四五・昭和二十年三月号）

内容的にはタイトルから受け取る感覚とは隔たりがあり斉藤茂吉とは比較にならない婉曲で微温的表現と言えよう。うがった見方をすれば、『新女苑』の編集部が求めてきたこの題目を柳田が意図的に当たり障りのない原稿にしたものかも知れない。

余談だが、この一文を巡って歴史学者の家永三郎が柳田のこの原稿を、この時代の文学を研究している人物のある著書から「初めて目にした貴重な資料」としていて意外に思ったことがある。実はこの書より一年ほど先に私は『常民教育論』を家永氏に送っていて氏からB４紙を四つに折りたたんで八面、細かな文字で鉛筆で書いてくれた手紙をもらっていた。しかし、柳田のこのくだりについては一言も触れていなかったので驚きもし、安心もした。氏のような偉大な学者でも見落としという落とし穴に陥ることもあることを知って以来、臆面も無く喜んで落とし穴にはまり続けている。

2　柳田國男と敗戦

柳田の日記中に「早朝長岡氏を訪ふ、不在」とあるのは一九四五・昭和二十年八月十一日の柳田の『炭焼日記』の冒頭である。長岡とは成城学園の柳田邸近くに住む警視総監長岡荘太郎。二人はなにかと普段から付き合っていたが、戦局が切迫してくると柳田の方から出掛けることが多くなった。この日も柳田は長岡が警視庁に向かう前に押しかけたのだが、もう出掛けていて逢えなかった。

間もなく長岡から電話がかかってきて「時間は切迫している。また電話する」と言ってすぐ電話は切れた。「切迫」という意味を柳田はやや安堵して受け止めた。それは敗戦の覚悟を決めるのにもう少し時間があると思ったからだった。しかし、夕刻また長岡から電話が掛かってきた。「終わった。敗戦だ。」振り絞るような声だった。八月十一日の日記には「いよいよ働かねばならぬ世になりぬ。」と書いた。

敗戦の翌日、柳田は娘婿の堀一郎に「事ここに至った以上は、今後の処理を誤らないようにすることが国の重要な責任だ。そして私の仕事はいかにして本当に役に立つ学問を打ち立てることだ」(「月報一」『定本　柳田國男集』第一巻)と言ったという。そしてこの日以来、柳田は「おかしいほど家庭のことも経済のことも話題にならなかった」(同前)。

人々が敗戦を迎えて茫然自失としたなかで柳田は一人書斎に籠もった。「いよいよ働かねば」ならない時代になった喜びと新しい学問に取りかかれる機会を与えられた柳田はそれこそ脇目も振らず新しい学問の「開国」を志して机と対峙した。例えば敗戦後の柳田の読書歴にその痕跡が刻まれている。

「『甲子余話』二百巻よみ了る、何年ぶりか。」(九月二十二日)

「『駿河志料』をざつと読む。昭和五年に求め、そつとしてあつたもの也。」(九月二十三日)

「終日家に在り。『駿河志料』百数十冊、目を通し且つ抄しをはる。『浅間神社の歴史』を読む。」(九月二十四日)

「『鎌倉志』及『攬勝考』、『近江与地誌略』に目を通す。」(九月二十七日)

「『芸藩通志』をざつと見る。」(九月二十八日)

「『新編相模風土記』、『稲荷神社誌料』などを見る。」(九月二十九日)

「『紀伊続風土記』及『都名所図会』をよむ。」(十月一日)

「『東海道名所図会』などをよむ。木版の絵のおもしろさを知るによき写生画なり。終日庭に下りず。」(十月二日)

「『摂陽群談』『山州名跡志』『大和志料』を見る。」(十月三日)

これらの史料がどのような「学問」と結び合うのか私にはさっぱり分からないが、はっきりしているのは、それまでの歴史観が目先の事象ばかりに囚われて、きちんとした時間の長い史観を重んじなければならないとする柳田史観の学習法なのであろうか。そしてこれらの成果は『祭日考』(一九四六年)『参宮考』『氏神と氏子』(一九四七年)となって結実していく。

戦争責任の問題として柳田はいくつかの論考を残しているが、例えばその一つは次のような記述である。

このたびの大敗戦の責任は、一半には国民自身にも在ると言はれて、いやな気持ちにはなるのだが、まだはつきりと是々の点に於てと、指摘するだけの勇気ある人が無い為に、我々は是非ともそれに反対しやうと言ふ気にはならない。寧ろさふかも知れぬと、小さくうなづいて居る者が多いやうな感じもする。斯ういふ問題は、おそらくは次の代の人が裁定してよいものであらう。しかし単なる過去の原因ならば、どんなに大きくともそれはただ史学の興味に止まる。問題はなほ将来に跡を曳くもの、即ち法制や軍部組織などのやうに、この際を期して大変更を加へられるものの以外の、今後も今まで通り続けて行かうとして居るものの中に在つて、それだけは我々も関与して、考へて見、又決定して置かねばならぬかと思ふ。

（「現代科学といふこと」一九四七年『定本第三十一巻』筑摩書房）

柳田が指摘するようにこの戦争の責任を明らかにするのは「次の代」すなわち我々に課せられた大きな課題なのだが、果たしてどこまで、その責を果たしたと言えるだろうか。はっきり言って真剣にこの課題に取り組んだとは到底言えないように思う。言い換えれば私たちもまたこの問題について無関心、無責任のまま戦後史を背負っているということになるのではあるまいか。

柳田が残した次の言葉は過ぎた時代への回顧としてではなく、これから生きる「次の世代」すなわち私達への警告のような気がしてならない。

日本人の予言力は既に試験せられ、全部が落第といふことにもう決定したのである。是からは蝸牛の匍うほどな速力を以て、まづ其予言力を育てて行かねばならぬのだが、私などはただ学問より以外には、人を賢こくする途は無いと思つて居る。

（「祭日考」一九四六年『定本第十一巻』）

3　東北車中吟遊

柳田國男と善麿は朝日新聞で論説委員をやっていたからほとんど毎日顔を合わせていたが、珍しくこの二人が東北を十日も一緒に旅行をしたことがある。非常に珍しいことなので時局の話とは直接関係がないが、ここで一寸紹介しておこう。

太平洋戦争開戦前夜の一九四一・昭和十六年五月のこと、二人はＮＨＫの仙台中央放送局の「東北民謡試聴団巡礼」なる企画に加わっていた。その顔ぶれは堀内敬三、中山晋平、信時潔、町田嘉章の他、柳田國男、折口信夫、土岐善麿等総勢十三人で、この外に情報局や翼賛会からお目付役として数人が加わり、十日間かけて東北に於ける民謡に纏わる舞踏、その歴史を辿り、その結果をＮＨＫから放送するという試みであった。この企画について善麿が残した原稿がある。

> 民謡を聞いてまはるなどといへば、のんき極まることのやうでもあるが、実は然し、この視聴団一行の目的も使命ともいふべきものを文化的に考へてみると、日本民族的な伝統性、そこに発生し発達した郷土の「声」を通して、その生活の感情と理念を、それぞれの環境のうちに探し求め、それを新しい時代に適合せしめるため、それらを採集し選択し、修正し再編成した、放送の上にはもとより、演劇映画、歌曲の上にも利用し応用する機会をつくらうといふのであるから、決して有閑無用の遊山三昧ではない。
>
> （「東北民謡巡礼」『アサヒグラフ』一九四一・昭和十六年六月二十五日号）

これを読むと、どうやらこの企画はＮＨＫが善麿と打ち合わせて進めたものというより善麿が原案を作成してＮＨＫに持ち込んだような気がしないでもない。読売新聞にいるころから善麿は駅伝競走を思いついたり、またこれ以前からラジオ放送に興味を持ち、マイクの前にたって講演や短歌の朗詠をやるなど新しい電波メディアに注目していたから、自らＮＨＫにアイデァを持ち込んだとしても不思議はない。案の定、ＮＨＫはこの企画に乗って、善麿が録音盤にその成果を吹き込んで夕刻の放送に間に合わせることにした。

当時、鉄道は不要不急の旅行が禁止されていたにも関わらず臨時の一両をこの一行のために増結するという豪華旅行であった。柳田國男、土岐善麿、折口信夫は各地の民謡を歴史的な史料考証と歌詞解釈の分析という任務で、善麿は放送原稿と朗読の任務を帯びていた。一行は日程に従って順次東北六県をまわって昼はそれぞれの役割を果したがそれが終わると自由行動ということで多くは遊郭の闇に消えていった。

善麿、柳田、折口の三人は酒も女郎にも関心がなかったからこの無聊な時間を雑談に切り替えて過ごした。雑談と言っても、この三人はいわば生きたエンサイクロペディアだ。話題は尽きること深更に及んだ。かくれて速記でも取っていればレベルの高い文化講座として出版されたかも知れない。そのうち三人は列車に乗ると三人で席をとって移動する時間をつかって「連句」をつくり始めた。善麿の回想によるとこの発案は柳田だったという。

こうして実現した三人の連句を一つだけ紹介しよう。(「柳田さんの俳諧観」『老荘花信』一九六七・昭和四十二年 東京美術)

春も漸う肥《こえ》の香ぞする　柳
外海へ幾重かさなる遠霞　善
ものゝ杭する花と見ゆ藪　空

「東北吟遊」については以上だが、実はこのことよりもう一つ伝えたいことがある。それは善麿が「東北民謡巡礼」の原稿を寄せた『アサヒグラフ』には「日本女性への課題」というタイトルの一ページ全面を使ったインタビュー記事が載っている。それは大政翼賛会婦人調査部委員「市川房枝」の特別取材記事だ。「共栄圏確立も婦人から」という この記事には、非常時日本における婦人の役割を次のように語っている。グラビア一面にクローズアップされた市川はリボンネクタイに背広姿のりりしい〝男装〟姿である。

【車中吟遊、左から善麿、柳田、釈迢空】

大東亜共栄圏といつても、先づ第一に相手は支那でせう。支那としつかり手を握つて、支那が立派に独り立ちできるやうに、日本は手伝つてやらう、育ててやらう、としてゐるのですが、日本の婦人はどれだけはつきりと、その意義を掴んで居るでせうかねえ。ただ親善々々とかけ声だけではなしに、心の底から睦みあつてこそ、本当の意味の共栄圏が出来るのではないでせうか。（中略）日本が、日本の婦人が、本当に支那から尊敬されるやうになるためには、もつともつと勉強もし、修養も積まなければなりません。私は私達に課せられた国家目的に一路突進して行く決心です。

市川は戦後、民主化と婦人の地位向上をめざして政界に進出した。その姿勢に共鳴した一青年は市民運動の旗手として頭角を現し総理の椅子にたどり着いたが、どうもその評判は芳しくなかったようで早々と総理の椅子から転げ落ちてしまった。

二　戦後の善磨

1　疎開生活

一九四五・昭和二十年五月二十三日、夜半関東上空に進攻して来た米軍の爆撃機Ｂ29の空襲によって目黒の自宅を焼け出された善磨は縁を伝手に埼玉県北埼玉郡三俣村の農家新井脩助方に妻と次女とともに疎開した。新井家と善磨とは互いに全く知らない間柄だったが、ある偶然が両家を近づけた。

太平洋戦争開戦から一年ほど経った七月のある日、上野広小路に買い物にでかけていた土岐夫人と次女ミナ子は松坂屋の階段に落ちていた時計を見つけ店員に渡した。松坂屋では落とし主が得意先の新井家の家族のものと突き止め、新井家に届けた。届け主が土岐の親娘と分かりお礼にと現金二円が送られてきた。土岐家では過分な礼を受け取るわけにはいかないとハガキ百枚を送った。しかし、一般には百枚のハガキを使うのは年賀状くらいである。筆まめな善麿はなにかとあれば電話よりハガキを使っていたからその感覚だったのだろう。それでも新井家ではすっかり恐縮して畑から取れた野菜を送った。これがきっかけで両家の付き合いが始まった。付き合いといっても手紙と野菜のやりとりが中心である。

そして空襲で家を焼かれたことを知った新井家は家族で手分けして目黒の住所周辺を当たって焼け残った見知らぬ家に避難している土岐一家を見つけだし、是非我が家に疎開するよう申し出た。他人の世話になったことのない善麿はためらったが家族の苦境をみて疎開を決心し、六月八日、北埼玉の新井家に転居した。奇しくもこの日は善麿六十歳の誕生日であった。新井家は旧家らしく母屋は二階建、広い田畑が庭先から続いていた。母屋の隣に離れがあり、その八畳間が提供された仮住まいであった。

空襲に遭う前に善麿は自宅斜面の一角に穴を掘って重要な史料を入れておいた。その中に石川啄木の遺族から与った資料（書物、原稿、作品等）があった。この配慮がなければ啄木の貴重な資料は失われていただろうから、善麿のこの決断はもっと評価されていい。

かくして殆どの疎開者が厳しい避難生活を余儀なくされる中で土岐一家は恵まれた環境で戦後の生

活を送ることが出来た。この時期に生まれた歌集『秋晴れ』（一九四五・昭和二十年十一月　八雲書店）にはその様子が細かに描かれている。

この「後記」には次の献詞で結ばれている。「なほこの機会に、疎開生活における新井脩助氏一家の懇篤質実な配慮と恩誼に対し、終生忘れ得ざる感銘として深き感謝の衷情を捧げる」

歌集は百五十二首が収められており、本文は僅か五十二ページで内訳はつぎのようになっている。

「郭公」（八句）「麦秋」（五句）「紫扉」（四句）「苗代」（三句）「田草取」（四句）「瓜畑」（五句）「村童」（四句）「麦束」（六句）「雷雨」（五句）「路上」（七句）「食用蛙」（三句）「一隅」（十句）「銀杏」（四句）「鯉」（五句）「残暑」（五句）「良夜」（九句）「甘藷」（七句）「客思」（三句）「終戦」（五句）「現実」（九句）「解放」（九句）「捷一」（五句）「懐古」（十一句）「維摩」（六句）「ミレー」（十句）

（郭公）
郭公よけふこそわれは来つれどもいかに去り難き都なりしぞ
村びととひとつかまどの飯《めし》くひて翁さびせむあはれと思ふな

（終戦）
おほみこころ常に平和の上にあらせたまへり粛然として干戈《カンカ》を収む
萬世のために太平を開かむと玉のみこえの宣らすかしこさ

このままに戦ひつがば国も民もほろび絶えむと宣らしたまへり
堪へがたく忍び難しと畏《（カシコ）》みしかの宣言をうべなはせ給ふ
おほみわざ今はた遂に成らずともあじやは起れ相睦みつつ

ここに現れた善麿の時局観はこの時代に便乗した歌人のそれとはあまり隔たりがないように思うが、以下の作品はいちいち注釈せずとも善麿史観ともいうべき他の歌人達には見られなかった鋭い感覚が漲っている。

（現実）
言ふべきことはわれ率先して言はむぞと首相の宮のみこと畏し
いかに戦ひいかに勝ちいかに敗れしか慄然としてはじめて知りぬ
勝ちつつあり必ず勝たむ勝つべしと信ぜしめつつ事ここに到る
敗因は軍閥と官僚に在りしなりとうべも説けども時遅れたり
他を責むるいとますらだにもあらしめぬきびしき現実をおもひ究めむ
われらまづ国内の敵心中の敵をおのおの撃つべかりしなり
詐《いつは》るとみづから知らず説きにけむはた顧みて他をいひにけむ
神州不滅信じたたかひし若きいのちを空しくせめや平和のために

満州事変支那事変より大東亜戦争にいたる歴史をまづ正しく誌せ

（解放）

ああ明治その世代に生れいでて祖先の前に愧ぢ死なむとす
新たなる日はたやすく来らむや屍を越えてなづみ行くべし
試練の日その日はいかにつづくともかならず耐へむこの日よりまた
死ぬべかりしいのちとおもふに死なざるをあはれとぞせむわれも生きつつ
わが知れるすぐれし人のいくたりと苦難に堪へむ相会はずとも
新たなる解放の途に毅然として正しく健やかに立たむわれらぞ
秋風は蕭条として遙かなり苦難の道をゆかざるべからず
国こぞり戦ひつぎしいくとせのわれの日夜は悔なかりしや
一家一族ひとつどころに相寄りて語らむときを有り待ちぬべし

ちなみに斉藤茂吉は同じ年の四月に郷里の金瓶に疎開しているが、この時期の歌集『小園』は一九四九・昭和二十四年に出版されたが、戦争に関する歌は削除している。

善麿の疎開生活は大家の新井一家の後押しもあって順調だった。当時はほとんどの疎開者は住居や食糧の確保が困難で難儀していたが土岐一家は新井家の温情のお陰であまり苦労も無くすごすことが出来た。ただ、善麿は勤務先の朝日新聞にでかけなくてはならず、混雑する交通機関を乗り継ぎながらの通勤のため疲労困憊の毎日だった。その〝痛勤〟を見た大家の新井侑助がバラック程度の家材ならなんとかなるからと言って目黒の焼け跡に荷馬車で運び仮小屋を作ってくれた。このお陰で一家は再び東京での生活を送ることが出来た。上野松坂屋での時計のおかげで土岐一家は幸運な戦後のスタートを切ったのだった。

2　復活の歌――『夏草』

前作は敗戦から僅か二ヶ月に満たない疎開生活の合間に作られ、歌数百六十九首、全文五十二ページという小さな歌集であったが、これに次いで出されたのが翌年の一九四六・昭和二十一年十月の『夏草』（新興出版）である。新書版、歌数二百十八首、本文一二八ページ、定価十円。

巻頭に「自序」が置かれ、本歌集の意図が述べられている。それは自己の甘かった姿勢への戒めと、この時代の歌人に対する厳しい問いかけになっている。

この『夏草』に収めたのは、十月三日家族と共に帰京して目黒の焼あとに住むことになつたときからの作品に、それと関連する雑文をそへたもので、新しい日本の再建途上、痛切な社会情勢のうちに変転した僕らの生活の、一年間の記念である。（中略）／然し顧みて、かうした歌集の出版が単に戦災者として僕一個の自己慰安にあるとしたら、これは憚るべきことであり、むしろみづから禁遏すべきものである。何等か新しい時代に積極的に寄與し得るものでない限り、われわれは「自由」に対して放恣であつてはならない。／僕の作品が現実回避を指向してゐるものとすれば、これを公にする意義は認められ難いであらう。短歌形式が果たして宿命的に、さういふものなのであらうか。短歌は遂に新しい時代の意欲表現に堪へられないものなのであらうか。この一冊の内容は極めて微少なものであるが、僕はこれだけの反省のうちに、敢て短歌の限界性を規定する資料として提示しようと思ふ。作品としては、もとより拙劣なものであり、僕の才能はあはれなものに過ぎないが、期するところのここにあることを諒とせられむことを望む。／昭和二十一年五月二十五日

表現は穏やかで、むしろ卑屈な印象を与えるが、善麿は敵対する相手に対しても真正面から攻撃しない。前著で扱った『生活と芸術』に於ける斉藤茂吉との論争はその典型といえよう。茂吉の感情的批判にたして善麿は適度に交わしながら相手を屈服させるのである。

その上、敗戦直後は戦時中のなりふりかまわぬ時局便乗組が堰を切ったように戦争責任を糾弾する動きが文芸界を覆ったことにも善麿は我慢が出来なかっただろう。その意味でこの歌集は戦前と戦後の歌壇に対する歴史的総括を試みた重要な作品となっている。

構成は以下のようになっている。

「進路」（七句）「審判」（三句）「運命」（四句）「新年詔書」（十句）「寿詞」（六句）「神話」（五句）「回

顧」（五句）「帰京」（十句）「雑煮」（五句）「火鉢」（六句）「方丈」（十一句）「構内」（十句）「路上」（九句）「省電」（五句）「過去」（七句）「菜園」（五句）「榾火」（五句）「庭上」（五句）「薪わり」（十一句）「麦ひき」（八句）「会話」（七句）「論客」（六句）「雑司ヶ谷」（五句）「集会」（五句）「悲喜」（十一句）「春望」（八句）「春逝く」（八句）「橋上」（五句）「幽黙」（七句）「訪客」（八句）「一年」（十一句）

このうち、私の目に留まった句を選んでみた。

（進路）
ふるき日本の自壊自滅しゆくすがたを眼の前にして生けるしるしあり
新たなる日本をまさに創らむとこころを起し身をこそ起せ
かくてなほ正しきものの生きゆかむすべなき国はほろび去るべし
きびしくもたどたどしき祖国再建を見果てがたきか老ゆらくわれは
（審判）
独房へ入りしと聞きも伝へぬはいづこへ行きし曲学阿世の徒
厚顔無恥名をきくだにもいまいましきそのたれかれをおのおの選べ
（運命）
大本営発表すらを信じがたきものたらしめし「聖戦」なりき

けふひと日訪ひ来し客は皆新しく雑誌をつくる計画なりき
（訪客）

軍閥の最後のいくさ敗れしときはじめて正しく世界の民となりぬ
われらこそかかる惨苦はふたたびせじはたせしめじと誓ひて起つべし
（寿詞）

日本中が敗戦に打ちひしがれている最中に善麿はむしろ一筋の光明を見出して、再生日本の道筋に希望を求めようとしていたといえよう。この時期には戦時中に「鬼畜米英」とか「一死報国」などと戦意を煽った歌人たちが敗戦になると掌を返して「平和日本」「人権第一」などと叫び始めていた。そういう人々の叫びと善麿の歌をきちんと区別することが重要だと思うが、実際は善麿の声はかき消されていく。

3　善麿の天皇観

かつて善麿は社会主義思想の支持者であり、革命思想の旗手でもあった。この点からすれば資本主義社会と、その頂点としての天皇制は否定されるべき存在でありその標的になる筈であった。しかし、どの時点かはっきりしないが戦後になって社会主義思想を捨て人道主義や自由主義へ〝転向〟した善麿は天皇制に対しては明確にこれを支持し擁護する立場に方向転換している。

敗戦直後、天皇の「人間宣言」が出されて以来、天皇制に対する論議はオープンになり自由に発言できるようになったが、善磨はむしろ天皇制擁護の立場を鮮明にし、むしろ崇拝、賛美の立場を明らかにした。

なお、念のため、この「人間宣言」と称されるものは一般的には一九四六・昭和二十一年一月一日に「官報」に掲載された昭和天皇の詔書「新年ニ当リ誓ヲ新ニシテ国運ヲ開カント欲ス国民ハ朕ト心ヲ一ニシテ此ノ大業ヲ成就センコトヲ庶幾フ」という寿限無式の表現をマスコミ等が勝手に「人間宣言」と称したものであり、その詳細は以下の通りである。

朕ト爾等国民トノ間ノ紐帯ハ、終始相互ノ信頼ト敬愛トニ依リテ結バレ、単ナル神話ト伝説トニ依リテ生ゼルモノニ非ズ。天皇ヲ以テ現御神トシ、且日本国民ヲ以テ他ノ民族ニ優越セル民族ニシテ、延テ世界ヲ支配スベキ運命ヲ有ストノ架空ナル観念ニ基クモノニ非ズ

これを一度読んで天皇が人間であると理解するのは、この法文を作った人間だけであろう。否、その本人ですら分かっていないに違いない。故意にどのようにも解釈できる文章だからである。このクダクダした表現はGHQの目をごまかすために意図的に作った「作文」とみて間違いあるまい。本当に人間宣言だというのであれば「朕は神に非ずして人間であり、朕の命令で他の民族を統治することはない」と言えば済む話だ。憲法改正の論議をすべきだと騒いでいる人々は先ずこの文意不明の「人

間宣言」の詔書の無効や破棄を済ませてからにした方がいい。

（新年詔書）

われはよあきつ御神にあらずよとおほみみづから宣らしたまへり
天皇は人にしませばたたかひに敗れし国の民と共にいます
背広服簡素に召されステッキをつきたまふわれらの天皇陛下
おほきみは高く安らにおはしませ民こそ継がめ国のまつりごと
一君万民その敬愛と信頼のここに新たにしてはじめて深し
戦争の大きな犠牲によらずしては得がたかりけるわれらの自由か
武力なき平和国家のなすわざを世界に誇るとき来たるべし

（『夏草』一九四六・昭和二十一年　新興出版社）

天皇への善麿の崇拝ぶりは彼が「学士院賞」をもらった時に「陪食」に与った場面の回顧に明らかだが、ここでその場面を善麿に語ってもらおう。善麿が学士院賞を受けたのは敗戦から二年後、一九四七・昭和二十二年五月のことである。十三日に帝国学士院で授賞式があり、天皇が陪席した。その翌日、受賞者は宮中に呼ばれての「陪食」である。

学士院賞の受賞者に対しては、これまで宮中で賜餐のことがあったところ、本年度は特に御陪食ということで、これも文化国家の建設というにふさわしいことと、老博士たちは感激された。その御陪食がすむと、別室で茶菓をいただく。コーヒーにはミルクが注がれ、煙草はシガーと口つきと両切、菊花の御紋章がついている。ぼくは両切の一本に火をつけて、ひさしぶりにいいかおりがするなと思っていると、正面のお椅子にゆったりと腰をおろされている陛下が、左隣の朝融王としきりに話をされている。食卓でのお話のつづきで、何か栽培の植物のことらしい。「みななくなってしまうということはないのですがね。わたしの方にはいくらでもありますから、とりにおよこしなさい」というようなことを陛下がいわれる。「あすこの植物と武蔵野とをいつか比べて調べたことがあるが、三分の一、……そう、三分の二近くは同じものです」というようなことも語っていられる。その三分の二近くというおことばの表情が、いかにも科学者らしいおちついた正確さというような印象をあたえた。

（「御陪食の後」『斜面彼岸抄』一九七七・昭和五十二年　光風社書店）

この時に詠んだのが「天皇のみ声ほがらかに語らすをわれは聞くなりふたりへだてて」である。それにしてもなんということのない光景だが善麿がこのありふれた場面を異常な神経で眺めている雰囲気が如実に表れていて興味深い。この後、善麿は他の受賞者三人と十五分の「御進講」におよぶのだが、善麿は「いまわたくしたちは新しい時代に際会し、これらの先進の業績を明らかに知るにつけましても、今後ますます新しい自由な学問の道の開けてまいりますす希望と期待のもとに、いっそうこころのはげみを観ずる次第でございます」と口上し、大役を果たすわけだが、全体の印象をつぎのように述べている。

陛下は、御食事中も、御進講中も、何となく気軽な、ほがらかな、静かな気分にあられたようであり、こういうことは初めてのぼくであるが、少しも窮屈な感じをしなかった。もっとも野人的生活をつづけて、位階とか勲等とかいうものももたず、新聞記者的性格が身についてしまっているからともいえようが、あとで思うと、陛下はこの日（註・昭和二十二年五月十四日）午前中を皇后とごいっしょに上野へゆかれて美術展覧会をごらんになったのである。おそらく、そういう御気分から、陛下がいっそう「文化的」になられたのではあるまいかと思う。（同前）

我が国で三大奇人の一人と言われた南方熊楠でさえ天皇に「御進講」した際には緊張のあまり一睡もせず臨んだという話が残っているが、善麿は熊楠を超えていたわけだ。

また『春野』（一九四九・昭和二十四年　八雲書店）には天皇をたたえる作品がまとまって載っている。

たたかひをいかに苦しくおぼしけむ平和の民とともにいますべし
軍閥と重臣の中にいましたるその日の天皇けふのこの陛下
豊みきのこはくのいろにうつる若葉御苑このあたり南の丘か

銀のナイフ銀のフォークのかがやくをもろ手にとりてつつましくをり
卓上に香を放つ初夏の花のいろいろ記憶にとどめむとして名を知らぬもあり
謹みて申すことばをいちいちにうなづき聴かす天皇陛下
宗武の服飾研究はいつの時代のことよりはじめしかとたづねさせ給ふ
国学の科学的研究とはいかなることか例をあげてなほ語れとのたまふ
問はすことはみな重要なる課題にしていみじきかな文化国家の元首

はっきり言ってこれが善麿の歌なのかと疑問すら湧いてくる。この時分にはかつて同志と呼び合った荒畑寒村はまだ健在だったから、善麿の思想性をどう受け止めていたのだろうか。歌人協会で対立した元軍人の斎藤瀏などは、ざまあみろと快哉を叫んだに違いない。

4 復興の槌音――『冬凪』

善麿の生涯にわたる歌集はおよそ四十冊ほどあるが、そのなかでここで取り上げる三冊、即ち『冬凪』『春野』そして『遠隣集』はそのなかでも最も穏やかな心安まるような境地の作品が収まれている。それは戦時下から敗戦直後の『六月』（昭和十五年）『周辺』（昭和十七年）『秋晴』（昭和二十年）『夏草』（昭和二十一年）に見られる忍耐、鬱憤、後悔、不信、怒りというような感情が次第に薄れ、安堵、静穏、希望へと移行していく様がはっきりと読み取れる。

いわばその転換期となったのが『冬凪』である。これは一九四七・昭和二十二年二月の出版で前作の『夏草』から十ヶ月しか経っていないが善麿にとっては戦前的なものからの脱却と戦後への期待と希望が無い混ざって安閑としていられなかったのであろう。僅かな時間の間に二百七十九首も作っているることからでもその心境は伝わってくる。この『冬凪』は文庫版、本文二〇六ページ、春秋社からの出版である。

◇『冬凪』の構成

「回顧」(九句)「偃武」(七句)「初対面」(六句)「歩廊」(十句)「素焼」(五句)「戦災孤児」(十句)「菜園」(十二句)「指向」(十句)「夏山行」(十五句)「石上」(九句)「朝顔」(十一句)「ふくろふ」(五句)「品川駅付近」(八句)「遠情」(五句)「憲法公布」(五句)「賀表」(五句)「方丈抄」(十九句)「武蔵野」(八句)「若き女性」(八句)「惨害」(五句)「秋深く」(九句)「諏訪」(四句)「静思」(五句)「歳晩孤坐」(十二句)「都心抄」(五句)「八重洲通」(十句)「私情」(十句)「曙に題す」(五句)「新年」(三句)「群衆」(六句)「対談」(二十句)「貧窮問答」(八句)「或問」(十一句)

(「回顧」)

新たなる道いくばくをすすみしやその道にしもまさに入りしや
国民のいく系列の正しきに身をおきてなほ時どき迷ふ

さかしげに今かくばかり言ひ立つるは知りて言はざりしか知らずして言ふか
おのれのみ知りてありきといひ顔に語るをきけばたれも知る話
胸はりてわれにいひつるひとことをいまは愧ぢつつ悔みてあらむ
（「偃武」）
たたかひは今ぞをはるといきづきてくるしく過ぎし年をかぞへつ
いくさせぬ国となりたるよろこびをまさしく知りてなげくことなかれ
胸ふかく堪へ来しことをことごとくいふべきときと壇上に立つ
かくあらむこととは知らず犯したるおのれの罪をなほもさとらず
次ぎの世代に罪をつぐなふことすらもせずや過ぎなむ身を避けながら
（「朝顔」）
朝顔の花咲きいでて仮小屋にけさ迎ふわれらの八月十五日
われも世に生きゆくすべはありぬべし朝顔の花のしろき一輪
朝顔の花めでてゆく声ききて起きいづるしづかさ老いて職なし
（「ふくろふ」）
若き日に果さむとして遂げざりしねがひのなかのそのひとつのみ
くやしくも老いしわれかもなし得べきこと多き世に今は生きつつ
ただ次ぎの世代のためになしおかむこととぞおもふ疑ひもなく

（「憲法公布」）
青雲のかがよふ秋や国はらは一輪の菊を象徴とする
われらとはに戦はざらむかく誓ひ干戈はすてつ人類のため
われらはじめて世界のまへに言挙げす愧ぢず悔なき国に生くべく
（「賀表」）
憲法はここに新たなり人としての第一代の天皇に親しみまつらく
たたかひにやぶれて得たる自由をもてとはにたたかはぬ国をおこさむ
人類の歴史のまへに宣誓す平等を友愛をひとつの世界を
いく輪の菊を買ひ来て焼はらの小屋きよめ祝ふこの日に会へりと

5　自責と悔悟――『歌話』

この時期に於ける善麿の作品はこれまで見てきたように軍部やこれに追従する歌人たちへの批判とともに、それに指をくわえていた自身への反省がない混ざった複雑な心境を歌ったものとなっているが、そういう心境を歌ではなく文章として著したものがある。それが『歌話』（一九四九・昭和二十四年　一燈書房）である。これは「その一・序説」「その二・現実大書の一方向について」「その三・短歌の危機か歌人の危機か」の三部からなっている。これに類する歌人と歌壇の戦争責任論としては最も鋭い問題提起になっている。しかし、歌壇ではこの原稿はあまり話題にならなかったようで、これに関する論争が交わされた形跡がない。この辺りにも歌壇と歌人の歴史的位相が反映されているような気がしてならない。かつて私は教育学者の戦争責任を論じたことがあるが、批判や反発ばかりで建設的な論争にならずにいつのまにか終息してしまった苦い経験がある。

この「現代歌人論」は戦後間もなく発足した「ローマ字教育協議会」の議長としてラッシュにもまれて朝九時から夕五時過ぎまで連日会議にあけくれていた時期であった。連合軍の意向もあって結論を急かされていたせいもあったから、この原稿は帰宅して寝る前までの間に書かれた背景を理解しておく必要がある。

戦時中に「つくつたぼくの若干の作品はどうかといえば、あくまで戦争反対の態度に徹していたというわけではない」としつつ、既にⅢ章でも引用したが「戦争の勃発そのものを――満州事変が起つたとき、ぼくは朝日新聞社の一記者として、これはイカンという意見を同僚の一部と共にもつたのであるが、しかも会議の結果、「事ここに到つては」というような現実的な理由によつて」時局追随の姿勢に転じたことを、率直に自己批判している。この程度では甘すぎるという反発がでるかも知れないが、斉藤茂吉のようにまっしぐらにこの戦争を賛美高揚していたことと比べるならば、〝よりまし〟なのだ。この戦時下にあっては良心を失わずに心のなかだけで非戦反戦を抱くことすら不可能なほど国民は追い詰められていたという事実を忘れてはなるまい。この時代にあって「非国民」たろうとしてこれを心の中だけで貫くことも、一つの反戦非戦の範疇だったと私は思う。それゆえに善麿の次の言葉は当時における発言ぎりぎりの発露だったとして評価されるべきものであろう。

ぼくの当時の作品は、いわゆる歌壇の内外において一種反戦的な内容をもち、「不逞」な意図を蔵するものであるとして「自由主義的」要素と資質を非難する資料にもされたのである。

敗戦になるとこれまで叫んでいた「鬼畜米英」や「一億一心」は「平和国家」「民主国家」になり「現人神」も「人間天皇」に変身する。日本中の隅々まで真贋混沌としたいかさま社会のなかで歌壇はどうあるべきか、そのなかで真摯に歌人と歌壇を論じることの出来る人物は善麿をおいては外にほとんど存在していなかったといってよい。かつて善麿を自由主義者として弾劾した歌人達が今度は掌を返して自由主義を唱え出す。

どうにもぼくにははっきりしないことは、第一、それらの人達の「時代」に対する態度、新しい日本の社会的・世界的動向に対する一人格としての意欲の問題とでもいうべきものに関してである。終戦後、日本人としてそれはもうすつかりきまつてしまつていることではないか、そういえばいかにもそういえることであつて、民主国家、自由社会の建設を目標として、一途その方向に進み、平和国家、文化国家をつくろうとする以外に、日本の使命はない、日本人がおのおのその使命を果たすところに、新しい日本の存在がある、こう抽象的にいうことは新聞紙や総合雑誌の堂々たる論文などにも見られるごとくで、新しい教育の確立、新しい道義の昂揚、これらは説いても説き尽くし得ないことともいえるであらうが、短歌作品を通して、その抒情性による体験的表現が、どの程度にまで適応し、どの程度にまで果たし得られているかということになると、発表される作品の決してすくなくはないとおもわれるにもかかわらず、そういう理念にも実践にもあまり接しないように考えられることは、ぼくの寡聞浅識によるものであろうか。

要約すれば敗戦後の知識人や歌人たちが唱える民主国家や文化国家論は抽象に過ぎて役にたたない。現実的、具体的作品を期待している、という主旨になるであろう。

また、善麿はごく当たり前のように称されている「歌人」ということばについても一度反省しなければならないと主張している。下手をするとこのような発言は歌壇全体に不信感を抱かせる淵源になるとして一種のタブー化されがちであるが、敗戦からの出発に際して言うべきことは言っておくという決意すら感じさせる発言ともいえる。

歌をつくるから歌つくり、歌をよむから歌よみ、歌のことを考えているから歌びと、それは一応そういうことになるであろうが、しかし、学問のことを考えているから、それで学者とばかりはいえないように歌の結社に入つて、毎月五首なり十首以内なり送つている人間を皆が皆歌人と呼ぶわけにもゆくまい。ぼくなどは、何の因果か歌をつくるようになつた少年時代はもとより、壮年時代から今日の老年時代にいたるまで、歌人という名をみずから忌避して来たが、それでも日本歌人協会とか現在はまた新日本歌人協会とかいうものに加わっていたし、また加わっているから、絶対的に歌人でないともいえまいが、歌人にはピンからキリまであり、少なくとも歌人というレッテルをはられることをぼくは御免を蒙っているのである。

こうした善麿の従来における歌人論への痛烈な批判は戦時下における時局に対する歌人たちへ向けられたものであったが、この問題に正面から立ち向かおうとする歌壇の反応は鈍かった。そのことへの苛立ちがこうした歌人批判に結びついていたことは明らかだった。

6　歌人の「結社解消論」

敗戦による自由革新の気風の一つに善麿が提起した歌人の「結社解消論」がある。これは歌壇独特の「師匠」「流派」主義ともいうべきものを廃止して「歌道」の独立性と独自性を求めようとした主張で、その提起者が善麿であった。「かつて結社をつくらず、いわゆる「主宰先生」にもならず、一人の「弟子」というものさえもたないことを多年にわたつて実行し、げんにそういう境遇をつづけつつあるぼくとしては、歌壇内外におけるこの種の提言や是非の討議などは、今更のことでもない気がするし、またいずれは結社解体の運命、動向が必至なはずと思つているのである。」そして敗戦を迎え各方面の革新動向から再度、自分の主張を見直そうと言う機運が生じているとして年来の結社解体（消）論を再度提起しょうとしたものである。

いま改めて事新しく考えられるようになつたのは、新しい日本の民主化の情勢のうちに、特殊なかたちをもつて残存するその「封建制」が、検討の対象となつたものであることはいうまでもない。しかし結社の実情や実態について従来あまり知るところのすくないぼくは、それが果たして、皆ことごとく封建的なものであるかどうか、判定は困難なのであるが、ただ主宰先生が玉座のごときに就いてあやしげな講義したり、朱筆を執つたりしながら、もつたい振つて一党一派を統率し、排他的な言動を試みる状景や、師弟関係を主従関係にまで発展させて相互に満足している如き実情を伝聞すると、いかにも時代離れのしたものと思わざるを得ないのであつて、歌壇の伝統、因習の久しきを嘆ずるのも首肯し得られるのである。しかしまた結社の中には、友情によつて結ばれ、まじめな研究批判につとめているものも、多少は無くもあるまいが、それらは現在問題にされている結社の概念範疇にはいらないものと認めておいてよかろう。

こうまで言われると現場の「師匠」たちが、はいそうですねといって簡単に引き下がるわけがない。善麿の主張や提言は従来の良き古き、麗しい伝統を否定するものであり、とりわけ地方における日の当たらない小さな結社の「師匠」にとっては死活問題に直結しているから到底受容しがたいものであった。むしろ歌壇における歴史と伝統を無視した敵対的主張として反発勢力の主張に火をつける格好になった。歌壇における善麿の評価が依然として低いのはひとつにはこの結社解体論に淵源があるように思えてならない。しかし、善麿は一歩も引かなかった。

一体、少しばかり歌がよめるようになると、すぐ師匠顔をしたくなるのが歌つくりの習性となつているようである。それをかこんで、またふしぎに小さな集団がつくられる。機関雑誌を出す、結社になる。こういう簡単な過程のものもあるのであろうが、一方、最初から大きな結社に加わつてゆくものもあり、先生といわれるほどの馬鹿でなしという古い諺はありながら先生といわれる快感に馴れて、小さな世界におさまり、安易な腰をすえる。わきからみるとおかしいが、本人は案外真面目で、歌以外のことは考えなくなつてしまう。それが、歌にいのちをうち込んでいるというような形容で、歌人になつてしまい、歌人気取りになつてしまう。そうなると、つねに歌のずいから天井を世界をのぞく(のぞこうとさえしないものもあるが)ことになる。

こういう主張は歌壇や歌人を外からみる人間にはごく当たり前のものと思うが当事者にしてみれば外聞もありそこそこの自尊心もあるから到底容認できるものではない。これで善麿側にこの主張や考え方に同調したり支持して声を挙げる人間がいれば状況はすこしは変化したかも知れないが、実際にこれに同調する「師匠」は一人もいなかった。共鳴者になって不思議でない歌友の北原白秋には「パンの会」があり、そののち「多摩短歌会」を起し文芸誌『多摩』に依っていた。若山牧水は「創作社」をつくり、機関紙『創作』には師弟が集結していた。善麿と親密な交友関係を築いた斉藤茂吉にいたっては「アララギ」という日本最大の流派のボス的存在で歌壇の頂点にたっていた。

戦時下にあって軍部の横暴を鋭く批判して太平洋戦争が始まる直前に癌でなくなったジャーナリスト桐生悠々は「他山の石」というミニコミで「関東大演習を嗤う」という論説で東条内閣批判をやめなかった。その桐生の辞世の句が「コオロギは嵐の夜にも泣き止まず」だった。特高がこのミニコミの発禁処分の令状を突き付けたとき悠々は柩のなかだった。

善磨が提起した問題は以後、一切見向きもされず、短歌雑誌は相変わらず「先生主義」で貫かれ、読む気の起こらない「師匠」たちの作品が大手を振って歌壇をのし歩いている。

7 覚醒——『春野』

この時期になると戦前と戦時期の回想は落ち着きと冷静さを取り戻して復興を目指す日本社会への客観的な洞察を感じさせる作品が増えている。もともと善磨という人物は激して我を忘れるというタイプの人間ではなく、周囲の喧噪に囚われない人間であるが、この期はとりわけその冷静な姿勢が歌に反映されているように思われる。

またこの時期は歌の方面だけではなく、帝国学士院賞を受賞したり、記者になったばかりの時期に手がけたローマ字問題の著作『国語と国字問題』や『ローマ字文の書き方』などの著作を出して、文部省が設けた「ローマ字教育協議会」の中心メンバーになり、日本の復興の一翼を担うようになって戦後における自分の「立ち位置」を実感できるようになっていたことも見過ごせないであろう。

さらに『冬凪』の二年後には『春野』（B6版、本文一九〇ページ　全二七六首　一九四九・昭和二十四年　八雲書店）を出版する。この歌集は戦前や戦時下の煩悶や懊悩を払拭して真っ向から「戦後」に立ち向かおうとする意欲に満ちあふれた作品が目立っている。

◇『春野』の構成

「さくら」（五句）「或問」（五句）「対話」（八句）「出遊」（五句）「パリ小情」（六句）「講演」（七句）「暮春」（五句）「書架」（五句）「初夏身辺抄」（三十六句）「余生」（十九句）「早稲田抄」（二十句）「報告」（三句）「安居」（四句）「楚翁追悼」（六句）「炎天懐古」（十句）「二年の後」（十一句）「白雨」（三句）「半夜」（五句）「レポート」（七句）「庭前」（五句）「茜雲」（十二句）「校庭回顧」（十句）「良夜」（五句）「粗朶杖」（五句）「国鉄記念」（五句）「春近し」（五句）「雲海」（五句）「どんぐり」（八句）「京極為兼」（十一句）「くらやみ」（六句）「旧知」（四句）「会議」（八句）「姉妹」（五句）「新春古情」（十三句）

（「或問」）

歌よみは世界を知らぬおろかものとそしらるる中にわれも歌よむ
わが歌をあかる過ぎるといふものありくらきになれし眼をとぢながら
わが歌のただ一首だにこの時代の社会の歌としてあらしめむのみ

（「初夏身辺抄」）

上野の杜わか葉あかるし授賞式にわれは少年のごとく来りぬ

率直にわれは喜ぶ還暦を過ぎて本日の授賞式に遇ふ

健かに老博士たちおはすなり京都は遠し新村先生よ

佐々木博士も授けられまし学士院賞おぼつかなしやわれもいただけり

（天皇賛歌）

天皇のみ声ほがらかに語らすをわれは聞くなりふたりへだてて

軍閥と重臣の中にいましたるその日の天皇けふのこの陛下

問はすことはみな重要なる課題にしていみじきかな文化国家の元首

この時期は善麿六十四歳であるが、少しは「老い」を感じてきたらしい。

いくばくの余生は託せ焼あとの斜面方丈林泉もなし

時めきて世にあらむよりいくばくか楽しとしつつ独り学びき

老学徒そのしづかなる境涯をかつてうらやみけふに到りぬ

こうした安らかな日々を迎えることを善麿は予想だにしなかったから、余計にそのありがたさを実感できたのであろう。
ところでこの『春野』の出版後、善麿はこれから紹介する『遠隣集』（献詞窪田空穂氏に捧ぐ）（一九五一・昭和二十六年　長谷川書房）を自分の歌作りの一つの区切りと考えた節がある。全体で五百二十六首が収められているが、ここではその一部を紹介しておこう。

歳三十にして革命家とならざるものもとよりわれも凡庸の徒か
若くして名を成すは幸か不幸かあわただしく友の遺稿をあつむ
誘惑のまへにあやふくもち堪へて知性すがすがし老境に入る
勝たむより子らをかへせと祈りたる涙はつひにぬぐひあへなく
老いて青春の友情を語るたのしさはたまたまよき煙草を味ふごとし
一記者の一学究の妻としてさびしかりけむ常にまづしく
戦局のいつ終るべき悒鬱はわが一生よりもみじかかりにき
（世代回顧「二十九句」）

啄木の日記の中にわれの名もありわれはわれとして四十年の後
（歌集選抄―日本評論社版「歌集」を顧みて）

「不平なく」より「街上不平」への進展はかすかなれども識閾にあり
（蘭「五句」）

われとゐて清忙を慰むるごとしこの蘭妻よ花つけにけり
（学徒「五句」）
一記者として終る覚悟をきめしより三十年を経て老学徒となりぬ
（学位記「五句」）
戦争のあひだに書きし論文が学位となりてわれを老いしむ
一記者のひさしき苦節清貧も運命としてけふに到りぬ
（黙語「八句」）
せめて数冊小さき歌集を世に送りもの読み暮らすけふの幸福
（たばこ「八句」）
やにじみの指をながめつ死ぬまではせめて煙草をわれに喫はしめ
（こおもて「四句」）
げにわれや花の精ともなりぬべし無我一念のこおもての中
（一隅「七句」略）
（「後記」）
「いまこの歌集の題名に遠隣の二字をえらんだのは、むしろみずから身を遠来の朋とし、また常に親しき一隣人として、いささか学と習とに近づき、つとめて徳を慕うものとなりたい念慮によるのである。」

Ⅴ章

「清忙」の日々

善磨は佐藤一斎『言志四録』の「清忙」という言葉が気に入って書斎の入り口にその盾を掲げていた。

「清忙は養を成す。過閑は養に非ず」

閑すぎてもいけないが、清々しい忙しさはむしろ養生になるという意。善磨はこの言葉どおりに人生を愉しんだ。

【善磨の能舞台「早稲田」】

一 「清忙」の日々

1 佐藤一斎「清忙」

善麿が生涯を通じて愛した言葉がある。それは江戸時代の儒者佐藤一斎が残した『言志四録』に収められている「清忙」という言葉である。

「清忙成養、過閑非養」(「清忙《セイボウ》ハ養《ヨウ》ヲ成《ナ》ス、過閑《カカン》ハ養《ヨウ》ニ非《アラ》ズ」)

これは八十八歳で没した一斎が八十歳の時に残した言葉だ。「心にすがすがしく感じる忙しさは養生になるが、ひまをもてあますのは養生にならない」と解釈されている。この箴言は全体で一千余あるが現代に通じる多くの真理が説かれていてすこぶる興味深いものがある。

余談になるが、中学時代の頃、ふと手にした書物で今でも忘れられない言葉が書いてあった。それは漢文だったかひらがなだったか思い出せないが、

「財を残すは下、書を残すは中、人を残すは上」

という言葉であった。この時はのほほんと読み過ごしていたので出典を知ろうとしなかったために、

最近になってなんとか見つけたいものだと思っていた。そこで思いついたのがこの『言志四録』だった。そこでこれにあたってみた（川上正充全訳註　全四巻　講談社学術文庫版）それが数年前のことである。しかし結局あてが外れてそのままお蔵入りになっていたところ善麿の愛読書と知って驚いた。妙な話だが善麿に対する親近感を覚えたものである。聞くところによれば清少納言がこれに近いことを書いているらしいが、確かめていない。しかし、最近になって、ある友人がこの言葉は七代目東京市長後藤新平が亡くなる直前に残した言葉だと教えてくれた。

この「清忙」について善麿は「これなどは、なかなかあじわいがある。「清忙」の熟語も面白い。ガツガツと欲を張って働きまわるものも害があり、そうかといって、ノラリクラリとばかりしているのもからだによくない。その程度の適性を保つことは、世知辛い当今、はなはだ容易ではないが、そのまえのところに、養生は私のためとすると養が害となり、公に出ずればほんとうの養になる」（「たべもの」『斜面方丈記』一九五七・昭和三十二年　春秋社）と述べており、また「清忙」を用いた歌も数多くあり、随筆にも各所に出て来るほど、愛着を持った言葉なのである。

実際に善麿の活躍ぶりはめざましくて、よく体がもっているものだと思うくらいだ。善麿は健康についてはほとんど関心を持たず、特別な健康法も特にない。ただ。ちょっと気をつけたほうがいいと思うのは喫煙くらいで、一時八ヶ月ほど禁煙をしたことがある程で、一日二箱（四十本）を守っている。酒もビール一本を開けるどころかコップ一杯、日本酒もお猪口数杯である。コーヒーは好きでこれは制限をつけていない。嗜好品に関する好みは特になく、ただ果物とりわけ柑橘類には目がない。

健康法も特別なことは一切やっていない。病気は一度だけ読売新聞時代にチフスにかかり二ヶ月入院したことがあるが九十五歳の生涯で唯一の病歴である。スポーツもテニス、卓球、バドミントン、ゴルフと手広いがのめり込むことはない。

駅伝の生みの親だということは既に述べたが、善麿自身は走ることには記者時代に事件現場に駆けつけるということはしょっちゅうあったが趣味で走るということはしなかった。むしろ記者という職業柄が自ずと健康管理に不断の神経を使わせていたのかもしれないし、記者生活をやめてからは一斎の「清忙」の精神を生活に活かすことで乗り切ったのかも知れない。

無名の一記者として過ごした青春も、惜しかったというよりは、その特殊な生活意識が、あるいは生涯、身についているのではないかと思う時がある。社会の善悪美醜に対する判断も、その時代に適応しつつ、客観的に、自分なりに体得できるような気がするし、そうした習性が、いわゆる名利を超えた報謝の念ともなっているのではなかろうか。「清忙は養を成す、過閑は養にあらず」という佐藤一斎の『言志四録』の中のことばを、ひそかに座右の銘として、呼び出されれば、戦後の国語審議会に十年あまり会長も勤めたし、都立図書館の館長に迎えられたときは、専門的講習を受けて、司書の資格もとった。これらも、与えられた機会を分に応じて空しくはしないようにと、心を起こし身を起こしたことになる。

（「序破急の生涯」『斜面彼岸抄』一九七七・昭和五十二年　光風社書店）

東京大空襲の後に建てた善麿の新居は継ぎ足し継ぎ足しで漸く四畳半の書斎をもつことが出来た。といっても狭い土地だったので書斎は斜面に作らざるを得なかった。勿論、斜面の部屋ではなく斜面の上の部屋である。しかし、この狭い斜面の部屋を善麿は気に入って、この書斎から何冊もの歌集や随筆が生まれている。たとえば『斜面の悒鬱』(一九四〇年)『斜面方丈記』(一九五七年)『斜面逃禪記』(一九六九年)『斜面送春記』(一九七三年)『斜面周辺記』(一九七五年)『斜面季節抄』(一九七七年)『斜面彼岸抄』(一九七七年)と言った具合である。

朝日新聞の後輩で学芸部にいた浜川博が所用で善麿宅を訪れた時のこと、話は「斜面」に及んだ。すると善麿は「はすかいにいる、つまりアウトサイダーだよ」と答えたという。つまり「世の中の中心からはずれた斜面」(「土岐さんと楚人冠」『周辺』最終号 一九八〇・昭和五十五年十一月号)の人間だというわけである。主流ではなく傍系としてはすから世間を見ているという謂だったというわけだ。

その斜面の書斎の入り口の上部に一枚の木片が架かっていた。横二十二センチ、縦十二センチ、厚さ五センチの小さい額である。そしてそこに彫られている文字が「清忙」である。これは善麿が足利市で講演の後、老舗の「一茶庵」という蕎麦屋に案内された際に床の間の扁額に目を止め「ふむ、いい字だね」と感心した風だったので、これは店の主人の片倉康雄の作だというと「やはりいいなあ」というので善麿に引き合わせると片倉は喜んで「わたしで良ければ一つ作らせて下さい」ということで、善麿が「清忙」を所望して出来たのがこの作品である。

ある時、と言っても善麿が亡くなる一年前九十四歳の時のこと、仕事の打合せで善麿の書斎を訪れた冷水茂太が、いつものように入り口手前で立ち止まり、この扁額をしげしげと仰いでいる姿を見た善麿が「君は随分その額が気に入っているようだね。いいから持って行きなさい」と言って立ち上がり冷水に渡した。冷水は善麿のたった一人の側近であったから、それとなく長年の労苦に報いたかったのであろう。

金冬心の「清忙」の額が　欲しきらし　若しとおもうこの友も老いぬ

という句も冷水への最後の贈り物であった。

ところで、善麿が「清忙」として残した歌をざっと挙げてみると、

清忙のこれも一つと　校正のペンをとる春の夜の　コーヒーの香よ（「周辺抄」『寿塔』一九七九年）

清忙の年はじめと　巻一より　老荘の詩集読みかえすとき（「迎春自戒」『十方抄』一九七一年）

書架のわきにつみ重ねおく　新著のかず　わが清忙をかこむがごとし

清忙のかくて老いゆく愉しさや　朝の落葉ははや掃かれたり

（「車窓読書」『一念抄』一九七一年）

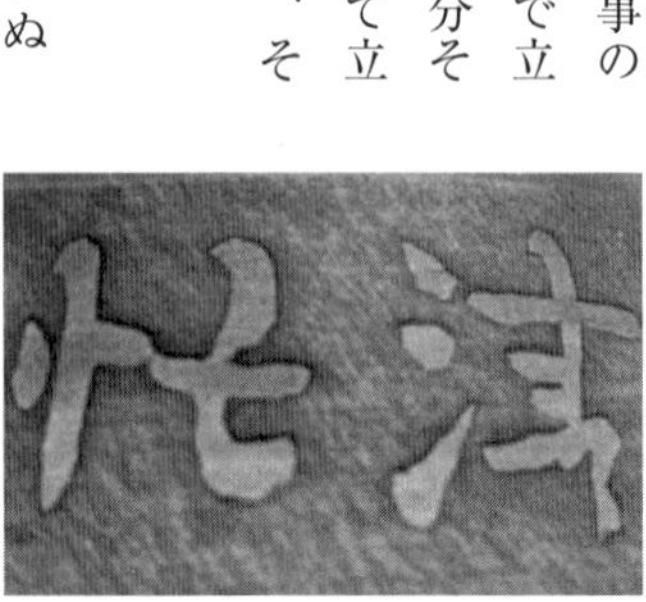

【書斎入口の「清忙」】

（「清忙暫」『若葉抄』一九六四・昭和三十九年）

等であるが、随筆でも「清忙」を含む文章はかなり多い。その一部を挙げると

（1）「清忙紙片」（五句）」「後記」「戦災後の斜面に建てた、山小屋風の家には、せまい自室に簡素なベッドをも備えて、学習と休息の自由な起居に適したものとしてある。ここでわたくしは静かな清忙の晩年を送ることに満足したい。」（『早稲田抄』一九五五・昭和三十年）

（2）「清忙」（「紫綬（五句）」「啄木記念碑（五句）」「日比谷（五句）」「新春独語（八句）」「学園停年（五句）」「武蔵野茶寮別宴（十句）」「寄藤祝（七句）」「空穂翁写像四種（五句）」「まひる野十年（五句）「寄語（八句）」「機上（八句）」（『歴史の中の生活者』一九五八・昭和三十三年春秋社）

（3）「若気のあやまち」（『目前心後』一九六三・昭和三十八年東峰出版株式会社）

（4）「たべもの」（「清忙ハ養ヲナス、過閑ハ養ニアラズ」「公私ノ差ハ毫髪ニアリ」とあって、清忙は即ち公、過閑は即ち私ということになるのであろう。（『斜面方丈記』一九五七・昭和三十二年　春秋社）

この辺でやめておくがとにかく善麿にとって「清忙」は人生の指針として生涯を支えた言葉であっ

た。その極めつけは一基の歌碑を持たず、流派を作らず、一人の弟子も持たず、ほとんど無位無冠を通した善麿を支えたことに集約される言葉だといって過言ではあるまい。まさしく「清忙」は善麿の生涯を象徴するものだったといえよう。

二　清忙の足跡

1　「それから」の土岐善麿

ところで善麿の活動分野はとても一言で括ることが不可能なほど多岐にわたっている。幸い、善麿自身が書いた略歴がある。善麿は歌集も含めると二百冊近い作品を出版しているが、そのなかで善麿自身が直接書いた「経歴」が一つだけ残されている。それは『ことば随筆』（一九五七・昭和三十二年宝文館）で「近ごろの本には奥付のところに「著者略歴」がそえてある。ここには、「それのややくわしいものをかいて、読者への「自己紹介」にしておく」と付け加えているから文字通りの「自己紹介」である。全文をそのまま引用しよう。

明治一八年（一八八五年）六月八日、東京浅草で生れた。東京府立第一中学校（日比谷高校の前身）

を経て、四十一年、早稲田大学英文科卒業。

新聞記者生活三十二年、朝日新聞社社友。社会部・学芸部・調査部の部長、論説委員を経て、停年制により退社したのは昭和十五年六月であった。

早稲田大学および大学院で、上代文学の講座を担当。昭和三十一年三月、これも停年制によって退職。

昭和九年以来NHKの放送用語発音調査研究に当り、今もその委員になっている。

昭和二十三年五月、文部省に設けられた教科用図書検定調査会の会長に推され、三年間に、この検定事業がまったくアメリカの支配を受けないところへまで運んだので退任。ついで「新しいローマ字」および「新しい小学ローマ字」の両教科書を監修して東京書籍株式会社から出版。

昭和二十六年三月、東京都立日比谷図書館の館長に迎えられ、三億円あまりの予算をもって館舎の新築計画が実現を見るに至ったため、三十年六月退任。

日本ユネスコ国内委員、社団法人日本図書館協会理事長。国立国語研究所評議員、国語審議会会長。

文学博士。日本芸術院会員。

著作六十余種。そのうち「田安宗武」（全四冊）の研究業績に対し、昭和二十二年五月、学士院賞受領。二十七年三月、NHK放送文化賞、三十年十一月、紫綬褒章受領。最近の著書には「新訳杜甫詩選」、「新版鶯の卵」、「万葉以後」、「斜面方丈記」、「鎌倉室町秀歌」等がある。

これは出版年の昭和三十二年までであり、また善麿自身の意思による恣意的な取捨選択がなされているので客観的な資料とは言えないかもしれないが逆に正直な自己紹介になっている。そしてこれだけでも彼の活躍した世界が多岐にわたり一言で締めくくられるものでないこともあきらかだろう。このレパートリーの広さが土岐善麿という人物を逆に分かりにくいものにしているとも言えよう。また時間的にこの書の出版年である一九五七・昭和三十二年までという制約もある。また彼は一九八〇・昭和五十五年、九十五歳という長寿を全うした。そこで晩年までの経歴を併せて付け加えておこう。

◇一九二八・昭和三年　エスペラント学会理事
◇一九二八・昭和三年十二月「御大典奉祝国民歌」審査員（藤村、楚人冠、白秋等）
◇一九三四・昭和九年一月　日本放送協会放送用語調査委員
◇一九三六・昭和十一年十一月「大日本歌人協会」常任理事
◇一九三七・昭和十二年　改造社『新万葉集』審査員
◇一九四〇・昭和十五年九月　日本放送協会嘱託、用語調査顧問
◇一九四二・昭和十七年　春秋社常務取締役、一九四五年八月まで
◇一九四六・昭和二十一年六月　文部省ローマ字教育協議会議長
◇一九四七・昭和二十二年十一月　文部省第一次「国語審議会」臨時委員
◇一九四八・昭和二十三年一月　文部省改組「国語審議会」委員。十二月「国立国語研究所」

評議員。宮内庁歌会始の選者を断る
◇一九四九・昭和二十四年四月　「日本歌人クラブ」名誉会員。十一月　改組「国語審議会」会長。以来五期十一年間在職、退職は一九六一年
◇一九五〇・昭和二十五年五月　文部省「教科用図書検定調査会」会長
◇一九五一・昭和二十六年三月　東京都立日比谷図書館長（退職は一九五五年）。四月　日本図書館協会理事
◇一九五二・昭和二十七年十一月　全国ヨット協会理事長
◇一九五三・昭和二十八年九月　ユネスコ国内委員
◇一九五四・昭和二十九年　早稲田大学総長候補
◇一九五五・昭和三十年一月　日本芸術院会員。十一月　紫綬褒章受章
◇一九五六・昭和三十一年三月　「東京新聞」歌壇選者。同月「日本中国文化交流協会」創立、理事「保健同人」創刊、歌壇選者となる
◇一九五八・昭和三十三年　文化勲章選考委員
◇一九六五・昭和四十年四月　勲二等瑞宝章叙勲の内示断る。武蔵野女子大学日本文学科教授（一九七九年　退任）
◇一九七三・昭和四十八年　「日本文化界代表団団長として三度目の訪中
◇一九七八・昭和五十三年十一月　講談社『昭和万葉集』編纂顧問

◇一九七九・昭和五十四年十二月 「角川文化振興財団理事会」（最後の出席）

これらの項目はいずれも善麿の社会的活動を現すもので、当時の社会にあってそれぞれ重要な役割を果たしていることが一目瞭然であるが、とりわけ「歌会始選者」の拝命を辞退（昭和二十三年）したこと、「文化勲章選考委員」に選出された（昭和三十三年）こと、そして昭和四十年の「勲二等瑞宝章」（昭和四十年）を断ったことに注目しておきたい。善麿は一方で国からの各種委員を引き受けながら、他方ではこのように自己の思想と見識を明確に打ち出していて善麿の価値判断が奈辺にあったかを示唆していて興味深いものがある。

またここに挙げた分野以外でも善麿は能楽や謡曲の脚本、作詞、演出を手がけ自ら舞台に立って舞を披露するなど余技を超える活躍をしている。さすが作曲までには手を出さなかったが、これは長年、善麿の友人だった信時潔（「海行かば」の作曲者）が引き受けて、作詞した多くの校歌は今でも歌い継がれている。

こうしてみてくると土岐善麿の肩書きを一つのカテゴリーで括るのは不可能である。逆に言えば善麿の仕事は多岐にわたりすぎて一言で括れない、換言すれば何が専門か分からないということにも受け止められかねない。こうしたことが善麿の専門性に対する疑問を持たれて〝なんでも屋〟という印象を与えてしまうのかも知れない。

実際にこのことを示すエピソードがある。

戦後早々、日比谷公会堂に催されたＮＨＫの放送討論会に出て、国語改善問題にひと役つとめたが、控え室で司会者が、「先生の肩書きはナンと申しましょうか」という。「べつに肩書きをいう必要もあるまい」とぼくは笑って答えたが、さて幕があがると――「ご出席は文部省国語課長釘本久春氏、カナモジ会常務理事松坂忠則氏」――その次のぼくについて司会者は、少しためらってから、「ええ、それから土岐善麿氏」といったので、討論のすんだあと、司会者に、「ぼくは今夜それからという肩書きをもらったね」とわらったことがある。「すみませんでした。どうも何とかいわないと、あそこがおさまらなかったものですから」――つまりそのとき、ぼくはそれからの的存在であったかもしれない。

（「肩書き」『斜面彼岸抄』一九七七・昭和五十二年　光風社書店）

このようにＮＨＫのアナウンサーですら善麿の肩書きを何と言っていいのかわからないほどの「それから」氏なのである。

2　ある日の善麿

話は戦前に遡るが「それから」氏のある一日を追ってみよう。前節でみた善麿の経歴をみてもお分かりのように実に多岐にわたり肩書きをつけるのが困難なほど広範囲の仕事をこなした。ちなみに朝日新聞を停年で辞める時期の三日間の仕事ぶりを善麿自身に語ってもらおう。「日記」風のこの文中には同時代の著名な学者・評論家・歌人が次々と顔をだし、またその交友ぶりが描かれているので、少し長くなるがご覧頂こう。

《第一日目》

訪問者がある。応分の委嘱の仕事を片付ける。これも纏まつたものではないが、かういふことも「社会人」としての一種の「つとめ」と思へば、無下にも断りかねることが多い。たとへば、最近三日間ばかりの僕の「日記的」なことをいふと、九日の夕刻、新聞社の帰りには、日比谷にある法曹会館へ行つて、国語協会で募集した「国語愛護の歌」の最後の審査に加つた。この会合を、かういふ会館で開いたのは、審査員の一人の三宅正太郎君が、大審院の部長判事をしてゐること の便宜からだが、三宅君とは中学時代からの親しい友達であり、国語協会の理事でもあるので、審査は、十分の理解のもとに行ふことが出来た。「国語愛護の歌」などは課題としてもなかなかむづかしい。僕に作つてくれといはれても、すぐには引き受けにくいものである。従つて、募集のものにも、完全に優秀と認められるものは少なかつたが、然し、それでも世間へ出してもそう恥かしくないものにしなくてはならない。一等を決定して夜の濠端に出ると、風がひどく寒かつた。

《第二日目》

その前の晩と、あくる朝にかけては、先夜長谷川如是閑翁と釈迢空君と僕の三人で「短歌研究」新年号のためにやつた座談会の速記を検閲して、これにも相当の時間をとられたが、同じ雑誌にまだ約束のものを書かなければならない。然しこの方はどうにも結局間に合わないことになるらしい。／毎週土曜の午前には謡の師匠がうちへ来てくれる。謡もかれこれもう二十年近く稽古をつづけてゐるが、これに対しては世阿弥のいはゆる「初心不可忘、時々初心不可忘、老後初心不可忘」の学習条の趣旨を体して、いまだに「堂」のまはりをグルグルやつてゐる。僕等の仲間の新年初会には僕が仕舞「野守」をやるはずになつたのでそれを固めるのに汗をかく。実際、この「野守」を数回繰り返して練習すると、ぽッぽッと全身に汗をかく。／それを済ませて、急いで社へ行つて一応仕事をしてから文部大臣の官邸へ行つた。かねて国民歌制定の相談があり、いよいよそれが具体化して、作詞者と作曲者との顔合わせを十一時から催したのである。昔、スエントンの英文学史を早稲田で教へてくれた内ヶ崎作三郎氏が政務次官をしてゐるし、若い頃歌壇粛清を痛論したこともある池崎忠孝君が参与官をしてゐる。池崎君には『支那事変歌集』編纂に就て、大日本歌人協会とも交渉がある。その他の文部省関係者と会議室の青テーブルに相対して、形式は何となく事々しいが、内容は極めてなごやかな協議をやつた結果、一切都合良く実現の運びになつたが、作詞者として選任された北原白秋君にしろ、斉藤茂吉君にしろ、高村光太郎君にしろ、茅野雅子さんにしろ、或は新詩社、或は根岸短歌会といふやうに、明治時代からの詩歌人であり、佐藤春夫君と僕とは、さういふグループには加はつてゐなかつたけれども、やはり同時代に、相前後して、さういふ方面へはいつて行つたものばかりである。一緒にあつまつて、雑談したり協議したりしてゐると、一種特別な親しい感情と共に、国家国民への仕事に協同するといふ楽しい期待をもつ一方皆おたがひに「年をとつた」といふ気が起る。年をとる、といふことも、ひろい意味で、「生活の効果」といへるかも知れない。作詞の題材も、大陸、海洋、農村生活、国民生活、日本の自然、日本の女性といふやうに、分担することになつて、一種のコンクールといふかたちになつた。殊に斎藤君にとつては、最初の仕事といふわけで「わからんことがあつたら、君を訪ねる」などと、れいの飄逸な態度で、僕とわかれた。／その晩は、放送用語発音調査委員会第八十何回かの会合を芝愛宕山の局内に開催。この会議には、京都の新村出博士と毎月お目にかかれることが、僕の楽しみの一つになつてゐる。この晩も、会議の前後、立話で、いろいろと親しい会話を交換することができた。

《三日目》
実は、その晩帰宅してから、君への原稿を書くつもりで、田安宗武が在満の『国歌八論』に対して新しく加へた「新しき物の名を歌によむの論」に関し、宗武の作品と交渉せしめつつ、それを展開してみる計画なのであつたが、同じ日に二つの会議へ出席したので、さすがに疲れて、中途でやめてしまつたのである。／それから　その明くる日の日曜日に書けばいいやうなものであるがこの日は朝十時から、先頃、七十三歳の高齢で亡くなつた謡仲間の横沢次郎翁の追悼謡会があり、はづすべき性質のものでないため、師匠の家の催しへ行つて、厳かにかざられた祭壇の下で、僕は「攝待」のシテをうたつた。（中略）／ここまで書いたら、もう出社の時間になつた。けふは午後に、放送局へ行つて、宮城道雄、山本直忠の両君と作曲に就ての打合せをする約束がある。これは新年の放送用として依嘱を受けた勅題を主題とする新管弦楽の相談である。「朝日さす鳥の曲」といふ作詞は数日前まとめて渡してあるのである。この新曲は三十分を要するもので、天地創造の神話から、現代、東亜の新建設といふテーマを三段にわけて、つくつてみたのである。／こんなわけで、「日本歌人」の新年号にまとまつたものを寄稿し得ないのは、残念だが、「書けない」とだけ電報を打つのは君への友情に反するから、あわただしく身辺を報告して、お詫状の代わりとする。

（昭和十三年十二月十二日）（中略）（「私信」『斜面の悒鬱』）

この当時、善麿はまだ朝日新聞の現役で論説委員だったからその勤務の合間に各種審議会の会議、また歌壇関連の事業のとりまとめ、また知友や友人たちとの交友、その合間を縫って依頼原稿の執筆と目の回るような毎日だった。また、この日程に出てこないが、全国各地から乞われて講演にも出掛け、また小学校から大学の校歌まで作っている。特に講演は善磨自身、人前で話すことが大好きで頼まれれば万難を排して出掛けている。善磨は日記もさることながら日常生活をメモる習慣がなかったから分からないが戦前でも彼の足跡は全国各地に残っている筈である。

専門は何かと問われ　生きることと　答えし昔を今に保ちつ（「舞台へ」『斜面彼岸抄』前出）

これは善麿九十二歳の作品である。

三　我が道を行く

1　謡曲・能楽・舞台

謡曲や能楽に関する善麿の著作は次の如くであるが現在では、古書店でもなかなか見当たらず、国会図書館以外では手にすることは不可能に近い。

1『蜂塚縁起』　一九三三・昭和八年　四条書房
2『能楽拾遺』　一九三九・昭和十四年　謡曲界発行所
3『能楽三断抄』　一九四二・昭和十七年　春秋社
4『能楽新来抄』　一九四四・昭和十九年　甲鳥書林

5『松の葉帖』　一九三四・昭和九年　四条書房
6『新作能縁起』　一九七六・昭和五十一年　光風社書店
7『歌舞新曲選』　一九七七・昭和五十二年　光風社書店

もともとほとんど人の話題に登らない善麿だからその善麿が能楽や謡曲の世界で活躍したという話はよほどのことがなければ知られる由もない。とは言ってもかくいう私自身はこの世界は全く無縁で、ただ一度、市ヶ谷の能楽堂で舞台を見たことがあるだけで、全くの門外漢だ。それに今回のこの執筆では歌壇や随筆、論評関係の書物はある程度確保したがこの方面の文献はあまり購入出来なかった。ただ、善麿はこの件でも、しっかりした足跡を残していることについて述べておかなければあいかわらず「それからの人」になってしまうので、敢えて一言記録しておこう。

善麿が大日本歌人協会の役員をしていた時に総会や講演などがある場合に歌の「朗詠」を企画の中に入れて好評を博して評判を上げたが、どうやらその起源は「謡曲」にあったようだ。次の文章は一九二七・昭和二年のものである（「謡曲」『春帰る』人文会出版部）

浜松町にゐた時分、少し心の余裕ができたので、といふよりもこころの余裕をつくりたかつたので、浅草の兄などと一緒に、謡曲をならひはじめた。梅若流の師匠を迎へて、四五年素人じみた稽古をつづけたが、あの大地震で、まる焼けになつては、どうもそんな、のんきなことも一時はやめてしまはなくてはならなかつた。それに和服といふものを、それから一枚ももたないことになつたし、謡本も見台もまた買ひなほす機会がなかつたのである。近頃になつて、つとめ先きの同僚と、ふとしたことから謡曲の話をして、せつかくやつたものなら、またはじめてはどうかと自分も一年ばかりになる、是非々々といふので、一週間に二回、午前中蒲田まで稽古に通ふことになつた。

とあるから善麿三十八歳の頃で、当時は朝日新聞の学芸部長であった。謡曲や能楽は父善静が嗜《たしな》んでいて兄の静と一緒によく小屋に連れて行ってくれていたから抵抗感どころか愛着すら持っていた。稽古が一週間に二回、しかも午前中とあるから恐らく土、日曜を使ったのだろうと思ったら、稽古を終えて出社したと言っているので案外ハードな日程だったようだ。しかもこの頃には六歳から三歳の一男二女を抱えていたから家庭的にも時間のやりくりが大変だった筈だから、よけいに「心の余裕」が欲しかったのであろう。

僕は謡曲の師匠になるわけではもとよりないし、そちこちの謡曲の会へ出て、うなつてみようといふ野心もない。ただ一人でおぼえて、一人でうたつて、一人で楽しめばいいのである。和服が相変わらず一枚もないので、洋服で、キチンと坐るのだが、これがどうも一通りのことでない。師匠には、甚だ失礼だが、師匠のうたつてくれる間、すこし横座りにすることをゆるしてもらつた。

洋服と謡曲、これも外面の形式からみると、当世流行の「文化生活」の内容に似通つてゐるやうに思はれるが、その当人は、そこに一種の統一した気分をえようとしてゐるのである。その「弟子」としての稽古の「精神」には、古意尊重の謙虚さをもつてゐると思つてゐるのである。（同前）

おそらく謡曲の稽古で「洋服」しか持たない弟子は善麿くらいだったであろう。少なくともこの世界では最低限護るべき「約定」は少なくないはずで、和服はその最低限の不文律を守らなかったのだから、洋服でしかも正座の出来ない弟子を黙認した師匠の度量には感心させられる。これで和服を強要する師匠であったなら善麿はこの後、謡曲の世界とは縁を切っただろう。そうすれば名作とされる「夢殿」は生まれなかっただろうから、この洋服と横坐りをみとめた師匠は偉大であったということになる。

私にはこの「夢殿」を理解する能力がないのが残念だが、京都や奈良は時折り出掛けて歴史の香りを愉しんでくる。とりわけ奈良の畝傍、耳成、天香具山の大和三山に囲まれた緑の平野の光景が気に入って何度でも足を運びたい場所だ。ただ、法隆寺や夢殿あたりはいつ出掛けても大勢の観光客の足音が気になって落ち着かない。善麿が足を運んだころはまだ静寂が支配していたのであろう。

善麿が謡曲、能楽に親しみを持ったのは僧籍を持つ父の影響によるものであるが、もう一つの理由としては新聞記者という職業柄から常に生臭い現場を目の当たりにしながら生きていることへの反動でもあったのかも知れない。目先の現状に埋没している現実を見つめると否が応でも生きている自分の立ち位置の脆さや見通しの立てない現状に気付かざるを得ない。現実逃避とまではいかなくとも自分をしっかり見据えるための方途として善麿が選択したのが能楽と謡曲だったのであろう。

「夢殿」は善麿の最初の新作能であり、これ以後「青衣女人《しょうえのにょにん》」「顕如《けんにょ》」「実朝《さねとも》」「秀衡《ひでひら》」などを相次いで発表するが、いずれも評判を呼ぶ作品となった。

ここでは「夢殿」の冒頭部分を紹介しておこう。「シテ」は「老僧」と「夢の精」、「ワキ」は「旅僧」である。

〽ワキ　花をみ法《のり》の旅の空、花をみ法の旅の空、ゆくへを西と定めん

〽　これは東国方より出でたる僧にて候、われこの程は難波に候ひしが、これより南都に赴き、霊仏霊社のこりなく拝みめぐらばやと存じ候、まづ大和法隆寺へと志し候

〽　春霞、龍田の山を越え過ぎて、龍田の山を越え過ぎて、草木のいろも青垣の、山路はいくへいかるがや、富の小川の末絶えぬ、さとりの岸はかしこぞと、鐘のひびきをしるべにて、法隆寺にも著きにけり、法隆寺にも著きにけり

〽　やうやう急ぎ候ほどに、法隆寺に著きて候、げにや聞きおよびたる堂塔のたたずまひ、広大荘厳仏恩無辺の感涙、墨染の袖につつみあへぬばかりなり、またあれなるは聖徳太子禪定の夢殿とやらん、八角円堂は遍満具足のすがた、あらありがたや候

〽シテ　なうなうおん僧夢殿参拝のおん伴《とも》申し候べし、しばらくおん待ち候へ

〽ワキ　われ夢殿参拝を志すところに、呼びとめ給ふはいかなる人ぞ
〽シテ　これはこのあたりの里人なるが、報恩のため夢殿にまゐり、毎日毎夜三昧の祈念をこむるなり、一河の流れを汲み給へ
〽ワキ　げにげにこれも一樹の蔭、折からの同行《どうぎやう》なり諸共に、奉賛の機を喜び候べし
〽シテ　まことやこれは行信僧都の発願なるが、かたじけなくも聖徳太子寝殿のおん跡として、禪定の音を偲びたてまつる（以下略）

全体はこの五倍ほどあるが、「夢殿」にかけた情熱はなまやさしいものでなかったようだ。このことは善麿の次の思い入れによく現れている。

聖徳太子による日本的な理念発揚のために、夢殿を題材として、何か一つ書いておきたいとは、僕の年来の宿望であつた。會て外国の旅をつづけてゐた間にも、そこの名所旧跡をたづねると、特に石造りの宏大壮麗な、或は堅固冷徹な建築に接したりすることが多くて、そぞろに東洋的な簡素純一性を想起し、しきりに法隆寺あたりへ行つてみたくなつたものである。いくたびも行つたところではあるが、帰つて来ると早速大和地方を遍歴して、ひとり静かに低徊願望した後、夢殿の前に立つて、一種法悦の感涙を催したことを今でも忘れ得ない。

（「新作の意図に就て」『能楽拾遺』同前）

此の頃、善麿は全国各地に講演旅行をしているが、とりわけ関西からの要請には快く応じている。というのもその目的は京都や奈良にあったらしい。古代文化と芸能に奈良、京都は格好の研究舞台だったからである。とりわけ奈良法隆寺は善麿にとって能楽と謡曲の宝庫であった。戦後間もなく善麿は京都大谷大学から年五回、集中講義形式での非常勤講師を依頼され快諾している。これなども教鞭を取ることもさることながら京都、奈良を自由に歩けることが魅力だったからである。また、京都には新村出、吉井勇、田中武彦などといった同好の士が集まっていたこともあり、表向きは〝公務出張〟ということで思い切り羽根を伸ばすことが出来た。

佐伯定胤老師には生前ご懇親を得た事情があり、ぼくの最初の新作能「夢殿」は老師の配慮によつて、開扉された秘仏の尊前に、礼堂で、奉納の謡を喜多実はじめ一門とともにぼくもうたつた。さきごろ、「真珠の小箱」というテレビの番組の中で、そのときのことなども語ったが、法隆寺の南大門前から夢殿への、あの砂の道の踏みごこち、これはぼくにとつて、日本の道のうち、もっともきびしく深い情感にひたり得るところである。途中で、かならず二度、三度と、うしろを振り向き、はるかに回顧する。松風の音、塔の影。世間虚仮唯仏是真という聖徳太子の信仰を体得することは、もとよりおよび難い境涯であるが、浄土真宗の「学僧」を父として浅草の寺に生まれたことを幸福であったと今でも思っているし、日本のふるい文学をまなぶうえに、そのことが

理解を助けていることも否み難い。（「道」『目前心後』一九六三・昭和三十八年　東峰出版株式会社）

かくて「夢殿」は善麿の脳裏に深く刻印され、謡・能楽の道を拓いていくことになる。その折に作った歌四句がある。

揚幕を出でて入るまで　舞台の上に　学び得し力を恃《たの》みたるのみ
玄関より楽屋に入りて　師の前に　一礼する心を失うなかれ
新作能　十いく曲の左右前後も　わが半生の序破急なりき
歌舞新曲　あつめてみれば百にあまりぬ　いつの代よりの遊興の徒か
（「舞台へ」『斜面彼岸抄』一九七七・昭和五十二年　光風社書店）

また、謡曲と能楽以外に善麿が宗教曲のために作詞をしていることを付け加えておこう。専門的には「交声曲（カンタータ）」というらしいが善麿は「蓮如」と「降誕賛歌」という作品を作曲家の清水脩と共同で制作、一九六〇・昭和三十五年、日比谷公会堂で披露演奏会を開いている。声楽とオーケストラの組合せによる本格的な演奏会である。この評判がよかったせいか、本願寺が「親鸞聖人七百回大遠忌」記念として作詞を依頼してきた。これもカンタータ形式で演奏はＮＨＫ大阪放送交響楽団、作曲は清水脩というコンビである。本願寺は細かなことはほとんど註文をつけず「お二人の先生にお任せします」という仏教的寛容を最大限に示したものだった。二人は話し合ってオラトリオ（聖劇）ではなく、前作と同じカンタータ形式を採ることにして、台本を『歎異抄』と決めた。そして完成は翌年、オーケストラや合唱団の念入りなリハーサルの後、四月十六日、京都会館第一ホールで満員の聴衆を迎えての講演は大成功を収めた。

構成は「第一　絶対他力」「第二　師承偏依」「第三　悪人成仏」「第四　父母孝養」「第五　同朋同行」「第六　無碍一道」「第七　踊躍歓喜」「第八　無義為義」「第九　業縁業報」「第十　報恩感謝」となっていて、最後は合唱で

弥陀の名号　称えつつ
新人まことに　うるひとは
憶念の心　つねにして
仏恩報ずる　おもいあり

と結んでいる。参加した三百人あまりの聴衆がどのような感動の声をあげたのか。そしてまたこの時の印象を善麿がどのような歌に託したのか。想像するだけで、その感動が伝わってくるような気がする。なお、参考の為に以上に挙げた以外に以下のような作品がある。何れも評判を詠んだり話題になった作品であるが、あまり照れない善麿が新作能の出来映えに触れられると「いやあ、素人がプロ

に勝てっこありませんから、からかうのはよして下さい」と話題を切り替えたという。
善麿の師匠筋にあたる喜多実がこんなことを言っている。「だけどうまかったですねえ、文章は。謡として、私が節をつけるんだけれども、初めこう、文章をただ素読しておりましてね、読んで。読んでいるうちに自然に節が出てくるんですね。ああ、こりゃやっぱり名文だなと思いましてねえ。そう、初めの「夢殿」のときでも、専門の方たちが非常に名文だと。とても、世阿弥なんか文章としてかなわないな、なんてやっぱり言っておりましたですね。私もね、土岐さん、歌よりも謡の文章の方がうまいんじゃないですかって、ひどいことを。いやぁな顔されたけどね（笑）（「土岐善麿と喜多流」『短歌』一九八〇・昭和五十五年六月号）
そこで「夢殿」以外の作品を並べてみると

（1）「歎異抄」（親鸞聖人七百忌　カンタータ　一九六一・昭和三十六年）
（2）「親鸞」（新作能　一九五〇・昭和二十五年）
（3）「佐渡夢幻曲」（世阿弥生誕六百年記念　ラジオドラマ　一九六二・昭和三十七年）
（4）「鑑真和上」（新作能　鑑真円寂千二百年記念　一九六三・昭和三十八年）
（5）「伝教大師賛歌」（カンタータ　一九六五・昭和四十年）
（6）「蝉丸」（荻江節　一九六七・昭和四十二年）

などを相次いで書き下ろしている。喜多実に「歌よりうまい」と言われて、さすがの善麿も一本とられてしまったが、八千首に近い作者に面と向かってこう言われると満更でもなかったであろう。

2　日比谷図書館長

善麿が新しく出来る日比谷図書館の初代館長になったのは一九五一・昭和二十六年三月、六十六歳の時である。現在でこそ、この年齢ではまだ若いと言われそうだが当時は五十五歳停年というのが相場で六十六歳というのは「老体」とされ、隠居生活がおきまりのコースだった。であるからこの発令は敬老精神に欠けたものとも言える発令だった。

この発令の顛末について善麿は詳細を語っていない。ただ、この前後には文部省関連の国語審議会やローマ字研究会などといった委員をしており、またNHKに講演をはじめ芝居の脚本を書いたり、当時は多才な文化人として有名で、しかも定職がなかったから白羽の矢が当たったのであろう。それに当時は安藤正純が国会議員で文部行政に長けていた。ご承知の如く安藤正純は朝日新聞記者時代に善麿の『NAKIWARAI』を啄木に紹介して批評を書かせて二人の仲を取り持った人物である。

当時の初代国会図書館長は金森徳次郎で副館長は中井正一であった。中井は京都大学講師として教鞭をとっていたが治安維持法に引っかかり郷里の尾道で図書館嘱託としてリヤカーを引きながら自分の蔵書を市民に読んでもらっていた。そういう異色の人事がまかり通ったのは安藤正純が関わっていたからではないかと勝手に推測している。現に日比谷図書館長になった善麿は前後に足繁く安藤正純を訪れ規制緩和や予算などの煩わしい案件について相談している。だから、もっと勘ぐれば善麿は国会図書館長の候補になっていたのではないかとも思われるのである。当時の革新的は政治動向の波では金森、中井ラインは鉄壁だったから善麿の入る余地はなかったが日比谷図書館の話が出た時に安藤正純が動いたという推測はあながち不思議ではない。

現行制度は少し変わっているだろうが、当時は館長の資格は文部省が認定する大学等の講習をうけ十五単位の「司書資格」取得をしなければならなかった。基本的に「二単位」は週に一回二時間、半年間受講し、試験に合格しなければならないから十五単位総てを取得するためには週に三、四日の講義や演習（ゼミ）を受講しなければならない。六十六歳の老体にむち打って東大で行われた真夏の講習に善麿はほとんど欠席せずこの講習を真面目に終えた。この講習の体験について饒舌な善麿が一言も語っていないのはあまり愉快なものでなかったからであろう。

余談になるが啄木研究で有名な吉田孤羊は郷里の岩手県立図書館長に任命されて立教大学で講習をうけている。その中に函館図書館から司書資格を取るために参加した岡田弘子がいた。岡田健蔵の娘で講習後函館市立図書館司書を経て館長になった。父健蔵が遺した啄木関連の文庫資料の管理は岡田弘子と啄木の生活を支えた大恩人宮崎郁雨の娘と共同で管理されている。私も必要な資料の拝謁を願って出掛けたが厳しい制約のために利用を断念したことがある。門外不出の貴重な資料ばかりなのだからそれだけ厳しく保管されているのだろう。

善麿が日比谷図書館長として在任したのは一九五一・昭和二十六年から一九五五・昭和三十年のお

よそ四年三ヶ月という短いものではあったが、全力を挙げて取り組んだ日比谷図書館の完成をみての勇退だった。いわゆるキャリァのある実力館長ということで各方面から期待されての登場だった。

三角形の図書館成れり書きては消し消しては書きしわれの設計
十五単位司書の資格をとりしこともわが生涯の何の契機か
世に奉仕の　よろこぶを身に知らんため　司書の課程もまたまなびゆくべし
ことしこそ建つとおもえば　初空や　三角形の図書館の見ゆ
いしずゑのかげには残るわれの名か　十いく代の館長として
新しき文化のために設計す東京都日比谷図書館

（「日比谷」『歴史の生活者』一九五八・昭和三十三年　春秋社）

善磨がデザインした三角形の図書館の完成は三月三十日だったが、善磨は六月八日、古希の誕生日に辞表を出して退職している。日頃の美意識を貫いたあっぱれな引き際である。

善磨は「新しく三角形の図書館を建ててふたたび館長室に入らず」という句も残しているが、何か不満が残っていたのかも知れない。詳細は分からないが、ひょっとすると後任人事だったのかもしれない。

善磨の図書館長在任は四年三ヶ月と短いものだった。いわば本格的な学究肌の館長就任ということで各方面からの期待は大きかった。しかし、善麿が全力を挙げて取り組んだのは日比谷公園の一角に建てた新しい図書館の設計と建築だった。用地は日比谷公園の一角に確保されたからその建築のために善麿は都と国から予算を獲得すること、そして施設としての図書館づくりに力を注いだ。その抱負の一端を次のように述べている。

公共図書館というものが、ひろい意味の「社会教育」の一環として、その機能と効果が、戦後、民主的に、文化的にかなりの程度まで認められて来たにもかかわらず、これにたずさわる専門職的の人的要素に対しても、使命に応じ得るだけの活動的な物的処置に対しても、運営の局に当たるものの理解と意識が日本においてはまだまだじゅうぶんでないこと。具体例を述べているいとまはないが、館長ならびに司書の資格とその地位についてだけでも、制度上の確認がおこなわなければならないし、それによって司書、司書補養成機関の拡充もいっそう適正なものとなり得るであろう。（中略）／全国的な各種図書館機構の連絡と組織化も、独善的な因襲性にさまたげられている点があり、これは図書館人みずから、近代的な協同体を推進し発展せしめることに努力しなければなるまい。ぼく自身、社団法人日本図書館協会の理事長を勤めて、そのことを切実に感じた。／学校図書館のことについても、公共図書館との連携が相互の進展に資することを反省し了解してゆくべきであろう。学校教育と社会教育とが並立し平行し、おのおのの重要性とその交渉が、もっと密接に考えられることによって、人間形成が成し遂げられることは、いうまでもあるまい。

（「老館長愉しく去る」『斜面方丈記』前出）

実は学校図書館と公共図書館の相互連携ということは現在でもきちんと効果を上げているとは言いがたい。それを善麿はこの時期に説いているのだからその先見性はさすがである。

また、善麿は都の図書館だけではなく全国の図書館の連携と開拓を目指す全国図書館協会の理事に選出され、一年後には理事長に就任しているが、新人図書館人として注目され、期待も大きかった。実際にどのような改革をすすめたのかについては大伏春美・節子編『土岐善麿と図書館』（二〇一一・平成二十三年　新典社）が詳しい。

横道に逸れることになるが右書のなかに都が推進した「市民活動サービスコーナー」について触れているが、実はこの初代職員が私である。美濃部都政は社会教育の充実を掲げて市民運動の支援ということで設置したもので、たまたまこの頃、家族とともに東京に出てきて浪人生活を送っていた時にこの話を当時の国立《くにたち》の徳永功公民館長が借家の住まいにわざわざ持ってきてくれて推薦してくれたのである。図書館としての仕事ではなかったが、市民運動の学習的側面の支援ということでこれに必要な資料の収集と頒布や講師の無料派遣などを手がけた懐かしい職場である。

以下、善麿の図書館賛歌作品を並べておこう。

新館の建つ日にわれは　あらずとも　次の世代を思うたのしさ

教科書のほかには何を読みしやと　語りあいつつ　過ぎゆく秋か
わが新作も　秘すれば花とおさめおく　能楽資料センターの中
落葉あかるくイチョウ並木を顧みて　校門に立てば　またあすのあり
クローバーの露踏みしだき　校門へ急ぎし朝の　ここは原なりき
朝九時にドアをひらけば列なしてすでに入り難き数十人あり
風寒く外に立ち待つあひだにも春となりゆく空のひかりか
石炭のひとかけをだに惜しみつつせめてあかあかとストーブはたけ
花活けて卓上に配るいそしみも女性らしさよ司書のいくたり
ここにこの一隅はあり何を読み何をまなびて帰りゆきしぞ

3　学位・学究の道

(1) 早稲田大学講師

善麿が早稲田大学を卒業して、読売新聞社に入った後、朝日新聞に移って一九四〇・昭和十五年に定年退社し、自由の身となった。とはいえ大日本歌人協会の内部対立に巻き込まれ窮地に立たされるなど苦境に追い込まれたが、常任理事を辞した後は書斎に戻って時局に煩わされない学究生活に入ろうとして田安宗武の研究に没頭した。田安宗武は徳川家の吉宗の次男で万葉集の研究をしていた人物である。

ちょうどこの少し以前に歌人仲間の斉藤茂吉が長年の研究の成果をまとめた『柿本人麿』(昭和十四年二月　岩波書店)を出版、翌年にはこの業績により学士院賞を受けていた。この事に善麿が刺激を受けなかった筈がない。定年と歌人協会からの解放で自分の時間が取れるようになった善麿は本腰を入れて研究に打ち込もうと決心をしたのは自然の成り行きであった。おまけにライバルの斉藤茂吉に先んじられたという気持ちもあったであろう。

田安宗武の研究の成果については既に前章で述べたので割愛するが、善麿もこれによって学士院賞を受ける。これが契機となって一九四八・昭和二十三年には早稲田大学へ出していた博士課程学位論文「田安宗武の研究」が審査を通過し博士号を受ける。善麿は学部しか出ていないから通常は博士論文申請の資格はないが、やはり「学士院賞」の重みだけのことはある。誤解の無いように言っておきたいが「田安宗武」は間違いなく善麿の実力で勝ち取ったものである。

現在は論文が提出されるとその為の選考委員会が開設され委員の論文の査読を終えたのち口頭試問が行われる。研究対象にもよるが人文系の場合は殆どが一千枚を超える論文が殆どで閲読するのに半年はかかる。大体が学部の卒論や大学院修士課程の論文が提出される時期と重なるために関連する教授の負担は相当なものとなる。自分の大学だけでなく論題や専門性によっては他大学から査読を依頼されることもあり、この場合も口頭試問にはその大学まで出掛けなければならないので、これだけで一日かかる。在京の大学ならこれで済むが地方の大学となると前後最低二日間は時間を取られるからハタからみるほど楽な仕事ではない。私の場合は卒論十本、修論三本、博士一本が最低のノルマだった。

その上、学期末は学部の講義の試験もあり、これが終わると入試の監督と採点が待っている。念のため、将来、大学の教師になろうとしている人はこの点も考慮にいれておいた方がいい。テレビのコメンテーターなどしていると研究などおろそかになるのは当たり前でよく勤まっているものだとつくづく〝寒心〟する。そんなヒマがあればもっと研究や職務に専念すべきだろう。アルバイトにうつつを抜かしてまともな研究ができるはずがあるまい。

余談になるが善麿が早稲田大学で総長候補に上がったことがある。「清新をを求めて、早大総長候補に推す有志が、教員のなかに期せずして集ったのも、「手腕」への評価が加わってのことだったであろう。次点で、やや開いていたけれども、あれだけよく集まったものだ、というのが消息通の話だった」(「土岐さんにつながる雑談」『周辺』終刊号、既出)。

大学における学長や総長の権限は思ったほどないから、あまり期待できなかったかも知れないがアイデァマンのこと、ユニークな構想で新しい早稲田大学を目指したに違いない。

(2) 杜甫研究

田安宗武研究の大きな成果のせいか、学究生活の他の研究はあまり目立たないがこの他にもある。例えばその一つは「杜甫」研究だ。そして杜甫に関する著書も数多く残していることもあまり知られていない。しかも、それらはいずれも本格的な学術論文である。

（1）『新訳杜甫詩選』　一九五五・昭和三十年　春秋社
（2）『新訳杜甫詩選第二』　一九五七・昭和三十二年　春秋社
（3）『新訳杜甫詩選第三』　一九五九・昭和三十四年　春秋社
（4）『杜甫草堂記』　一九六二・昭和三十七年　春秋社
（5）『新訳杜甫詩選第四』　一九六一・昭和三十六年　春秋社
（6）『杜甫門前記』　一九六五・昭和四十年　春秋社
（7）『杜甫周辺記』　一九六七・昭和四十二年　春秋社
（8）『新訳杜甫』　一九七〇・昭和四十五年　光風社書店
（9）『杜甫への道』　一九七三・昭和四十八年　光風社書店

これらのうち『杜甫への道』はA5版、六百ページという重厚なもので、これだけでも杜甫研究者と言われる資格を持てるほどの本格的な研究書である。杜甫については善麿は戦前から資料を集めていたが戦災で焼失し、戦後になって改めて収集を始めたという。右の著作はその後の研究成果ということになる。また昭和三十年代には自宅の斜面荘で毎月一回定期的に杜甫研究会を開いている。四、五人の集まりだったが善麿はよほどのことがない限り都合をつけて開くほど熱を入れていた。

また善麿は中国に何度も出掛けている。いずれも七十代後半から八十代半ばまでの高齢であったが万里の長城ではさっさと先頭を切って歩いて周囲を驚かせたという。二度目の訪中では飛行機がトラブルを起こして緊急着陸となったが善磨は「こういう体験も悪くない」と平然としていたという。

（1）一九六〇・昭和三十五年　七十五歳　中国文字改革学術視察団団長　三月二十八日から二十日、第二回人民代表大会に参加。毛沢東、周恩来、朱徳らと会談、人民大会堂の壇上に立つ。十五日、郭沫若と会見。十八日、四川省成都に杜甫草堂を訪問

（2）一九六四・昭和三十九年　七十九歳　九月「日中文化交流協会代表団団長」建国十五周年国慶節祝典に参加北京、長安、洛陽等を歴訪　香港から帰途搭乗機故障不時着のアクシデントで難を逃れる。

（3）一九七三・昭和四十八年　八十八歳　日中国交正常化後訪中団「日本文化界代表団団長」二月二十三日〜三月十四日　北京、万里長城登坂、広州、深圳、上海を経て帰国

訪中もさることながら中国からの来客には自ら進んで接客をこなしていたというから日中友好のキーマンでもあったわけである。

いのちありて　三たび北京の大地を踏む　春きさらぎの風も寒からず
米寿を越え　万里長城へも登れりと　路の残雪に刻みおくべし
時代と人のきびしさよさらに　著者署名の『李白と杜甫』を　旅に読むとき

思いきや　かくも早かりし再会の　ここは東京　北京の十日よ
パンダにも逢い　蘭の花とも語りたり　大陸の旅はこれが最後か
（「訪中抄」『土岐善麿歌集　第二　寿塔』一九七九・昭和五十四年　竹頭社）

（3）京都大谷大学講師

また、善麿はこの年（昭和二十三年）に京都大谷大学から古代文学の非常勤講師の依頼を受け快諾している。協定では年五回集中講義方式ということで京都大好き人間の善麿にとっては学士院賞以上にありがたい申し入れである。

さらに早稲田大学からも非常勤講師ながらの依頼が続いた。善麿は元来が話し好きで講演依頼があるとよほどのことがない限り断らなかった。とにかく記者経験だけでも話題は尽きることなかったし、本来の旺盛な読書欲から言って話のネタが切れることはない。おまけに地方の歴史風土にお目にかかれるし、うまい郷土料理にありつける。これで酒好きであったら東京には一日もいなかったに違いない。

停年退任別宴の座に総長と初対面なる一講師われは
空穂翁の講座を継ぎていつのまに九年は過ぎつ説き得しや何
あらためて古事記を読んでみましたと語る学生のあるに慰む
四階まで息はずませて昇りたる大学院の研究室よ（「武蔵野茶寮別宴」既出）

武蔵野女子大学文学部の日本文学科は一九六五・昭和四十年四月に善麿を主任教授として迎えている。時に八十歳である。これまでの講師では専用の研究室はあたえられなかったが主任教授だから専用の研究室がつく。また一定の給与の他に書籍購入の研究費も使えるようになった。しかし教授会やその他の会議は免除され週二日に出勤簿に判を押さないですむ一種の「特任」教授である。つまり破格の扱いである。

ある時、学長とお茶を飲みあいながら雑談をしているうち次のような会話になった。

「先生は随分と多くの校歌をお作りになっておられますなあ」
「歌碑は断っていますが校歌となると無碍に断るわけにいきません。それに一校だけ作って他の依頼を断るのはどうかと思っているうちに次々と増えてしまっているんです。」
「それではついでですからうちの校歌もお願いしますよ。それと作詞料もこの際、給料から差し引くということでいかがですか。」
「いや、どうも。給料から差し引かれると家内から怒られますから無料ということでどうでしょう。」

というわけで武蔵野女子大学校歌は無料で生まれたことになっている。

タダなら作ってくださるかとわらい　老学長のわれに嘱せし　女子学院歌
（「春風また一年」『一念抄』一九七一・昭和四十六年　光風社書店）

（4）位階勲等

善磨と同世代で善磨と交友のあった人物、即ち斉藤茂吉、柳田國男、金田一京助は文化勲章を受章している。また、文化勲章の次に位置される文化功労賞はこれら三人はもとより窪田空穂、新村出などが受賞しいる。不思議なことに善磨は一九五八・昭和三十三年に文化勲章選考委員に選出されており、順番からすると文化勲章や文化功労賞候補の最右翼だった筈である。

ところが善磨が受けた「褒賞」は「紫綬褒章」と「学士院賞」だけであった。

紫綬受章の祝賀の宴に立ちまじり　新知旧知と年を惜しみつ
学士院賞受けし戦後に　なお生きて　また意外なる式場に入る（「斜面彼岸抄」既出）

その後、善磨に与えられたのは八十歳の時、勲二等瑞宝章であり、内示を受けた善磨は即座に拒否した。温厚な善磨はその前座ともいうべき文化勲章の選考委員会に引っ張り出されたあげく、はるか格下の「勲二等」に我慢ならなかったのであろう。

【学士院賞受賞、左から二人目】

善磨にはこうした反骨精神が残っていた。その一例が宮内庁の歌会始選者辞退である。歌人にとって天皇、皇室を迎えて行われる新年の「歌会始」の選者に選ばれることは最大の栄誉の筈だが、善磨はこれもあっさりと固辞している。天皇を崇拝してやまない善磨がこの行事に参加を拒否したことについてどの文章でも触れていないが、庶民の文化であり、庶民の歌であるべきものが、特権階級において位置づけられていることへの抵抗であったのかもしれない。側近の冷水茂太は「明治の短歌革新運動はお歌所短歌の否定にはじまる。その革新運動の一人であった自分が、宮中歌会選者になることはスジが通らぬというのがその理由」（『斜面慕情』既出）という説も説得力がある。

勲章には縁を切ったが「位階勲等」とかかわりのない民間における各種役員、顧問、理事、選者の「褒賞」は喜んで受けている。善磨の経歴については既に紹介したが、そのポストについてあらためて見ると以下のようになる。

（1）『文章世界』短歌選者（一九一三・大正二年　二十八歳）

（2）『国粋』短歌選者（一九二〇・大正九年　三十五歳）

（3）エスペラント学会理事（一九二八・昭和三年　四十三歳）
（4）日本放送協会放送用語調査委員（一九三四・昭和九年　四十九歳）
（5）大日本歌人協会常任理事（一九三六・昭和十一年　五十一歳）
（6）改造社『新万葉集』審査員（一九三七・昭和十二年　五十二歳）
（7）日本歌人クラブ名誉会員（一九四九・昭和二十四年　六十四歳）
（8）日本図書館協会理事（一九五一・昭和二十六年　六十六歳）
（9）ＮＨＫ放送文化賞（一九五二・昭和二十七年　六十七歳）
（10）全国図書館協会理事長（一九五二・昭和二十七年　六十七歳）
（11）歌誌『群落』顧問（一九五三・昭和二十八年　六十八歳）
（12）日本芸術院会員（一九五五・昭和三十年　七十歳）
（13）東京新聞歌壇選者、日中文化交流協会理事（一九五六・昭和三十一年　七十一歳）
（14）中国文字改革学術視察団団長（中国訪問、人民代表大会に招聘され毛沢東、周恩来と会談
一九六〇・昭和三十五年　七十五歳）
（15）『啄木全集』（筑摩書房）編集委員（一九六七・昭和四十二年　八十二歳）
（16）「日本文化界代表団団長」として訪中（一九七三・昭和四十八年　八十八歳）
（17）「昭和万葉集」（講談社）編集顧問（一九七八・昭和五十三年　九十三歳）

特記すべきは（16）の訪中だ。八十八歳で万里長城を介助者なしで訪中団の先頭にたって歩いたというから驚きである。こうしてみてくると善麿は位階勲等には縁がなかったが健康にだけは恵まれたといえよう。それも現今はやりのナントカ健康法とは全く無縁であった。朝夕の散歩もするでなし、屋内屋外の体操も一切やらなかった。喫煙だけはやめなかったが、暴飲暴食はなし、酒もやらなかった。しかし、決定的だったのは善麿には「悲観」という悪癖のなかったことが健康の最大の要因だったように思う。どんなに追い詰められても諦めず常に事態を「楽観」して凌いだということが最大の「栄養素」だった。位階勲等なぞ相手にしなかったこともその一因である。

四　雑記帳

1　出版事業

善麿と同世代の柳田國男や斉藤茂吉は膨大な著作を残したが、それに次いで善麿の著作も多い。しかし、その著作を読もうとしても殆どが絶版になっていて、どうしても読みたいという場合には国会図書館にでかけてよむしかない。これで全集が出ていれば近くの図書館で閲覧できるのだが、それとても簡単ではない。その意味で善麿が苦労して出版に力を入れたにも拘わらず、読みたい時に読めなくなっている現状から言えば結果的には失敗したと言わざるを得ない。

また、善磨の出版についてこの欠陥を除いて考えてみるといくつかの特徴が見えてくる。その一つは出版形態というか出版社の形である。何かというと善磨の本を出してくれる出版社は殆どが弱小出版社であるということである。柳田國男とか斉藤茂吉はほとんどの著作は岩波書店とか筑摩書房というように「大手」ばかりであるが、善磨のそれはそれこそ名もなく貧しい（？）弱小というより社員数人という零細出版社ばかりである。勿論、中には古くからの付き合いというものもあるが、なにやら意地になっているかのような雰囲気が漂っている。このことについて善磨は何も語っていないが、なかにはその事情を知っていて意図的に善磨に接近したと思われる出版社もあるようだ。

善磨の出版活動は二十代、つまり新聞記者になってから活発になっている。ということは印税が入らなくとも生活の心配は要らないから零細な出版社で差し支えなかったという背景もある。また、私が購入した善磨の著書は発売日が一定で無い為にどの程度売れたのか推し量ることが出来ない。それでも二刷以上でているものはあまりなく、どうやらベストセラーになったものはほとんどないようである。およそ五十冊ほどの手持ちのもので言えば二刷以上になっているのは僅か二冊だ。

その一冊は『啄木遺稿』（一九一三・大正二年　東雲堂）で十年後に五刷が出ている。しかしこれは善磨が編集者であって著者ではないから厳密に言えば該当しない。同じ頃出した善磨の『啄木追懐』は昭和七年版（改造社）と昭和二十二年版（新人社）はいずれも二刷に達していない。

そして手持ちのなかで唯一、二刷以上出ている著作は『明治大正芸術史』（一九三六・昭和十一年　新潮文庫）で、その三年後に十三刷となっている。これは一九六二・昭和三十七年にA5版として再版されている。確かにこの本は善麿の本格的な芸術史で現在でも通用する高い水準の作品である。

下世話な話だが物書きにとっては印税は重要な問題だ。善麿の場合を見てみよう。戦時中に作った歌集の『近詠』を戦地の兵士に読ませて欲しいと五百部印刷のなかから土屋文明に無償で百冊を送り届けているのだが、この時の明細が残っているので紹介しておこう。（冷水茂太「『近詠』資料あれこれ」『斜面慕情』一九八二・昭和五十七）

整理すると贈呈分百部、印税五円五十六銭の収支ということになる。この『近詠』の定価は五十銭であった。

と言うことは五百部で印税五円が発生しているということであり、おしなべてこれが善麿の著作収入の一パターンとみていいだろう。読売新聞の入社時の給料が二十五円だったというから副収入としては悪くない数字といえよう。ただ出版相手は大手ではなく中小というより零細な出版社だったから、すべてがこの通りだったわけではなかったように思う。

もともと善麿が出版社相手に印税で苦労したのは石川啄木の歌集出版がきっかけだった。最初の歌集『一握の砂』は既に啄木の健康が赤信号になって経済的苦境を乗り切るために若山牧水に渡された原稿を善麿（当時は哀果）が引き取り西村陽吉の東雲堂に持ち込み掛け合って二十円を出させたのだった。その後、啄木が亡くなった後に出された『悲しき玩具』も啄木の遺した歌を編んで、タイトルも善麿がつけて東雲堂から出版させ、その印税を遺族に渡したのである。

計　算　書　1		
土岐様		アオイ書房
10.31	保　管　分	492部
11.16	松村英一氏	20部
〃	川口千香枝氏	10部
12.15	土屋文明氏	100部
	小房十一月一日以後	
	現在迄売上げ	35部
12.26	現在保管分	327冊

計　算　書　2			
土岐様			アオイ書房
	小房売上げ内訳		
	定価売上げ	13部	650
	書店註文分	22部	880
		計35部	
10.31	発送袋残り保管分	135枚	
12.15	土屋文明氏発送	100枚	
12.26	現在小房保管文	13枚	
10.31	以後現在迄小房使用分	22枚	44
12.15	土屋文明氏宛発送郵税		18
	合計金拾五円五拾六銭也 上記の通り御預り致して居ります 本日別途振替にて御送金致しました		

この経験が印税というものを善麿に考えさせる契機になったのであろう。日本で著作権が議論され出すのは昭和初頭あたりからで、それまでは出版社のどんぶり勘定で済まされていた。善麿が啄木のために奔走していた頃は著作権という考え方はほとんど普及していなかった。

善麿が著作権について論じたのは朝日新聞に移ってから出した「朝日常識講座」シリーズで書き下ろした『文芸の話』（一九二九・昭和四年　朝日新聞社）である。この中で「文芸家の生活」という一章をもうけ作家たちの著作権問題を詳しく掘り下げて述べている。例えば、当時の出版社の原稿料一覧を示している。これなどは新聞記者ならではの情報収集力を活かした好例というべきであろう。その一部を紹介しよう。（四百字換算）

出版社	雑誌名	原稿料（創作）	原稿料（雑文）
講談社	キング	十円	七円
博文館	文芸クラブ	三	四
婦女界社	婦女界	七	二、五十銭
宝文館	若草	二、五十銭	二、五十銭
実業之日本社	婦人世界	六	四
中央公論社	中央公論	四	四
改造社	改造	四	

新潮社	新潮	三	二
文藝春秋社	文芸春秋	三	一、五十銭
朝日新聞社	週刊朝日	三	

こうした実証的なデータは当時はあまり提示されなかったから、その点からだけでも十分な問題提起になったものと思われる。現代の相場がどうなっているかは何か興味ある書物が出ているのかも知れないがこの件に関する限り私には縁も関心も全くない。

また、善磨には「著者と出版社との間」（『春望』一九七六・昭和五十一年　蝸牛社）という一文があり、これは一九三二・昭和七年に書かれたものだが（所載紙は不明）題名通り著者と出版社の関係について具体的に問題点を指摘している。何冊もの本を作り続けた善磨にしてこの両者の関係は難しい問題をかかえていることが浮き彫りにされているが、なかでも考えさせられるのは次の指摘である。

印税制は、著者もまた出版者と共に危険をわかつもので、数年苦心の著述もわずか一千部ぐらいしか売れないとしたら、出版者も損害を蒙るが、著者も些少の印税に甘んじなければならないのである。出版者と書籍商との関係が改善されたら、出版界は正当の道を歩むようになるかと考えられるが、どうであろうか。

この原稿が書かれてからもう半世紀以上経っているわけであるから実情にそぐわないことは当たり前だが、それにしても時代は電子化という想像をはるかに超えた状況を迎えている。発行部数も電子化市場では出版が一千部から数部単位にかわりつつあるし、書籍商は大転換と淘汰を余儀なくされているし、マチの本屋も姿を消している。

実は私も自分の原稿を電子化し、これを使って数冊を市場に出してみたことがあるが、私のようなカタイ本を手にする読者は中高年層のせいかこれを読む電子機器に触れたがらない世代であり、ほとんど反応がないため三年ほどで撤退した。執筆者と読者の形も今後は予想を超えた流れになっていくに違いない。

2　新国歌「われらの日本」

話はがらりと変わるが、善麿は数多くの校歌を作っている。依頼されればよほどのことがない限り喜んで引き受けている。基本的に現地を訪れて作詞するが時によっては資料を送ってもらって作ることもあった。実際に「へたに現地をみない方がいいんだ」（村崎凡人「土岐先生と徳島」『周辺』既出）といっていたという。作曲は指定がなければ信時潔と平井康三郎が付き合ってくれた。作詞・作曲料についても相手方に任せていたらしい。らしい、というのは言質が残っていないからである。

少し脱線するが野口雨情という詩人で童話作家がいるが、彼の場合は講演を頼まれると、やはりほとんど断らず全国各地に出掛けた。民謡の依頼も多かったが、この場合は雨情一人でなく節師（作曲）、振付（舞踏）笛・太鼓（楽曲）たちが必要で三〜五人という組合せになった。ところが依頼した現地では雨情一人と思い込んで一人分の講師料しか用意しないことが多く、催促するわけにはいかないので赤字になり雨情が自宅に電報を打って旅費を送ってもらったという。

善麿の場合は一人であったからそのような心配は要らなかったが、その数はかなり多い。北は北海道から南は徳島に渡っている。小学校二十校、中学二十六校、高校三十五校、大学五校等である。

ところで校歌の作詞もさることながら一寸面白いエピソードを紹介しよう。これは戦後史の一コマだが、ほとんど伝えられていない「君が代」余聞のはなしである。

ＧＨＱ（連合国軍最高司令部）は国歌「君が代」が天皇制賛美とその温存に拒否的態度を取っていたが、例の天皇と司令官マッカサーが並んだ写真を公開し、国民の反応を見てその維持が連合軍の民主化推進を阻害しないと判断し、国歌「君が代」を一旦は禁止したが途中で方針転換し温存を決めた。

ただ、国民の間には戦前を彷彿させる「君が代」は極力避けるべきだという意見が根強く、このため「憲法普及会」が中心となって新しい憲法の理念を象徴する新しい国民歌を作ることとし、土岐善麿に作詞を依頼、作曲を信時潔に指名した。善麿はともかく、信時潔は「海ゆかば」の作曲者であり、軍国主義の風潮を高めた〝A級戦犯〟だったから、妙な組合せだった。レベル的には「君が代」と大差はなかったが、一応体面を取りつくろうとしただけ、とも言える。

この結果、生まれたのが「われらの日本」である。一九四七・昭和二十二年五月三日、皇居前広場で行われた「日本国憲法施行記念式典」では「君が代」ではなく、この「われらの日本」だった。塔・

武蔵野・小規律の三音楽学校の合唱団員がオーケストラと共に演奏された。ＮＨＫはこの曲をラジオ番組で流し、その普及に勉めた。それが以下の曲である。

「われらの日本」

一　平和のひかり　天に満ち
　　正義のちから　地にわくや
　　われら自由の　民として
　　新たなる日を　望みつつ
　　世界の前に　今ぞ起つ

二　歴史はひらく　朝の戸に
　　はるけくつづく　かの一路
　　われらひとしく　信愛の
　　手に手つなぎて　進みゆく
　　世紀の声を　まさに聞け

三　そよ風さくら　春さけば
　　野山の干草　秋薫る
　　われらおのおの　いざここに

清くあかるく　護るべし
祖国よ家よ　若くあれ

歌詞だけ見ると確かに重々しく格調の高いものになっているが、ムード的には「仰げば尊し」的雰囲気で、どうみても国民に元気を与えるものとは言いがたい。この曲は現在「ユーチューブ」で検索をすればその演奏を聴くことが出来るが、結果的に国民が口を合わせて歌えるものにはならず完全な失速状態で終わった。極言すればこれは善麿得意の「校歌」のレベルを一歩も超えず、ホームランどころか凡フライで終わってしまった。

ついでにと言っては叱られるかも知れないが、ちょっとやそっとで懲りないのが我が国の〝指導者〟たちである。今度はバッターを斉藤茂吉に代えて持ち出してきたのが「日本のあさあけ」である。これは一九五二・昭和二十七年、日本の独立を約した「サンフランシスコ条約調印」を祝して文部省が制定しようとした〝第二の国歌〟である。善麿を茂吉に代えただけで信時潔は代えていない。

本書では取り上げることはほとんど出来なかったが斉藤茂吉といえばまごうかたなきA級戦犯で、さんざん国民を煽り立てておいて敗戦となると戦時下作った軍歌を隠蔽したり全集に入れなかったり卑怯千万の歌人にあるまじき人物である。そのことを見て見ぬ振りしての登用としか思えない。この二人を認可したのは哲学者といわれた文部大臣天野貞祐というから日本は救われない。

「日本のあさあけ」

一　ひむがしに　茜《あかね》かがよひ
　　祖先《とおつおや》　生《あ》れし国土《くにつち》
　　あらた代《よ》に　今《いま》こそ映《は》ゆれ
　　見《み》はるかす　小野《おぬ》も木原《きはら》も
　　香《か》ごもりて　幸《さき》はふごとし
　　もろともに　祝《ほ》がざらめやも

二　あたらしき　朝明《あさあけ》にして
　　峰々《みねみね》の　とほきそぎへに
　　雲はるか　常若《とこわか》の国《くに》
　　むらぎもの　心《こころ》さやけく
　　澄《す》みとほる　光《ひかり》こそ見《み》め
　　とことはに　和《のど》にあゆまむ

発表後、文部省は全国の小中学校に斉唱を奨励したが完ぺきに無視された。漢字にひらがなを振って平静さを装っても誰も相手にしなかった。あと、いま一つ、いくら奨励しようとしても見向きもされない状況に腹を立てたサントリーの社長佐治敬三はオレが挽回してやる、といって名乗りを上げて

「われら愛す」（作詞、芳賀秀次郎、作曲西崎嘉太郎）を喧伝したが、失笑を買って沈没している。

3　空を翔ける

啄木の晩年の詩集に『呼子と口笛』がある。これは『石川啄木全集　第二巻』（筑摩書房）に収まっているが啄木亡き後、善麿が預かり保管していたものだ。善麿が預かった啄木の小説や詩集等の遺稿は関東大震災や啄木が自分で表紙デザインをペンで描いて綴じた作品で「はてしなき議論の後」「ココアのひと匙」「激論」「書斎の午後」「墓碑銘」「古びたる鞄をあけて」「家」が収められていて、最後に「飛行機」という短い一編が載っている。

見よ、今日も、かの蒼空に
飛行機の高く飛べるを。

給仕づとめの少年が
たまに非番の日曜日、
肺病やみの母親とたった二人の家にゐて、
ひとりせつせとリイダアの独学をする眼の疲れ……

見よ、今日も、かの蒼穹に
飛行機の高く飛べるを。

当時、飛行機は珍しく大人も子供も空を仰いでは眼をこらして追っかけたものである。病人の母親を抱えて給仕で生計を支えている少年に飛行機はどのように映ったのであろうか。そこで話を戻すと、飛行機と言えば土岐善麿と言うほどその縁は深い。

善麿が初めて飛行機を見たのは一九一〇・明治四十三年の頃だと言う。この時、上野不忍の池で自動車に飛行機をひっぱらせて「飛んだ」のを見たというが、正しくは飛んだというより少し「浮いた」というのが本当らしい。以来、善麿は飛行機に取り憑かれて飛行機に関する文献を集め研究を始めた。「航空文学論」(『柚子の種』一九二九・昭和四年 大阪屋号書店)は『東日本重要都市連絡大飛行記念講演』の記録であるが、東西の飛行文献を駆使した記録である。また座談会「村の客」は雑誌『婦人の友』(一九三〇・昭和五年五月号)に「飛行機」と題した記録で善麿を始め橋本研輔(海軍技師)木村秀政(航空研究所、のちYS11設計者)そして飛行機愛好家の恩地孝四郎(画家)が数時間にわたって縦横の「飛行機論」を展開している。その一部を紹介すると

土岐　恩地君、美術家としての飛行談はいかがですか。
恩地　私は茨城から大阪まで飛んだのですが、友人のKさんと一緒で本当に面白かった。ふたり

とも昂奮しましたよ。

土岐　詩人と画家では昂奮しただろうね。

恩地　ばかにえらいことをしたやうな気がしてね。あれから暫くといふものは飛行機が好きで、毎日乗りたくてたまりませんでした。

土岐　誰でも飛行機からおりてくると、とてもよかつた、あんなに愉快なものはないと言ひますね。たとへ乗る前に不安に思つた人でも、また乗つてから気持ちがわるくなつて真っ青な顔をしておりて来た人でも、地面におり立つてみると、無事に飛んだといふ安心が急に自慢らしい心に変わるようですね。（中略）

土岐　もう今では飛行機に乗つて墜ちることを考へる人は少いでせうね。新聞社でも以前は飛行機が飛ぶといふ場合、どこからどこにゆくとなると、墜ちるものとして通信の手配をしたものですが、この頃は無事に着くものとして手配をします。安全率は百パーセントといつていいでせうね。

橋本　日本で事故の多いのは結局大部分が軍用機で、むづかしい稽古をきりつめた期間にやらせられるから、その無理のためにアクシデントが起こるのです。

土岐　それと日本の軍人が西洋の軍人より寛ぎがないといふことも原因しませんか。

橋本　それは軍人といふより日本人全体についていふことでせう。

前半では飛行機の安全性が強調されているのに後半では事故の話が未熟なパイロットの責任にされているのはちょっと解せないが、どう考えても当時の安全性については善麿は楽天的だった。その証左として善麿はこの一年前に朝日新聞主催「四歌人の空中競詠」を提案し、実際に友人の前田夕暮、斉藤茂吉、吉植庄亮に声をかけて飛行する機内で眼下の風景を眺めながら短歌を作り、それを朝日新聞の紙上に掲載するという画期的な企画であった。このアイディァは善麿がよほど気に入ったと見えて幾つもの手記を残している。その一つ「飛行機に乗せて」(『焼きりんご』一九三一・昭和六年　白帝書房)には、

さて機上の人となつて、立川から東京、横浜、湘南を経て、箱根から大菩薩峠を過ぎ、秩父へ廻つてもどつたが、斎藤君も吉植君も、新しく買つて来たらしい小さなノートに一一絶えず歌の素材を書きつけてゐた。よほど清新警抜な印象を受けたらしいと僕はそばで想像してゐた。その時は前田夕暮君も僕も、鉛筆などは持たずに、ただ上空からの愉快な展望をほしいままにしてゐたのである。／無事に立川へ戻つて、そこの青空クラブで快適な昼飯をくひながら、四人は夕刊へ載せるためにとり敢へず二首づつ紙片に書いた。もちろん即興であつたが、それにも四人の特色と傾向が夫々はつきりと発揮されたので、当時歌壇の論評の主題にもなつた。吉植君はおれはもう飛行機の中でまとめてしまつたと得意になつてゐた。

というようにその光景をまとめている。いま一つは「四人が空を飛んだ挿話」（『晴天手記』一九三四・昭和九年四条書房）で、情景はむしろこちらの方が生々しく描かれている。場面は飛行を終えて立川基地に戻ったあたりからである。

僕等四人は着陸するとすぐ、飛行場の隅にある青空クラブといふレストランに入つて、ビールを抜いて乾杯し、すき腹へトンカツを詰め込んだのである。すると、そこに待ち構へてゐた立川の通信員が、記事を夕刊に送るから、空中の作品を一二首づつ書いてくれとせき込んでいふ。僕等四人は朝日新聞社の社機コメット一〇二号に搭乗して、二時間余、東京、横浜、箱根、それから丹沢から秩父連山の上空を翔け廻つて、帰つて来たところなのである。時は昭和四年十一月二十八日、おととしの事なのだから、もう古い昔の話だ。その日は快晴無風、四人とは斉藤茂吉、前田夕暮、吉植庄亮及び僕である。

そしてこの時、ビールを飲んで気分を良くして四人が提出した作品が次のものである。

飛行機にはじめて乗れば空わたる太陽の心理をすこし解せり（茂吉）
われよりも幾代か後の子孫どもを今日のわが得意をけだし笑はむ（〃）
自然がずんずん體のなかを通つてゆく。山、山、山（夕暮）

二千メートルの空で頭がしんとなる、真下を飛び去る山、山、山（〃）
久方の空より見ればたたなはるわが国土はかくも美しき（庄亮）
うつし世のたのしみここにきはまりて酒のみわれは酒のみにけり（〃）
たちまち正面から近づき近づく富士の雪の光の全体（善麿）
連山の斜面と斜面の全角度の旋回、雲のにじのきれめに（〃）

同じ光景と条件を共有しながらも四人それぞれの表現の機微と綾が浮き彫りになっていて鑑賞のし甲斐があって興味深い試みになったことは明らかで歌壇にインパクトを与えたことは間違いあるまい。また、一読してお気づきのように全員が五七五七七の定型短歌になっていない作品がある。これについて善麿は「短歌の時代性を中心として、その形態にわたり、内容にわたり、文語と口語に就て、定型律、新定型律、自由律などといふものに就て、更に短歌創作の態度に就て、等、等、種々な問題を提示した」（「同前」）とその意義を強調している。素人の私には飛行体験、それも僅か一回で短歌創作にこれほど広範囲の問題提起に関与したという点については再検討の余地があるように思えて仕方がない。いくらこの四人が歌壇に影響力をもっていたからといってこの飛行以降、文語と口語、定型率と自由律論に大きな影響があったとは思えない。

ところで同乗者の一人、斉藤茂吉はその前夜「明日は飛行機に乗るので安眠せんとして眠薬飲む」と書いているからこの企画には期待と昂奮を感じていたに違いない。飛行当日の日記には次のように記されている。

十一月二十八日、木曜日、天気晴朗。飛行機ニ乗ル。／朝七時ノ新宿発ノ電車ニテ立川ニ下リ、自動車（七十銭）ニテ朝日ノ飛行場ニ行キ、酒井操縦士、土岐、前田、吉植、僕ノリ、二時間十五分飛行ス。午食ノ時ニ歌二ツヅツカク。午後ニナリテ赤坂区役所ニ行キテ区会議員ノ投票ヲナス。夜ニナリテアララギ発行所ニ行ク。土屋文明氏ヨリ飛行機ニ乗ルコトヲ諫メラル

いくら善麿が飛行機は安全と言うが当時は「飛ぶ」というより「墜ちる」という感覚が一般的だった。だからこそ睡眠薬が必要だったのであり、土屋文明をして二度と危ない橋を渡るなと忠告される所以でもあった。

また茂吉は夕刊用の二句以外に次の句を残している。

丹沢の上空にして小便を袋のなかにしたるこの身よ

雲のなか通過するときいひしらぬこの動揺を秀吉も知らず

【初乗飛行、左から善麿一人置いて茂吉】

いかにも茂吉らしく、時折り見せる剽軽さと諧謔に富んだ作品で、この後、茂吉はこの飛行体験をいくつか作品として残している。その一部を紹介しておこう。（「虚空小吟」『たかはら』全集第二巻）

コメット第百二号機はとどろけり北より吹ける風にむかひて
山なみの起伏《おきふ》し来《きた》るありさまを一瞬《ひととき》に見ておどろきにけり
くろき海の光《ひかり》をはなつ時のまの寂しきを見つ天《あめ》のなかより
いのち恐れむ予覚《よかく》のきざしさへなしむなしき空《そら》を飛びつつぞ行く
きりもみに墜《お》ちて来《きた》りし飛行機のときのまのさまも吾等聴きたり
飛行着陸ののち一時間あまりしてはじめて心にきざすものあり

この節の結びに善麿が「空中競詠」の際に作った歌を引用して置こう。善麿の自由律形式の最後の作品である。これ以降、善麿は万葉集以来面々と引き継がれた定型歌へと回帰し、以後、短歌世界はこれが主流となって不動の位置を占めることになる。（「機上」『新歌集作品1』一九三三・昭和八年　改造社）

銀翼の上に流れる霧の飛沫は珠となつて顫《フル》へつつ千切れつつ
東京のだだ広さ乱雑さ濛々たる温気の渦に窓をあけて

上舵、上舵、上舵ばかりとつてゐるぞ、あふむけに無限の空へ
いきなり窓へ太陽が飛込む銀翼の左から下から右から
一瞬一瞬ひろがる展望の正面から迫る富士の雪の弾力だ
こわごわ窓ガラスからのぞいてゐた下界、といつしか親しくなる
あの大地の上でおれは今まであまりにあくせくと働いてゐた
連山のうへのエアポケットに吸はれてわが肉体の重心を感じる

善麿の飛行観はなにもコメットばかりではなかった。ツェッペリン号にまでたどり着く。

見えるぞ一点遠くそれ見えてゐるではないか、あのビルジングの右の煤煙の上に
人類のながい間の夢が今こそ現実の空を飛んで来たグラフ・ツェペリン
や、や、ひだりへ進路を変へたぞとみるまに銀光の塊が鈍くひろがる
彼等の科学・彼等の肉体・彼等の意思なのだ、ツェペリンをここまで飛ばしたのは
世界のこの男性的壮挙にあづかりえたものは幾人もない
（「グラフ・ツェペリン」『新歌集作品1』前掲）

善麿の飛行好きは既に述べた通り、尋常の域を超えている。中国訪問の二度目には飛行機の故障で

緊急着陸を経験しながらも機会があれば喜んで機上のひととなった。一九五三・昭和二十八年、夏、六十八歳の時、ＮＨＫの講演で札幌に出掛けたとき、その飛行機が「小さな穴があいていて足もとから下界が見えた」（「土岐先生と札幌」『周辺』終刊号　既出）ことがあってもめげなかった。八十四歳には日本航空の「新年酉年生まれ名士招待飛行」に招待され太平洋上硫黄島までの遊覧を愉しんだ。

初飛行にまた招かれつ　酉年のめぐりくるまで　生き延びにけり
硫黄島を左斜めに　旋回す　海よふたたび　たぎつことなかれ
隣席は副社長夫人　いつも万葉を読んでおりますと　話しかけきつ
空港に　立ちて迎うるものなし　世外の路を帰るひとりか（「新春機上」『寿塔』既出）

なお、歌集『空を仰ぐ』（一九二五・大正十四年　改造社）には百五十八首の歌が収録されているが、これはこの年に改造社が企画した「現代代表自選歌集」で斉藤茂吉等十人の歌人に依頼したものであるが題目の「空を仰ぐ」から窺われる「飛行体験」とは関係がない。

ところで飛行機は安全な乗り物と信じて疑わなかった善麿が一度だけ危ない目に遭遇したことがある。一九六四・昭和三十九年九月、「日中文化交流」で二度目の訪中をした帰途、エンジンから出火し香港空港に緊急着陸して難を逃れた一件がある。その時はさしもの善麿も肝を冷やしたらしい。

一閃　窓にひらめく炎　つづく声に　はじめて知りつ　最後の危機を
救命具　イスの下よりつかみいだす手のもどかしさ　わが手にあらず
海に沈むか山にあたるか　一瞬に機翼の中のガソリンを棄つ
いまさらに惜しきいのちぞ　いざ祝杯　ここは香港のテンプラ料理
ベルト堅くしめて座席にありしこころ　生死を超えし身とおもうべし
富士着陸　たがいに顔をみるさえも　あやしきまでに静かなるかな

関東大震災や空襲で生き延びた善麿が三度目に遭った死への恐怖体験だったが飛行機はこりごりだと周囲には一度も漏らさなかったという。

4『周辺』の発行

善麿の出版事業として忘れてはならなのが晩年に発行した小雑誌『周辺』である。善麿には『周辺』と題する歌集がある。これは太平洋戦争勃発一年後に出された歌集で三百六十一首が収められている。詳細は二章で述べておいたから省略するが、ただ題目の『周辺』とした意図について「この歌集は、仮に『周辺』と題したが、今次大東亜戦争の雄大壮快な展開と共に、皇国の周辺は逸早く一大変転を来して、周辺は既に周辺でなく、それは悉く皇威のもとに更新されつつあるのであるが、この一巻にまとめた作品そのものはまた、作者自身にとつての「周辺」であり、これを短歌表現として克服することが、将来に課せられた創造の努力でなければならないといふ意味において、不断の督励を示唆するものである」(「後記」)と述べている。なにやらのど元にトゲの刺さったような曖昧模糊とした表現だが、どうみても時局追随以外の何物でもない。ここには「自由主義者」と言われた善麿の姿はまったく見えない。

世界戦争の挑発者たる「光栄」をアメリカ大統領よ墓へもちて行け
この朝のとどろく胸に三千年の歴史のちからみなぎり脈うつ
一死尽忠七生報国の志若くして成すべきことを遂げたり

こうした心境は戦局の展開とともに懐疑的になり、周囲の歌人たちから自由主義者として糾弾されていく過程については三章でのべたので割愛する。

それからおよそ三十年後、善麿は側近の冷水茂太らと語らって小雑誌『周辺』を発行した。若い時に出した『生活と芸術』は善麿が一人で編集から割付一切を請け負ったが、さすが八十七歳になっていた善麿は編集顧問として加わり歌や随筆、評論を発表し、気焔を吐いた。『生活と芸術』は二年十ケ月、三十四号を出したが、新『周辺』はこの後、なんと九年、通巻五十四号まで続いた。

余談になるが、実はこの新『周辺』は地方のある古本屋に全巻揃っていることを知って手に入れようとしている間に誰かが嗅ぎつけたらしく註文しようとしたら既に手がつけられて入手し損なってしまった。この時期は集中して善麿の多くの文献を注文していて順番がたまたまずれたのが不運だった。したがって私の手元には創刊号と最終号の二冊しかない。ただ、思ったのは今時、善麿に注目する人物はそう多くはないし、まして『周辺』に気付く人物はあまりいない。となると善麿に興味関心があり、その研究を心がけている人物がこの資料を狙っていた可能性が高い。その成果がいつかどこかに発表される可能性を期待している。(なお、念のため『周辺』全巻は国会図書館以外では東京府中市立図書館の「冷水文庫」が所有している。閲覧可能である。)

ところでこの新『周辺』の発刊の意図について善麿はつぎのように述べている。

斜面荘の南窓でたまたま二、三の友人が顔をあわせたとき、世間話、といっても、われわれのはむしろ世外的なものであるが、こうしていつしか楽しく長い交遊をかさねて、これを各自が相互に「周辺」と感じていることにしたら、他生の縁ももっとひろがるはずであり、この小さな雑誌――「冊子」でもこしらえて、めいめい思いのままのかってなことを書いてみるのも、生活の記念になりはしないか……。だれから言い出したともなく、そんなことになって、この「周辺」の発行へまで運んだのである。

(「周辺小記」『周辺』創刊号)

というように気楽、気軽な気負いのない「冊子」を目指したのである。「終刊号」には創刊から終刊までの「総目次」がついているからおおよその雰囲気は伝わってくる。

編集方針は原稿料を払わない、定価は一冊百円、出版は光風社書店（後に「周辺の会」に移行）、善麿は顧問格とし、編集は冷水茂太が担当した。創刊号は一九七二・昭和四十七年二月に発行され、善麿がユニークな雑誌を出したということが新聞や短歌誌で取り上げられ一千部はすぐに売れたという。

老境の身には許すや　周辺に　その顔を名を忘るるとなく
新たなる周辺の中に生きんとす　心をひろげ　身を高めつつ
思うことおもうがままに書きすさぶ　小さき冊子を　君も待ちしや
周辺はおのずからにしてすがすがし　さらにまたその周辺のあり
周辺と遊ばんための同人誌に　また一人追悼記を載するみなしさ

一九八〇・昭和五十五年『周辺』は第九巻第二号（通巻五十四号）をもって終刊となった。この年一月十五日、善麿が亡くなって主を失った「冊子」の最終号は長い旅路を終えて柩の中にゆくりなく収まった。

【『周辺』終刊号】

終章

旅路の果て

善磨は遺言を残さなかった。そして夫妻で浅草等光寺の境内に「一念」の寿塔を建てて戒名もつけず逝った。

善磨の一生を象徴する生き様がここに集約されている。

「一念のわれには寿塔　立ち返る春やむかしの　影を追いつつ」（善磨）。

冷水茂太は善磨が認めた唯一人の〝門弟〟だった。

【善磨夫妻が眠る寿塔「一念」に佇む冷水茂太】

一　最後の歌集『寿塔』

善麿の最後の歌集は一九七九・昭和五十四年六月に出した『土岐善麿歌集　第二　寿塔』（竹頭社）である。この時、土岐善麿九十四歳、亡くなる一年前の出版だった。これ以前に出された最後の歌集は『土岐善麿歌集』（一九七一・昭和四十六年　光風社書店）で八年の空白を埋める作品集になっている。私が入手できた本の扉には墨痕鮮やかな「善麿」の書名と「善」の朱印が押されている。『土岐善麿歌集』以後の作品が収められているが、その構成は善麿自身の手によるものである。

Ⅰ　周辺抄
Ⅱ　訪中抄　いのちありて　賓至抄
Ⅲ　改年抄　彼岸抄
Ⅳ　老健抄　空穂忌　東雲堂法要　駅伝回顧　二十周年記念　喜多宗家喜寿　忘機抄　日中抄
Ⅴ　東征抄　望郷抄　荀子抄　蘭亭記念　忘路抄　過現抄　卓球抄　屈原上演　列子抄
Ⅵ　新春機上　東西南北　温故知新　地上抄　雪嶺抄　竜華三会
Ⅶ　公私抄

Ⅷ　書斎抄　世外抄　歌集合冊　眼前抄　初心抄　少年抄　郵政百年　去年今年
Ⅸ　学園抄
Ⅹ　中陰抄　弾指抄　迎春抄　寿塔

「あとがき」によればこれは「私家版」として一千部作ったとあるが定価二千円とあるから少しは店頭に並んだものと思われるが、二刷以上になったのかどうか分からない。いずれにしてもこの書に収められている作品を目にしたことのない読者のために、その一部ではあるが紹介しておきたい。

（周辺抄）
新たなる周辺の中に生きんとす　心をひろげ　身を高めつつ
清忙のこれも一つと　校正のペンをとる春の夜の　コーヒーの香よ
「今の学者は人のためにす」　げにわれはつねにおのれのために学びき
わがためにに一基の碑をも建つるなかれ　歌は集中にあり　人は地上にあり

（改年抄）
周辺はおのずからにしてすがすがし　さらにまた　その周辺のあり
『土岐善麿の歌』を読みつつ　病床に　昔の春を妻は語らず

生涯は常凡の徒におわるとも　なきにまさるか　歌というもの

（彼岸抄）

学士院賞受けし戦後に　なお生きて　また意外なる式場に入る

寺に生まれて　父のつけたる磨の字の名もそのままに　老境に入る

（空穂忌）

おお周辺かおれも書くよと　創刊号とりあげまさん　その人はなし

（忘機抄）

贈られし新刊の書を　つみかさね　周辺それぞれの選びゆくを待つ

専門は何かと問われ　生きることと　答えし昔を今に保ちつ

年賀状　刷るほどもなき数ながら　なお残生に周辺のあり

紫綬受章の祝賀の宴に　立ちまじり　新知旧知と年を惜しみつ

また一冊　遺著ともならず世に出でて　黄ばめる切抜きのひとたばを焼く

おのずから辞世ともまたならざりき　ことしもつくる　迎春の歌

（列子抄）
列子研究の著者を訪う日も　なく過ぎて　また清忙の春を迎えつ

（公私抄）
「ウタハミソ　ヒトモジナノカ　ソレナラバサンジュウイチジガ　ウタニナルノカ」
「ソンナワカ　ラヌコトバデ」と歌がいう
「ワタシヲコマラセナイデクダサイ」

周辺と遊ばんための同人誌に　またひとり追悼記を載するむなしさ
弔問もせず　告別の日も　一室に黙座するわれを人知るなかれ
わが著書のこれがあるいは最後かと　校正を待つ『斜面季節抄』
フランスへ二年留学に行くという　孫のひとりは　多く語らず
『歌論歌話』上下二巻をことごとく　読みしというや　いかに読みしや

（書斎抄）
別に用もないが　と訪ね来しひとり　もっとも切実なることを語り去る
そはわれのことにあらずと伝えよと　使をかえし　ひとりすがすがし

書架のわきにつみ重ねおく　新著のかずわが清忙をかこむがごとし
（歌集合冊）

わが過去に　わずかに残る七千首　捨てしはいかに拙かりしや
（中陰抄）

遺影をひざに　走り過ぐるは高速道路　病院の窓より見えしあたりを
（弾指抄）

とぼとぼと周辺の会より帰りしを　最後の東京と誰か想いし（大熊信行哀悼）

啄木資料の寄託寄贈を果たし得て　回顧青春の年を惜しみつ
（寿塔）

二　朝焼け

善麿の友人石川啄木は恋多き人間だった。故郷を去って北海道に渡り函館では橘智恵子、釧路では小奴、東京に戻ると植木貞子、それが終わると九州のうら若き女性弟子へ熱烈なラブレター、これで小説が売れて小銭が入り、病魔に襲われなかったなら女性問題で人生を棒に振ったかもしれない。

ところで善麿はというと、これが石部金吉を絵に描いたような、浮いた話が一つも見つからないのである。読売新聞で活躍した頃の写真を見てもなかなかの好男子で、もてなかった筈はないと思われるのだが、それを証明するエピソードが全く見つからない。

強いて挙げるとすれば善麿の第二の歌集『黄昏に』（一九一二・明治四十五年　東雲堂）から探るしかないだろう。これは「哀果」の雅号で出した善麿二十七歳の作品である。第一作が『NAKIWARAI』だった。これには「この小著の一冊をとって、友、石川啄木の卓上におく」という献詞がついている。総数三百二十二首の作品である。この時には既に啄木の病気は悪化していて、その感想を口にしないまま旅立っていった。ただ、この出版のことは知っていて苦しい息の下から「読むのが楽しみだよ」という言葉を善麿はしっかりと聞いている。

この作品のうち、女性が登場する歌は以下の通りで、この時分は三行表記だった。

桃を植ゑ豚を飼はむと、
　おもへりと、
いつの女か言ひしことありき。

かのころの本のあひだより、
おし花の黄ばめるが出でぬ、
　かわゆかりしかな。

ものごとを、思ひつめるは、をかしきかな。
われも、手紙を、
焼きしおぼえあり。

かの女《ぢょ》の、そらとぼけせし、よこ顔のごとく、
　をかしき
さびしき秋かな。

よこ文字を見る目さびしく、
　疲れけり、
ふと思ひ出づるははつ恋の事。

この日ぐれ、
葉莨《はたばこ》の香の恋しさよ。
　よこ文字のうたを、うたひてありしに。

ありし冬、
女主人《をんなあるじ》に、つと、いきなり、抱きしめられし
煖炉《すとうぶ》の前

いひやりしとほり、その朝、
　二等室に、
つつましく、待ちてありし哀れさ。
わかれけり、ともに寝ざりき。

おろかにも、たくみにいつはりし
　かのときの心。

その膝に枕しつつききし海のおと、
　七年たてば、
妹のごとし。

久しく会はざりし間に、
忙しくわが働ける間に、
　君は、みまかりぬ。

わが身に近くありしにおどろきぬ、――
　きよく恋ひ、きよく怨める
ひとりの女の。

友とわれの語れる傍《そば》に、
ひそやかに来て座りては、

きく人なりし。

ただいちどひきて聞かせき。
ゆく春の、ピアノのおとは、
哀しかりけり。

忘れえぬ人のあまたの、
そのなかのひとりとはして、
しづかにわかれぬ。

その膝の、
ピアノの音に合はせつつ、思ひなげに拍《う》てる
指を憎みき。

「死にたし」と、
くちづけの後にささやきし、
かの女《ぢょ》の嘘《うそ》は、なつかしきかな。

その手に、わが手をおかば、
　いかになりしやらむ。
かの冬の夜の、いまもおそろし。

これのみは、いつおもひても、
　こころよし、
女のまへに、泣かざりしこと。

むしゃくしゃせし後のしづかさに、
　ふと思ふ、
小菊を呼びて、酔ひて、遊ばむ。

つつましく愛せし女、——
けふとなりて、しづかに思へば、
もつとも恋し。

以上の作品は実体験とも思われるし歌人特有の懸想とも思われる。ただ、この一つ一つを裏づける証拠がないから、読み手が自由に解釈することになるが、私は殆どが仮想的願望的な作品と考えている。

三　残照

八十歳を過ぎて善麿はますます意気盛んであった。生涯のなかで病気になったのは四十一歳の時、チブスに罹り二ヶ月間ほど入院したのが唯一の病歴で世界中飛び回っても、国内を講演でかけずり廻っても疲労で倒れるということもなかった。むしろ逆に次々と友人たちはさっさと世を去っていった。

最も早かったのは石川啄木だった。啄木は流星の如く善麿の前に現われ善麿に歌集『一握の砂』と『悲しき玩具』を託して早世した。同窓の牧水は酒に溺れ四十三歳で亡くなった。善麿は沼津の自宅に臥していた牧水の亡くなる前日に別れを告げた。

善麿に「牧水追憶」という小文がある。牧水の死の病床を見舞った時のもので友愛溢れる筆致が漲った名文で出来れば全文引きたいくらいだが、ここではその一部で我慢していただく。

彼が何歳から酒を愛しはじめたか、僕はそれをたしかに知らないが、早稲田の学園で偶然僕等が交遊をはじめた当時、すでに彼の酔興は僕等の評判にもなつてゐたのだから、二十年以上、彼は絶えず酒杯を離さなかつたことになる。酒量は月と共に、年とともに増して、連日二升三升にも及んだことがあるといふ。それが健康にさはらないはずはない。大正十年の春に出版された歌集「くろ土」の中には既に「羅病禁酒」といふ小題をつけた数首があつて、「癖で酒をのむのだ、この癖をやめるのは容易なのだ」と「妻宣らすなり」と述懐してゐるから、喜志子さんもそのことでは随分苦労をし、心配をしたに相違ない。然し、そのときも、かう詠つてゐる。――

宣りたまふ御言《みこと》かしこしさもあれとやめむとはおもへ酒やめがたし

酒やめむそれはともあれながき日のゆふぐれごろにならば何《な》とせむ

朝酒はやめむ昼ざけせんもなしゆふがたばかりすこし飲ましめ

実際一日に三度三度、といふよりは、ぶつ通しに飲みつづける日も多かつた。最後の病症だつた肝硬変症は、全く酒のための原因によるもので、心臓も、胃も腸も、むちやくちやになつてゐた。重態になつても、然し酒の気をからだに切らせては却つていけないといふので、二合三合、病床で一日にのんでゐた。呼吸をひきとつたのは十七日の朝だが、その前日の朝も強ひて病床に起きなほつて、もう二合ばかり飲んだのだと、看護の人人は語つた。僕が、その十六日の午後二時ごろ、枕辺に坐つて、案外危篤などと思へなかつたのは今思ふと、顔の色もわるくなく頬のやつれも見えない理由が、朝酒のためだつたとは、あまり酒をのまぬ僕が、死んでからあとに気のついた事実なのだつた。「末期の水」に酒をすすつたといふことも、いかにも牧水らしい。

（『柚子の種』一九二九・昭和四年　大阪屋号書店）

牧水の暴酒暴飲を見て善麿は肝に銘じて健康でいられるありがたさを実感したに違いない。啄木は貧困と病魔で逝ってしまったが牧水の死は自ら招いた当然の結果だったことを目の当たりにして自戒の証人としたのかも知れない。アルコール漬けの遺体は告別式を過ぎても悪臭を放たなかったという。折ある毎に親交を深めていた北原白秋は大日本歌人協会で善麿と行き違いになったり、一時「ヒットラーユーゲント」を作詞したりして歩調を乱したが太平洋戦争勃発の翌年糖尿病が因で亡くなった。啄木、牧水、白秋という同世代の歌人仲間を相次いで失った善麿だが、早世した彼等の分まで長生きをして数多くの歌を残した。その功績は計り知れないが、またこの四人だけで歌壇の一時代を築き上げたという事実も忘れてはならないだろう。

酒の話のついでに煙草の話をしてみたい。酒はほとんど飲まない善麿だが、煙草はへビースモーカーだった。とはいってもチェリーを一箱（二十本）か二箱くらいなのだが、これを切らすと原稿用紙に向かっても一行もかけなくなるというのだから喫煙量の有無ではなくやはり一種の喫煙禁断症であることは間違いない。

禁酒はやれるが、節酒はやれないといふ。酒は朝から晩まで、晩から深更まで毎日のみつづけられるわけのものでもなからうが、煙草の方は、携帯に便なだけに、その度を守りがたい。僕も、一時、断然煙草をやめようと試みたことがある。もう数年前になるが、八ヶ月間完全にやめてみた。最初の一週間、乃至二週間は随分苦しかったが、そんな薄志弱行の徒となつてどうするかと、みづから励ましつつ、遂に五ヶ月、六ヶ月とたつうちに、親しい禁煙実行者がいつた通り、非常に食欲が進んで、今までの飯の茶碗を小さく思ふやうになり、やや大きなのと変へて、得意になつてゐたところが、恰度八ヶ月になつた或る日、僕の「成功」を自祝するのをみたいたづらずきの一同僚が、計画的に、僕をうまい牛肉に誘って、そのあとで頗る快適なシガレットケースを僕の眼の前におき、上等のスリーキャッスルを奨めたものである。「僕はやめたよ。煙草は断然やめた。僕は薄志弱行の徒ではない。」といふやうな意味で、頑強な抵抗を試みたところが、その同僚は皮肉な微笑を唇辺に浮かべつつ、「何が薄志弱行の徒だよ。男一匹煙草ぐらゐにこだわつて、やめたの、やめないのと、馬鹿々々しいことではないか。どうせ短い一生だ。もつと自由に考へろよ。」といつたので、それもさうかと、それが再び誘惑の「第一本」となり、その八ヶ月前迄はバットを喫んでゐたのであるが、それからチェリーに代わったわけである。

（「紫煙身辺記」『紫煙身辺記』一九三七・昭和十二年　書物展望社）

これはあくまでも推定だが、善麿がヘビースモーカーを続けていたら九十五歳の長寿を全う出来たかと思うのは邪推だろうか。無論、ヘビースモーカーで天寿を全うした人間は多勢いるから一概に言えないが、少なくとも禁煙を続けて茶碗が大きくなり肥満を抱えたならこの天寿までたどり着かなかったことだろう。

もう一つの長寿の因はストレスが無かったことである。とりわけ戦後の善麿にはストレスよりむしろ逆に快適感が増えたことを挙げることが出来よう。公人として官や民間の顧問や相談役、理事長、会長というポストは善麿にとってレクリエーションみたいなものであったし、各地から要請される講演や校歌の依頼なども善麿の士気に貢献した。

ストレスがないと言ったが周囲にはよく気を使った。主治医だった亀谷了によれば「青信号でもすぐには渡らない。一度赤信号を待って、次の信号で渡る」とか「来客の時間がはっきりしていれば必ず何分か前に門のところで立って迎える」(「土岐先生の最後の言葉」『周辺』終刊号　既出)という几帳面な性格だったと言う。

精神医学者の長田一臣が善麿を評して次のように述べている。それはこれまで述べ来たった善麿を凌いだ見事な善麿論と言えよう。ストレスどころかその因さえも自家薬籠中に取り込んで人生を愉しんだ人間、それが土岐善麿なのである。

善麿は歌人であり学者であり文化人であり、そして結構社会人である。偏屈のようにも見えるが常識人である。孤高の性格と貴族性をもって世俗を超脱しているようにみえるが結構俗人的でもある。変に構えて気取るなんざァ江戸っ子の趣味に合わねェてなところがある。歌誌を主宰して大勢の弟子を従え、自分の意志や趣味趣向で他人のそれを一律一遍に拘束支配するなんてことは何よりも趣味に合わないのである。自縄自縛は最も警戒するところ、要すれば本質的に自由人で何かの型に嵌まりたくないし、また嵌められたくもないのである。

（「土岐善麿の人柄に関する推測的性格分析」『周辺』終刊号）

四　寿塔「一念」

1　妻の死

善麿の結婚は一九〇九・明治四十二年二月九日、二十四歳の時である。ところが相手については善麿の身近にいた冷水茂太が作った「年譜」（①『周辺』終刊号②『人物書誌大系　土岐善麿』紀伊國屋書店）によれば「芝区愛宕下中村寅吉三女タカ」とあるだけで年齢も記していない。また冷水の手による唯一の「評伝」（『土岐善麿』橋短歌会　昭和三十九年）には「鷹子夫人とのロマンスが実って結婚」としか書かれておらず、どのような「ロマンス」だったのか、また善麿自身も夫人についていくつかの歌を残しているものの、文章には全く残していないので、謎というか空白というか、せいぜい残っている幾枚かの家族の写真でしか様子は窺い知ることはできない。一男二女をもうけて黙々と善麿を支えた賢夫人というイメージが唯一のものとなっている。
次の句はタカ夫人と善麿の関わりを象徴し、代表する作品の一つといえよう。

あなたは勝つものとおもつてゐましたかと老いたる妻のさびしげにいふ
（「会話」『夏草』一九四六・昭和二十一年）

いつしかにわれもまどへる戦局の虚実をさとく妻は歎きつ
（「世代回顧」『遠隣集』一九五一・昭和二十六年）

また、次の作品は善麿三十歳、読売新聞社会部長の頃に作られたものだ。直裁で率直な表現は善麿ならではの描写というべきであろうか。

おんみを抱かず、わが肉体の健やかに日に夜にさびし、帰り来よはやく。
わかくしてわれに嫁ぎて、三人のわが児を生める、はしきやし妻。
おんみをやすらかに抱く夜の床へ、健やかになりて帰り来よかし。
（『雑音の中』一九一六・大正五年　東雲堂）

斉藤茂吉夫人てる子の奔放な生き様とは対照的で常に善麿を陰で支えたのがタカ夫人であった。来客があると必ず玄関まで出迎え、帰りがけは善麿と一緒に見送り、時にさりげなく手土産を持たせることもあった。かつて読売新聞時代に善麿が企画した「駅伝」の際、凱旋した選手たちのパレードの先頭走るオープンカーに善麿はタカ夫人を同乗させ沿道の観衆に手を振らせている。おそらくタカ夫人にとって最初で最後の晴れ舞台だったろう。

【晩年の善麿夫妻】

タカ夫人は一九七七・昭和五十二年六月二十五日、九十歳で亡くなったが、前後の経過についてもほとんど明らかにされていない。残されているのは善麿の手による回顧の歌、数品である。

中陰のひと日ひと日の香煙に　さきて散りゆく　花の静けさ
新たに家を建てし昔や夢にみし　また鯉を庭に　飼いたしという
一記者より学究生活に入ることを　宿命として　妻もすすめし
誰に何をと　末の娘へ言い残す　形見の品は書くほどもなく
一礼一礼　はじめて立てる喪主の座に　あやうく耐えて立ち尽くしつつ
子ども一同孫一同ひまご一同の　生花の上に　浮びくる顔

遺骨をいだき火葬場より帰りくる　子らを今かと　ひとり待ちつつ
若き日の心を保ち　ともに住み　ともに信じて過ぎし生涯

（「中陰抄」『寿塔』一九七九・昭和五十四年　竹頭社）

2　残照

善麿はある意味で気楽に本をだした。極端な話、思いついたことを傍らのメモ用紙に書き連ねたものを重ね合わせて一冊の本にしたということもある。しかし、かといってそれが中身のないつまらないものでなく、主張すべき事がきちんと盛り込めれているから不思議である。おそらく、それは三十二年に渡る記者生活から得た賜だったのであろう。また筆も速かったから雑誌の文章は〆切り以前には編集者に早く原稿を取りに来るように催促をしたほどであった。書き下ろしの場合でも約束より遅く原稿が出来上がることはほとんどなく、時には数ヶ月前に「出来たよ。取りに来てくれ」と電話した。いわゆる大物の歌人や作家のなかには原稿が出来上がっているのに、意図的に締切に間に合わせず大物ぶりを示す手合いがいるというが、善麿は編集者泣かせどころか、原稿や作品渡しの催促で困惑させる人間だった。

原稿のみならず善麿は行動の人でもあった。晩年になって書斎「斜面荘」に籠もるようになってもただの書斎人では収まらなかった。亡くなる五年前からの善麿の足跡を辿ると九十歳になった人間とは思えないような「行動」ぶりが目に入る。以下は冷水茂太の作成になる「土岐善麿年譜」（『周辺』

終刊号　既出）から拾ってみよう。

◇一九七五・昭和五十年《九十歳》
四月、西村陽吉十七回忌法要（横浜総持寺）参列
五月、『土岐善麿歌論歌話』上下二巻出版
六月、ニューオータニで九十歳誕生会
十月、早稲田大学国文学会創立五十周年大会記念講演、『駅伝五十三次』出版
◇一九七六・昭和五十一年《九十一歳》
一月、『春望』出版
三月、日中文化交流協会二十周年記念行事出席
六月、定例「誕辰」祝賀パーティ（中島健蔵、吉川幸次郎ら百二十名参加）
八月、慶応大学「土岐善麿研究」会の取材（七回連続）
十一月、阿倍仲麻呂研究『天の原ふりさけみれば』出版
◇一九七七・昭和五十二年《九十二歳》
一月、ＮＨＫラジオ放送「人生読本」で「九十の春」放送
三月、『斜面季節抄』出版、仏教伝道教会より「仏教伝道功労賞」受賞授与式に出席
四月、『むさし野十方抄』出版

六月、定例「誕辰」祝賀パーティ（中島健蔵、大熊信行ら百二十名参加）、『歌舞新曲選』『土岐善麿近作百首墨韻』

七月三日、六月二十五日に逝去したタカ夫人葬儀、寿塔の碑「一念」に埋葬　『斜面彼岸抄』出版

十月、武蔵野女子大学能楽フェステバルにて能の公演。画家「前田青邨」葬儀参列

十一月、冷水茂太『むらぎも』ニューオータニの出版記念会出席

十二月、啄木下宿「喜之床」明治村移転前に旧友らと訪問、六十六年ぶりに往事を偲ぶ

◇一九七八・昭和五十三年《九十三歳》

六月、定例「誕辰」祝賀パーティニューオータニ、『斜面相問抄』出版

八月、NHKラジオ「すばらしき老境」放送

十一月、所蔵していた啄木関連資料一切を日本近代文学館に寄贈、NHKで十一月二十六日から十二月一日まで六日間「ことばと私」放送

十二月、講談社『昭和万葉集』編集顧問となる。

◇一九七九・昭和五十四年《九十四歳》

六月、『土岐善麿歌集　第二寿塔』出版。銀座ギャラリー「四季」にて「土岐善麿短歌展」開く

七月、六月十一日に死去した中島健蔵葬儀参列、弔辞を読む。下旬、主治医の勧めにより北里附属病院に一週間入院後退院

十二月、角川文化振興財団理事会出席、これが最後の外出となる。

一九七七・昭和五十二年、一月四日、九十二歳になった善麿はNHKの「人生読本」という企画で「九十の春」という題目で話している。その中で自分の人生を振り返って「歌人」と呼ばれるのが現在でもイヤだ、初心忘るな、人生は序破急だなどと人生九十余年の感慨を次のように語っている。

ぼくは若い時から、石川啄木とか若山牧水とかという友だちとつき合って歌を作ってきたし、今も作っているが、歌人といわれるのがきらいで、新聞や雑誌にものを書いたりすると終りのところにカッコして「歌人」と書かれる、あれがとてもイヤである。／ぼくは長く歌を作っているが、歌の弟子を一人も持たない。皆いっしょに同じように作っていると思うので、弟子だとか師匠だとかいう気持ちは全然もたない。従って結社をつくることもしなかった。／だからぼくは今でも文学青年が老人になったというかっこうで、専門は何なのか自分でもわからないでいる。人から専門は何ですか、ときかれると、生きることを専門にしているとその場逃れのことを答える。相手は生きることが専門なんておかしなことをいうと思うかもしらないが、しかし人間が生きたということ、生まれてきたということは不思議な運命で、そして人間生まれたからには、生きていた甲斐があったという気持ちでいなければ、こんな不幸なことはない。／ぼくは早稲田大学を出て、新聞記者生活に入って、三十二年間新聞記者を続けて、朝日新聞を昭和十五年に停年でやめた。

その後書斎生活をするようになって、今は学者というわけにはゆかないが学究生活をやっている。そこで今まで自分で読んでいなかった本を披いてみて、そしてこれは今までの人がこういっているけれども、どうもそうではないのではないか。ほかにも考え方があるだろうと思って調べはじめる。すると案外、今までいわれていないことがわかってくることがあって、それをメモ程度に書いては本にする。本にするのは汚い原稿を残しておくのもどうかと思うので本にしておくだけで、去年の暮からこの新年にかけて、そういうのがまた二、三冊出ることになっている。／そういう生活の一方でぼくは、喜多流で能の稽古をつづけ、喜寿のときに卒都婆小町を舞うのを許された。それ以後、舞台には立たないが、新しい能をこしらえてみること、いい能を観ることをやってきた。それも結局、世阿弥のいう「初心忘るべからず」ということで、その時々の初心を忘るべからず、老後の初心忘るべからず、ということ。能の序破急ということでいえば、九十の春というのはぼくの生涯の「急」のところにあたるが、ぼくは初心に返って、常に初心を忘れずに人生を送っているというわけである。

（「九十の春」『周辺』終刊号、既出）

歌を作って六十有余年というのに歌人というな、といわれても困惑するしかないが、しかし、このことは善磨自身の裡では少しも矛盾していないのであろう。また田安宗武、杜甫などあまり手が付けられていなかった古代文学の研究から能や謡曲など広範囲な世界に飛び込んで研究三昧の生涯を送った人間ならではの人生を締めくくった論文ならぬしたたかな「置文《おきぶみ》」と言えよう。

3 臨　終

一九八〇・昭和五十五年に入って、疲労を口にする日が増えたが、日常生活のリズムは変わらなかった。起床すると食事をいつものように摂った後は書斎に入り、書類や書簡に目を通し、予定していたギャラリーの出品を確認したり、来客にも普段通り対応していた。

ここから善麿が亡くなるまでの経緯は冷水茂太が随筆『斜面慕情』（一九八二・昭和五十七年　短歌周辺社）にいくつかの文章に残しているので、それによって辿ってみたい。

以下、その原稿を先に挙げておこう。以降の記述では煩瑣を避けるため引用した題目は一括して省略する。

（1）「土岐善麿臨終記」（『短歌現代』一九五五・七月号）
（2）「反骨の九十四年」（『図書新聞』一九五五・五月）
（3）「善麿の一首について」（『火の群れ』一九五五・秋号）
（4）「善麿死後一年」（『短歌新聞』一九五六・七月）
（5）「さよなら土岐善麿先生」（『周辺』終刊号）

晩年の身の回りの世話は次女のチエ子が当たっていた。といっても身動きは鈍くはなっていたものの介護の必要はなく、食事も普通の生活と変わらなかった。日中は起きてイスに坐り読書や時折り手紙やハガキを書いて、整理をしていた。入浴も時間はかかるが手間はかからなかったし、トイレもひとりで済ませていた。

毎年、善麿の誕生日の六月八日に『周辺』の読者が中心になって開いているパーティには百二十名前後が集っていたが九十五歳のパーティをどうするか聞いたところ「最近は外出がとてもきついからもうやめよう」と言うので、その代わり『周辺』に誕生特集のメッセージを寄稿してもらってそれをパーテイ代わりにすることで進めていた。その打合せをかねて一月八日に斜面荘を訪ねると「いま、京都の吉川君が亡くなったという知らせを受けて、弔電を打っておいたよ」と寂しげに呟いた。吉川幸次郎は中国文学の権威で文化功労賞を受け、善麿は京都に行くと必ず会って交歓する仲であった。享年七十六歳だった。この頃になると自分より若い人物が相次いで物故して「ぼくは文化功労者にならなかったが見送り功労者だね」と寂しげに冗談を飛ばしていた。

三月十四日午後三時過ぎに冷水の電話が鳴った。「父が昏睡状態になりました。」子息の土岐健児からであった。取るものも取りあえず駆けつけた。

斜面荘にはすでに身内の方々が集まっていた。居間の布団に横たわって先生は軽い寝息をたてていられた。私は急いで坐ったまま先生のお側に寄った。いつも書斎の椅子で迎えてくださる先生が、何か他人のように動かれないのを、私は不思議に感じた。いろいろのことが頭をよぎった。

／先生はもうこのまま永久に目を開けられないかも知れないと思うと急に悲しくなって、私は布団の中の先生の手を握った。暖かい手であった。その手を握って二度、三度、「先生、先生」と呼んでみた。気持ちが動転していて声が小さいのではないかと思って、大きな声で呼んだが、もとより返事はない。

主治医が明日がヤマだろうと言うので一同帰宅したが、十五日午前二時十五分、子息の健児から訃報を聞かされた。まんじりともせずに布団に入ったが目がさえて眠れるどころではない。善麿との交友は三十年以上になるが以来、善麿は病気ひとつせず、頑健だったから、こうして「死」がやってくるとは思ってもみなかった。

昨夜と同じ姿勢で先生は横たわっていた。健児さんが先生の顔にかけられていた白布をとった。先生はもう昨夜のように寝息をたててはいられなかった。その先生に向かって私は両手を合わせて「長い間ほんとうにありがとうございました」といって深々と頭を下げた。

冷水の脳裏をよぎったのは斜面荘の入り口に掲げてあった「清忙」の額、あまりに見事な出来映えだったので時折ひとりでじいっと見入っていたことがあった。それを見た善麿は「そんなに見事かね。」といって「あげるから持って行きたまえ」と手渡した。その時の歌は既に紹介したから省略するが、改めてその情景を思い起こして瞑目したのだった。

四月十九日、葬儀は実家浅草等光寺において子息健児が中心になって進められたが、いかんせん等光寺の境内は狭く千人を超える参列者は門前の道路に立ち並ばねばならなかった。幸いその日は快晴だったが、その行列の中に杖をついた九十歳の土屋文明の姿もあった。

当日を詠んだ冷水の作品の一部を記そう。

とことわの旅に出でます装束のま白き脚絆　履かせまいらす

カラカラと音するみ骨　箸もちて共に拾いつ　中野菊夫と

葬儀終え　すでに人なき境内に　並べる供花見てまわるなり

式果てて帰り来し書斎「清忙」の額あり　遺品となりてしまえり

（「永訣前後」『周辺』終刊号　既出）

4　「一念」の塔

思うに善磨は不満は言うが未練は持たなかった。心残りは沢山あっただろうが、その一つに「全集」があったのではないかと思う。というのは実際にはその話が持ち上がっていて動き出していたのである。

ある日、かねがね、土岐さんの漢詩研究などのお相手をしていた大東文化大学の真田但馬君が、同僚の森直太郎君と訪ねてきた。角川書店刊行の窪田空穂全集が完了してなにほどかたったころだった。土岐さんの全集を出したいが協力せよ、とのことである。空穂全集刊行には、土岐さんも何かと骨を折られたが、空穂さんが済んだから、今度はあなただ、おそらくそういうことになって、諒解を得たらしかった。全集という「全」にどんなふくみがあったのかわからない。実行に移すとして、どんな「全」になったかもわからない。ただ、真田君の持ってきた話は全集であった。わたくしは、大東の専任にはなっておらず、真田君と会う機会も少なかったが、とにかく近代文学畑の者という配慮があったらしい。空穂全集にもさまざまのエネルギーが必要であった。土岐さんの場合とて、それほど容易なものではなかろう。けれども、文学史、文化史の上で、そういう記念碑がたち、自由な検討、評価のために行き届いた材料が提供されることは、望ましくもあり、必要でもある。わたくしは無力な自分をかえりみるいとまもなく、できることを、と応じた。ところが、幾月もたたないうちに、真田但馬は、ほとんど不意に世を去った。けっきょく、話は立ち消えになった。

（稲垣達郎「土岐さんにつながる雑談」『周辺』終刊号　既出）

折角、全集の話が出ながらこれが白紙になったということは、一つには窪田空穂の全集を手がけてこれに協力してきた善麿の恩を角川書店が無視したということと、二つには推進力となる編集者に恵まれなかった、そしてなにより善麿本人があまり乗り気でなかったという三点につきよう。一番悔しがったのは側近の冷水茂太だったはずであるが、残念ながらこの時期、冷水はあまり評価が高くなく出版社が相手にしなかったのであろう。

ともあれ、善麿が作った歌は八千首近くある。無論どれも秀歌として読み継がれていかれることであろうが、私にとっては次の二句ほど、善麿の生涯を体現している作品はないと思っている。いわば「辞世の歌」である。

弾圧、回避、抗争、転向の世界の中に　この一隅《いちぐう》の　いのちを保つ
日本《にっぽん》を　日本人として愛するなり　げにともに愛し得る日本をこそ

そしておのが人生を振り返って作ったのが次の歌で、とりわけ三番目、これは善麿生涯最後の作品となった。

一念のわれには寿塔　立ち返る春やむかしの　影を追いつつ
批判と信念と行動とげにも新たなる　時代とともに　遂げし生涯
「和」と「遊」と、試筆の一字ことし新たにさらに何を求めゆくべき

（「弾指抄」『寿塔』既出）

善麿は父を真宗大谷派の流れを汲むれっきとした宗派を背景にした僧家の一門で、生涯にわたって弟子を持たず流派を拒否し続けたのも、親鸞の「弟子一人も候はず」という心経を守った所以だった。だから人が亡くなった時に懇ろに葬り、その足跡を戒名をつけて墓石に印すというのがごく当たり前の慣習だった筈だが、善麿は墓石はもちろん戒名も拒否して「一念」の二文字で人生を終えた。それも夫人と共に、である。

「一念」の二字を墓標に刻むべし　法名は受けず　在世「土岐タカ位《い》」

そして、この遺志を伝えるべく残した句が

わがために一基の碑をも建つるなかれ　歌は集中にあり　人は地上にあり

であった。忘れられた歌人と人は言う。しかし、私はそうは思わない。正しくは「忘れられている歌人」に過ぎない。いつの日かこの孤高の歌人の作品はその生き様とともに、人々の口にのぼり、歌い継がれる日がやってくるに違いない。

暗愚小伝――「あとがき」に代えて

土岐善麿についてはまだ書きたいことが残っているが、欲を言えばきりがない。また、私の執筆計画もそろそろこれで区切りをつけて筆を置く時が来たような気がするので、これまでほとんど人に語ったことがない〝あとがき〟として思いの一端を少し綴っておきたい。

私の初めての出版は私の三十代最後の年、一九七九年に書いた教育の戦争責任に関わる著書だった。出版社とどうして連絡をとっていいのか迷っていたら、会議で一緒になった歴史学の阿部猛という教授が「わたしの友人がやっている出版社でよければ紹介しよう」と言ってくれた。阿部教授とは親しいというわけではなかったが住んでいる団地が同じで通勤のバスでしばしば一緒になって雑談をする仲だった。この数年後、阿部教授は学長になって公用車で出掛けるようになりバス停に向かう私を見つけると声をかけてくれて同乗させてくれた。その教授に連れられて神田の出版社にでかけた。雑居ビルの一室に「大原新生社」という看板があって、そこに一人の老人が電話番をしていた。社員は見当たらなかった。驚いたのはこの老人が社長兼編集長だったことである。

原稿を預けてしばらくすると研究室に電話がかかってきた「あの原稿は台湾の印刷屋に頼んでいたが紙型が出来たので航空会社のスチュワーデスに運んで持ってきて貰うのだがその費用を出してくれないか」という。日本より台湾の方が半分以下で出来あがるということだった。できあがった紙型を運んできて印刷は日本でやるという。その費用を工面してくれという。当時、私は大学に勤めだしてまもなくのことで給料はその半分だった。それまでの浪人暮らしで蓄えなどあるわけがない。そこで分割にしてもらって最初の著作はようやく日の目をみることが出来た。

これ以後、大原新生社から数冊の本を出したがすべてこの方式だった。世間知らずの私はこれが当たり前だと思っていたが、この調子ではあまり本は出せないなと思うようになった。最初の本は嬉しくてあまり知らない人間にまで送った。百余人くらいだと思う。というのも私は結婚してから妻と二人で浪人中の北海道時代から謄写版印刷でミニコミを月刊で出していた。これはB5版二ページで家族の近況と私のエッセイや評論の家庭新聞だったが、むのたけじが出していたミニコミ「たいまつ」で紹介してくれたこともあって当初は十部程度だったが全国に見知らぬ読者ができて一時は二百五十部も刷った。勿論、無料だったが切手代がかさんで閉口した。これは十二、三年続けたが忙しくなって止めたがその読者にも記念に送った。あとで高名な評論家や作家たちでさえ自著の送呈は三十人程度と聞いて拍子抜けがしたものだ。

それでも爾来、私の執筆史は細々と続いた。しかし、どの本も初版以上は出ず、ハタからは景気がいいんだろうと勘違いされてきたが、家庭経済はいつも火の車だった。出版以上に毎月の本や資料の購入がばかにならなかった。大学の研究費では到底足りずボーナスのほとんどは書籍代だった。また、私は他の大学での非常勤講師や副業の講演なども教授になってからは総て断わり（正確にはどこからも声がかからなかったのだが）職務に専念した。人付き合いの悪さには定評があったようで負け惜しみどころか、むしろせいせいした。

教育学では戦争責任問題で大先輩たちを完膚なきまでこきおろしたため、その門弟達で固められている教育界での発言力をことごとく奪われた。ただ、そのうちの一人（某大学の学長だった）は亡くなる二年前に会いたいといってきたが断った。この教授は文部省べったりの御用学者と考えていたので丁重に断った。すると電話がまたかかってきて少し話をさせてくれと言って二時間ほど回顧談を語り、最後にバトンをあなたに渡すから頑張ってくれと言ってくれた。この話の大半は戦時下の教育学者の言動に関する貴重な証言だった。この教授の訃報はまもなく新聞で知った。

この後、教育学研究にけじめをつけて、もともとやりたかった文化や芸術の領域に踏み込んだ。それが柳田國男、宮本常一、北大路魯山人、石川啄木などという流れになっていくのだが、一番力がある時期を逃したためにどれも中途半端な結果になってしまった。

思い起こせば私の文筆史は中学時代に洞爺丸台風のあおりを受け町の八割を焼いた郷里での大火経験を謳った「大火から早や一年の今日も風」が『中学コース』の一等（松本たかし選）に入り、級友の櫻井信利君と謄写刷りの学級新聞「海原」を月刊で発行、また二人で卒業時に文集を特集（三十五ページ）して全員に配布した。また、当時若者に人気のあった『人生手帳』に、拙い文章が掲載された。高校時代は一年時から櫻井君と新聞局に入り、北海道でのコンクールに初出品、佳作入賞の栄誉を得た。卒業の日まで編集を続けたが三年間で十二号出したうち学校から発行禁止処分を数回食らった。そのうちの一回は校長が書いてきた十枚の手記を勝手に三枚に縮めてしまったのだから無理もない。

退学処分までに至らなかったが職員室への出入り禁止になった。

大学の教養過程では「都ぞ弥生」で知られる恵迪《けいてき》寮の仲間と児童文学会を作り会誌を創った。学部進学後は須田力（後に北大教育学部教授）君ら五人と働く青年のための月刊誌『青年サークル』を出して道内の青年たちに配布した（謄写版　B五版　平均三十五ページ）。

また学部三年の時、『定本柳田國男集』が出て、この方面の知識がほとんどなかったのに毎月一冊ずつ買い集めた。定価三五〇円。当時、私は月額二千円の奨学金で生活していた。授業料は全額免除で寮生活だったから月に四千円あれば生活出来た。足りない分はアルバイト（月に十日）で補っていたが、柳田國男全集の購入のため昼食を取らなかった。卒業後は結局、もっと厳しい大学院の生活を選んだ。

学部四年の時、道北の高校からまったく知らない校長がやってきてうちに来てくれないかと声をかけてくれた。貧乏学生の生活に疲れていたので話に乗りたかったがもう少し勉強したいと思い、哲学の二単位を故意に取らなかった。教員免許に必要な単位だったからである。教員資格をとってしまえば安易な選択をしてしまうと思ったからだった。

その後、いわゆる大学の民主化闘争では無党派で参加、この過程で指導教授が大学に辞表を提出、民主化闘争で初

【月刊『青年サークル』】

の辞職として全国的に大きな波紋を呼んだが、このため私は〝親なし子〟となって就職するに際して推薦なしで闘わなければならず博士課程に在籍のままで、上京、いくつのも大学の非常勤講師を渡り歩かねばならなかった。結局、常勤講師となって初めて給料というものを手にしたのは三十四歳だった。

学内ではなぜか学寮、自治会などに対応する委員に選出され、ほとんど連日深夜の団交の矢面に立たされた。学生の立場に理解を示そうとしない学内勢力と正面から衝突しほぼ五年間は研究が全く出来なかった。また、大学では研究より会議が優先された。いつ果てるとも知れない不老不死的体質を持つ古老達の延々と続けられる不毛な会議のためにどれだけ貴重な時間が浪費されたことか。

私は在職中、講義等の出欠は一度も取らなかった。それでも当初は教室は学生で溢れて活気があった。しかし、時が経つにつれて大学は学問や文化を学ぶ場ではなくなり単位を取得するための場と化していった。講義内容も細目化され時間割は次第に形式ばかり重視されるようになった。学問のための大学は姿を消してせこく単位を取得させる専門学校になっていった。やがて大学は就職予備校となって行くのを歯ぎしりしながら見守るしかなかった。

やがて定年を迎えた。晴れやかなことは避け、退官の最終講義もせず、相変わらず濫発され続ける特権意識の残滓というべき名誉教授号も断り、博士号の学位の取得申請もせず、無位無冠の道を選択、今日に至っている。

追記

この「あとがき」を書き終えてから知ったのだが、吉野源三郎の『君たちはどう生きるか』が漫画化されベストセラーになっているという。私もこの原本を中学二年の時に読んで感銘を受けた一人である。戦時下、岩波の編集者吉野源三郎が山本有三と語らって『少国民シリーズ』として出した一冊である。この時代、大人には期待出来ない、日本を背負って立つこどもたちへ希望のメッセージを残そうとした勇気ある出版だった。

実は、これと同時に手にしたのはやはりこの吉野源三郎の『人間の尊さを守ろう』（一九四八・昭和二十三年　山の子書店）という一冊であった。小Ｂ６版の小さなこの本は同じ頃やはり図書室の一角にぽつんとおかれていてページをめくって目に入ってきたのが次の詩だった。

たれもかれもが　力いっぱいに
のびのびと生きてゆける世の中
たれもかれも『生まれて来て良かった』
と思えるような世の中
自分を大切にすることが
同時にひとを大切にすることになる世の中

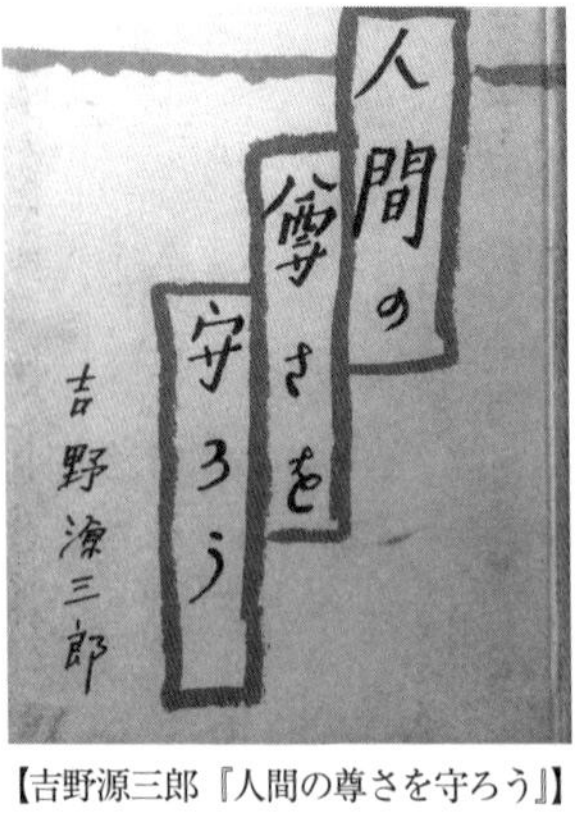

【吉野源三郎『人間の尊さを守ろう』】

そういう世の中を来させる仕事が
君たちの行く手にまっている
大きな大きな仕事
生きがいのある仕事

そしてどこをどう間違ったのか大学の教壇に立つようになって最初の講義で取り上げるのがこの詩だった。このことは定年の年に書いた『なまくら教授の最終講義』で引用しているのだが未刊のままなので、せめてこの詩だけでも紹介しておきたかったのである。

定年以降、拙い原稿に付き合ってくれて五冊も世に問うてくれた松田健二氏、そして毎回期待通りの装幀をしてくれた中野多恵子さんにお礼を申し上げたい。またこの間、原稿の整理、校正は妻タケ子がを手伝ってくれた。

遙けくも幾山河《いくやまかわ》越《こ》え喜寿の春　　長浜　功

二〇一八年三月十日

土岐善麿関連年表

二〇一七・三月二十四～三十一日　《作成＝長浜　功》

年代	来歴	関連・補遺	時代
一八八五（明治十八）年	六月八日、東京浅草（現在台東区西浅草）等光寺住職土岐善静《ぜんじょう》、母観世《みよ》の次男として生まれる。	哀果の父善静は僧籍のみならず国文学などに造詣が深く和歌を嗜み浅草等光寺の庫裏は漢籍に満ちていた。	硯友社結成。
一八九九（明治三十二）年《十四歳》	東京府立第一中入学。同級生に石坂泰三、一級下に谷崎潤一郎。「学友会雑誌」に俳句、短歌を投稿する。		東京新詩社結成。著作権公布。
一九〇三（明治三十六）年《十八歳》	文芸誌『新声』に雅号湖友で投稿（選者金子薫園）。	雅号「湖友」は父善静の命名。	五月、一高藤村操華厳の滝に投身自殺。平民社設立「平民新聞」発行。
一九〇四（明治三十七）年《十九歳》	九月、早稲田大学入学。同級に若山牧水、北原白秋。		二月、日露戦争開戦。「新潮」（「新声」改題）創刊。
一九〇五（明治三十八）年《二十歳》	窪田空穂の歌集『まひる野』に刺激を受け歌人を目指す。金子薫園の『凌宵花』に湖友の	五月、石川啄木「あこがれ」出版。	一月、夏目漱石『吾輩は猫である』 七月、国木田独歩『独歩集』 九月、日露講和条約締結。

	作品六首が選ばれる。これを契機に本格的に短歌に取り組む。		十月、平民社解散。
一九〇六 （明治三十九）年 《二十一歳》	金子薫園『伶人』に湖友の作品二十四首が掲載される。 若山牧水、安成二郎らと文芸同好会「北斗会」結成。	七月、石川啄木「雲は天才である」書き出す。	三月、「文章世界」創刊。 四月、漱石『坊っちゃん』
一九〇七 （明治四十）年 《二十二歳》	一月、安成二郎に連れられ荒畑寒村、菅野すが子を訪問。 六月、牧水と京都に遊び、その後単身大阪、神戸、奈良を回る。		鴎外・観潮楼会発足 片山潜「平民協会」設立。
一九〇八 （明治四十一）年 《二十三歳》	一月、雅号を「哀果」に。 七月、早稲田大卒業。 十月、「読売新聞」に入社社会部記者となる。	四月、石川啄木、北海道から単身上京。	十二月「パンの会」結成。
一九〇九 （明治四十二）年 《二十四歳》	二月九日、中村寅吉三女タカと見合い婚、新居は下谷区（現台東区）北稲荷町。	三月、啄木、「朝日新聞」校正係となる。八ヶ月後、関清治が校正係として入社。	一月　伊藤博文ハルピン駅で射殺さる。 十月、「スバル」創刊。
一九一〇 （明治四十三）年 《二十五歳》	四月、『NAKIWARAI』自費出版。 十二月、読売新聞紙上に楠山正雄が啄木と哀果の好意的評論を	朝日新聞の杉村楚人冠を通じて堺利彦の知遇を受ける。	・大逆事件検挙始まる。 四月、「白樺」創刊。 五月、「三田文学」創刊。

	掲載。		五月、大逆事件。
一九一一（明治四十四）年《二十六歳》	一月、啄木宅に初訪問、啄木から『樹木と果実』構想を持ちかけられて同意する。	二月、啄木が 慢性腹膜炎で入院。 四月、病状悪化と印刷所の不正のため『樹木と果実』は断念する。	一月、大逆事件、幸徳秋水らに死刑判決。
一九一二（明治四十五・大正元）年《二十七歳》	二月、歌集『黄昏に』（春陽堂）扉に「友、石川啄木の卓上におく」の献詞。 四月、啄木のために『悲しき玩具』出版に奔走。 啄木の葬儀を浅草等光寺で行い、遺稿の発表に貢献する。	三月七日、同居の啄木の母死去、享年六十五歳。 四月十三日、啄木逝去。若山牧水が臨終に立ち会い、葬儀万端を仕切る。金田一京助と哀果は臨終に立ち会えなかった。 五月、哀果の尽力で啄木の遺稿「我らの一団と彼」読売新聞に二十五回の連載、稿料を節子夫人に渡した。	七月、明治天皇崩御。 十月、大杉栄、荒畑寒村らが『近代思想』を創刊。
一九一三（大正二）年《二十八歳》	四月十三日、浅草等光寺にて啄木一周忌追悼会、与謝野寛ら六十余名参加。 五月、読売新聞特派員として二十二日間、朝鮮を廻る。 『啄木遺稿』五月二十五日、出版なるも一足遅く節子夫人に届かず。 七月、『不平なく』（春陽堂）	三月、岡田健蔵、節子夫人の意向により啄木と真一の遺骨を浅草等光寺より函館に運ぶ。 四月、窪田空穂の推挙で『文章世界』の短歌選者となる。 五月五日、節子夫人肺結核で死去。享年二十七歳。遺児京子と房江は函館移住の実父堀合忠操が預かる。	二月、東京市内で焼き討ち、暴動等騒乱状態頻発。 七月、文芸協会解散。 一月、森鴎外『阿部一族』 九月、山里介山『大菩薩峠』 十月、斎藤茂吉『赤光』

	九月、一人で『生活と芸術』創刊、挫折した啄木の『樹木と果実』の遺志を継ぐ。	六月二日、岡田、宮崎等函館在住の有志で立待岬に設けた角柱の墓に納骨。暴風雨の中、斉藤大硯が「埋骨の辞」を朗読した。	
一九一四（大正三）年《二十九歳》	二月、『生活と芸術』と『近代思想』合同晩餐会開く、参加者二十一名。 十二月、『生活と芸術』忘年会兼新年会、十五名参加。	四月十三日、等光寺にて啄木三周忌追想会参加者四十名。 内藤鋠策編『石川啄木』抒情詩社	一月、シーメンス事件 四月、阿部次郎『三太郎の日記』 六月、相馬御風『自我生活と文学』 七月、幸田露伴『洗心録』 十月、高村光太郎『道程』
一九一五（大正四）年《三十歳》	一月三日、長男「健児」誕生 二月《生活と芸術》第二巻第六号、初の発禁処分を受ける。 三月『街上不平』（東雲堂） 七月、短歌の三行表記を止める。 『はつ恋』（抒情詩社） 九月、読売新聞社社会部長となる。 九月、『生活と芸術』誌上に「歌壇警語」連載、これにより茂吉との間に六ヶ月の論争行われる。	四月、啄木三周忌追想会、参加者四十名、於、浅草等光寺。窪田空穂、秋田雨雀、荒畑寒村等がスピーチ	五月、日支条約調印 一月、森鷗外『山椒大夫』 二月、徳田秋声『あらくれ』 五月、北原白秋『わすれなぐさ』 七月、有島武郎『宣言』 九月、芥川龍之介『羅生門』
一九一六（大正五）年《三十一歳》	六月、二年十ヶ月全三巻全三十四号を出した『生活と芸術』を突然廃刊。	一月、斉藤茂吉『アララギ』誌上に土岐哀果に論戦を挑む。この頃から哀果（土岐善麿）との	一月、森鷗外『渋江抽斎』 七月、北原白秋『雪と花火』 七月、西村陽吉『都市居住者』

	啄木『我等の一団と彼』(『生活と芸術』叢書第六編)東雲堂 九月、歌集『雑音の中』(東雲堂)	関わり始まる。	八月、永井荷風『腕くらべ』
一九一七 (大正六)年 《三十二歳》	四月、自選歌集『土岐哀果集』(新潮社)出版 四月、「京都—東京駅伝」を発案、ヒットし駅伝マラソンの源となる。 九月、橋本徳寿、入門を乞うが断る。以後、何人《なにびと》の入門も認めず。	八月四日、函館立待岬の旧啄木墓に岡田健蔵の案内で詣でる。 *これまでは大正七年とされていたが冷水茂太の再調査でこの年であることが判明(「周辺小記」『周辺』創刊号一九七二・昭和四十七年)。	一月、田山花袋『一兵卒の銃殺』 五月、坪内逍遥『役の行者』 十月、志賀直哉『和解』
一九一八 (大正七)年 《三十三歳》	九月、土岐哀果編『啄木選集』(新潮社) 十月、読売新聞社を辞めて朝日新聞社に移る。この頃から哀果の雅号を廃止し本名の善麿を使用する。 十一月『緑の地平』(東雲堂)	読売新聞を辞めた後、パン屋でもやろうと考えたが結局杉村楚人冠に誘われて朝日新聞に移った。	八月、シベリア出兵。 八月、米価暴落、米騒動頻発。 三月、葛西善蔵『子を連れて』 四月、有島武郎『生まれ出づる悩み』 五月、島崎藤村『新生』 九月、佐藤春夫『田園の憂鬱』 七月、『赤い鳥』創刊。
一九一九 (大正八)年 《三十四歳》	四月、啄木七周年追想会を等光寺で主催、この席に哀果が編んだ『啄木全集』の見本刷りが届く。	『啄木全集』は哀果の強い要請で新潮社社長佐藤義亮が決断したもの。	一月、菊池寛『恩讐の彼方に』 二月、山本有三『津村教授』 三月、幸田露伴『運命』 八月、斎藤茂吉『童馬漫語』 十一月、武者小路実篤『友情』

一九二〇（大正九）年 《三十五歳》	土岐哀果編『啄木全集』（全三巻　新潮社） 全集はたちまちベストセラーとなり無名だった啄木の名は一躍全国に知れ渡った。	「全集」の印税は遺児に渡されたが啄木がため込んだ東京の下宿代も哀果と金田一京助の手で家主に還元された。	五月、最初のメーデー 九月、『社会主義』創刊
一九二一（大正十）年 《三十六歳》	盛岡での啄木記念碑建立の講演会に出席、帰途、啄木の故郷渋民村を訪問。	哀果は地元青年団から石碑の揮毫を頼まれたがこれを断り、活字体を提案した。	一月、斎藤茂吉『あらたま』 一月、志賀直哉『暗夜行路』 六月、野口雨情『十五夜お月さん』
一九二二（大正十一）年 《三十七歳》	二月、『MITI　NO　UTA』（ローマ字社） 五月、『BARAHIME』（ローマ字社） 六月、朝日新聞社会部次長 十月、『UNMEI』（ローマ字社）	四月、かねて鶴飼橋畔に建立中だった「啄木記念碑」除幕式に出席せずメッセージを送る。	三月、全国水平社創立 六月、日本共産党結成 一月、佐々木信綱『常磐木』 九月、武者小路実篤『人間万歳』
一九二三（大正十二）年 《三十八歳》	九月一日、関東大震災に遭い浜松町の自宅と生家等光寺焼失。 一時、家族と郊外に避難する。		九月一日、関東大震災 九月十六日、大杉栄、憲兵隊の手により虐殺される。
一九二四（大正十三）年 《三十九歳》	四月、学芸部長に昇格。 六月、歌集『緑の斜面』（紅玉堂）	七月、安成貞雄急逝、享年三十九歳。安成は哀果に社会主義や労働運動の人脈を紹介した。	一月、志賀直哉『雨蛙』 六月、野口雨情『青い眼の人形』
一九二五	一月、漢詩和訳『鶯の卵』（ア	四月十三日、啄木十五回忌追悼	

（大正十四）年 《四十歳》	ルス） 四月、初のエッセイ『朝の散歩』（アルス） 十月、歌集『空を仰ぐ』（改造社）	会主催、三十名参加（吉田狐羊が初参加）。	
一九二六 （大正十五・昭和元）年 《四十一歳》	一月、チフスで入院。 六月、朝日新聞調査部長。 七月、「アサヒグラフ」誌のリレー小説「旋風」に柳田國男、与謝野晶子ら二十六人の著名人による異色の企画に土岐善麿も参加。 十二月、『作者別万葉以後』（アルス）	七月、岩手県宮古市の夏期大学の講演の帰途、北上河畔の啄木記念碑を訪れる。 十月、荒畑寒村他『近代思想』創刊。	一月、川端康成「伊豆の踊子」 六月、北原白秋『からたちの花』 九月、山本有三『生きとし生けるもの』 九月、島崎藤村『嵐』 十二月二十五日、大正天皇崩御
一九二七 （昭和二）年 《四十二歳》	四月、随筆集『春帰る』 四月、ジュネーブの世界海軍軍縮会議に朝日新聞特派員として渡欧（帰国十二月）。	渡欧中、ダンチッヒのエスペランチスト万国大会に参加。帰国後に写真や紀行文を「アサヒカメラ」に連載。	三月、芥川龍之介『河童』 五月、久保田万太郎『道芝』
一九二八 （昭和三）年 《四十三歳》	三月、歌集『初夏作品』 七月、『国字国語問題』 十二月、改造社版『石川啄木全集』の版権問題で弁護団を結成し、改造社から版権を遺族に取り戻す。	九月十七日、若山牧水逝去、享年四十三歳。	一月、詩人協会結成。 四月、谷崎潤一郎『卍』 六月、高浜虚子『虚子句集』 七月、山本有三『波』

一九二九 （昭和四）年 《四十四歳》	四月、『外遊心境』（改造社）『文芸の話』（朝日新聞） 十一月、随筆集『柚子の種』（大阪屋号書店）	十一月二十八日、朝日新聞社機「コメット号」に前田夕暮、斉藤茂吉らと搭乗、東京近郊を飛行、機上で作を試みる。	二月、日本プロレタリァ作家同盟結成。 五月、小林多喜二『蟹工船』 八月、窪田空穂『青葉集』 十一月、小林多喜二『不在地主』
一九三〇 （昭和五）年 《四十五歳》	三月、『石川啄木・土岐善麿集』（改造社版「現代短歌全集」第十巻） 五月、石川正雄が創刊した『呼子と口笛』の「雑詠」選者を承諾する。	十二月、啄木の遺児石川京子、房江あいついで病死	十一月、浜口首相狙撃さる 一月、釈迢空『春のことぶれ』 八月、斎藤茂吉『念珠集』 九月、横光利一『機械』
一九三一 （昭和六）年 《四十六歳》	二月、『明治大正史芸術編』（朝日新聞社） 四月、随筆集『焼きりんご』（白帝書房）		九月、満州事変勃発 六月、中野重治『開墾』 七月、小林秀雄『文芸評論』 十月、永井荷風『つゆのあとさき』
一九三二 （昭和七）年 《四十七歳》	四月、『啄木追懐』（改造社） 七月、『文芸遊狂』（立命館）		一月、上海事変 一月、島崎藤村『夜明け前』 八月、林房雄『青年』 十月、山本有三『女の一生』
一九三三 （昭和八）年 《四十八歳》	一月二十四日、「アララギ二十五周年記念祝賀会」義絶状態だった斎藤茂吉から司会を懇請されて引き受ける。	一月二十三日、堺利彦逝去、享年六十四歳。	三月、国際連盟脱退 五月、京大滝川事件 五月、石坂洋次郎『若い人』 十月、徳田秋声『死に親しむ』

	八月、歌曲集『蜂塚縁起』（四条書房） 九月、『土岐善麿新歌集作品Ⅰ』（改造社）		十二月、谷崎潤一郎『陰翳礼賛』
一九三四（昭和九）年《四十九歳》	四月、朝日新聞論説委員 四月、随筆集『晴天手記』（四条書房） 十二月、歌曲集『松の葉帳』（四条書房）		六月、萩原朔太郎『氷島』 七月、丹羽文雄『贅肉』 八月、永井荷風『ひかげの花』 十二月、中原中也『山羊の歌』
一九三五（昭和十）年《五十歳》	この年は珍しく特記すべき事項はなく、作歌もしていない。次の著作のみ。 十一月、随筆集『影を踏む』（四条書房）		九月、芥川賞・直木賞設定 一月、山本有三『真実一路』 五月、土屋文明『山谷集』 九月、水原秋桜子『秋苑』
一九三六（昭和十一）年《五十一歳》	十一月「日本歌人協会」解消、「大日本歌人協会」設立。白秋と共に常任理事に選出。		二月、二・二六事件 一月、佐多稲子『くれなゐ』 六月、岡本かの子『鶴は病みき』 十二月、堀辰雄『風立ちぬ』
一九三七（昭和十二）年《五十二歳》	一月随筆集『紫煙身辺記』（書物展望社）	兄月章逝去、享年六十一歳。	二月、文化勲章制定 二月、水原秋桜子『冬雲雀』 四月、永井荷風『濹東綺譚』 六月、川端康成『雪国』

			八月、伊東光晴『鮫』 十月、島木健作『生活の探求』
一九三八（昭和十三）年 《五十三歳》	六月、随筆集『満日抄』（人文書院） 九月、歌集『作品2近詠』（アオイ書房） 十二月、随筆集『天地自然』	十二月、斉藤茂吉、文部省から委嘱され戦意高揚国民歌「国土」を作詞。	五月、国家総動員法施行 六月、中野重治『汽車の罐炊き』 八月、伊藤整『幽鬼の街』
一九三九（昭和十四）年 《五十四歳》	八月、樺太訪問、帰途札幌に立ち寄る。 九月、初の謡曲「夢殿」制作。 十一月、『能楽拾遺』（謡曲界発行所）	長男健児結婚、海軍現役士官任官。	九月、第二次世界大戦勃発 四月、三好達治『春の岬』 八月、石田波郷『鶴の眼』 十二月、水原秋桜子『蘆刈』
一九四〇（昭和十五）年 《五十五歳》	四月、「紀元二千六百年奉祝記念講演会」で講演。 五月、随筆集『斜面の悒鬱』（八雲書林） 六月、歌集『六月』（八雲書林） 六月、朝日新聞社を定年退社し社友となる。 七月、『田安宗武の天降言』（日本放送協会） 十月、時局対応を巡って「大日本歌人協会」内紛起きる。	『六月』は時局抵抗歌集として反響を呼んだ。出版記念会には歌壇内外から七十九名が集まった。 五月、斉藤茂吉『柿本人麿』の業績に帝国学士院賞授賞。	九月、日独伊三国同盟結成 二月、佐藤春夫『戦線詩集』 五月、横光利一『旅愁』 八月、石田波郷『鶴の眼』 十一月、中村草田男『火の鳥』 十一月、正宗白鳥『他所の恋』 *大政翼賛会設立

	十一月、協会解散。		
一九四一（昭和十六）年《五十六歳》	一月「大日本歌人会」結成、以後歌壇を引退し学究生活に入り「田安宗武」研究に没頭。		十二月八日、太平洋戦争に突入 一月、志賀直哉『早春の旅』 三月、堀辰雄『菜穂子』 六月、徳田秋声『縮図』 八月、幸田露伴『幻談』
一九四二（昭和十七）年《五十七歳》	四月、『田安宗武』第一冊（日本評論社） 四月、『歌・ことば』（天理時報社） 六月、『能楽三断抄』（春秋社） 八月、歌集『周辺』『評伝　高青邸』（いずれも日本評論社）	十一月三日、北原白秋逝去、享年五十七歳。 十一月、斉藤茂吉「愛国百人一首」選定委員となる。	四月、翼賛選挙 五月、日本文学報国会結成 十一月、第一回大東亜文学者会議 十二月、大日本言論報国会結成 二月、斎藤茂吉『白桃』 四月、高村光太郎『大いなる日に』 七月、三好達治『捷報いたる』 十一月、日本文学報国会編『愛国百人一首』
一九四四（昭和十九）年《五十九歳》	一月、能楽『源実朝』（至文堂） 六月、『能楽新来抄』（甲島書林） 十二月、『田安宗武歌集』（書物展望社）	前年八月二十一日、島崎藤村逝去、享年七十二歳。	一月、学徒動員実施 七月、サイパン陥落 七月、東条内閣総辞職 十一月、東京大空襲始まる
一九四五（昭和二十）年	五月二十三日、空襲により目黒自宅焼失、家財一切を失い、埼	長男健児陸軍少佐、六年間の軍務から復員。	四月、米軍、沖縄本島上陸 七月、ポツダム宣言

《六十歳》	玉郡三俣村に疎開。 十月三日、目黒の焼け跡にバラック生活始まる。 十一月、歌集『秋晴』（八雲書店） 十二月、疎開先で知り合った新井脩助の助力で焼け跡に居宅を新築する。	七月、斉藤茂吉、八雲書店企画「決戦歌集」のため二二一首を『万軍』として出版しようとしたが時局判断で断念。 十月三日、杉村楚人冠逝去、享年七十四歳。	八月、広島・長崎に原爆投下される 八月十五日、日本降伏 九月、連合国占領軍進駐 十月、治安維持法廃止 十月、政治犯釈放
一九四六 （昭和二十一）年 《六十一歳》	一月、「新日本歌人協会」設立に参加。 十月、歌集「夏草」（新興出版）	十月、斉藤茂吉、宮内庁から歌会始選者に推薦される。	二月、日本民主主義文化連盟結成 三月、文壇の戦犯問題起こる 五月、極東国際軍事裁判開廷 十一月、新憲法公布
一九四七 （昭和二十二）年 《六十二歳》	二月、『国語と国字問題』（春秋社） 四月、早稲田大学講師（「上代文学」） 五月、「田安宗武」研究による帝国学士院賞授賞 九月、歌集『冬凪』（春秋社） 十月、評伝『京極為兼』（西郊書房）	五月、日本国憲法施行記念式典で善麿が作詞した「われらの日本」（作曲は信時潔）が「君が代」に代わって演奏された。	二月、日本ペンクラブ再建 一月、宮本百合子『二つの庭』 二月、椎名麟三『深夜の酒宴』 三月、村田泰次郎『肉体の門』 七月、太宰治『斜陽』 八月、武田泰淳『蝮のすゑ』 十月、丹羽文雄『哭壁』
一九四八 （昭和二十三）年 《六十三歳》	一月、早稲田大学に提出の学位論文『田安宗武』教授会を通過、文学博士を取得。	六月、文芸誌『余情』特集「土岐善麿研究」 十一月、京都大谷大学非常勤講	六月、国会図書館開館 六月、太宰治自殺 十一月、東京国際軍事裁判判決

	二月、『土岐善麿集』（新人社） 四月、神戸、京都に於ける「啄木祭」に参加。 ＊この年、宮内庁から宮中歌会始の選者に推薦されたが固辞。	師として年五回、集中講義を担当。	一月、石坂洋次郎『石中先生行状記』 四月、井上光晴『落下傘』 六月、太宰治『人間失格』 九月、中山義秀『テニヤンの末日』 十二月、伊藤整『小説の方法』
一九四九（昭和二十四）年 《六十四歳》	一月、歌集『春野』（八雲書店） 二月、歌論集『歌話』（一燈社） ＊この年は各地から講演依頼が多く、よほどのことが無い限りその要請に応じた。		一月、法隆寺金堂火災 四月、芥川賞復活 七月、三鷹・松川事件 十二月、湯川博士ノーベル賞受賞 一月、武者小路実篤『真理先生』 四月、石川達三『風にそよぐ葦』 十月『きけわだつみの声』
一九五〇（昭和二十五）年 《六十五歳》	六月、『宗武・曙覧歌集』（朝日新聞社） ＊この年も地方講演多く、また「校歌」の依頼が急激に増えた。できる限り引き受けるようにした。		六月、朝鮮戦争勃発 七月、レッドパージ開始 一月、大岡昇平『武蔵野夫人』 四月、武田泰淳『異形の者』 六月、獅子文六『自由学校』
一九五一（昭和二十六）年 《六十六歳》	二月、自宅を改装「斜面荘」と名付ける。 四月、日比谷図書館館長に任命されたため慶応大学の講習会に出席して資格を取得した。	十一月、NHKの委嘱により芸術祭参加作品清元の新曲「十三夜」を書き上げる。	九月、講和条約調印 十一月、柳田國男・武者小路実篤・斎藤茂吉文化勲章受賞 一月、大岡昇平『野火』 六月、壺井栄『のぼり窯』

			十二月、飯田蛇笏『雪峡』
一九五三（昭和二十八）年《六十八歳》	この年は茂吉や信夫の他歌誌『群落』創刊者の田中武彦などの死去の報が相次いだ。	二月二十五日、斎藤茂吉逝去、享年七十二歳、善麿は二十六日新宿の自宅に弔問した。 九月三日、折口信夫胃癌で逝去、享年六十六歳。六日の葬儀に参列。	七月、朝鮮戦争休戦協定調印 四月、中山義秀『桃山』 四月、三島由紀夫『夜の向日葵』 五月、椎名麟三『自由の彼方で』
一九五五（昭和三十）年《七十歳》	一月、日本芸術院会員となる。 六月、古希を口実に早稲田大学、日比谷図書館の職を辞退。 八月、歌集『早稲田抄』 十一月、紫綬褒章受章	十月、発起人渡辺順三の提案による浅草等光寺境内に「啄木記念碑」建立、除幕式に金田一京助らと参加。	一月、井上光晴『非情』 五月、堀田善衛『記念碑』 七月、橋本徳寿『日本列島』 八月、武田泰淳『森と湖のまつり』
一九五六（昭和三十一）年《七十一歳》	三月、「日中文化交流協会」創立、理事に就任。 六月、新版『鶯の卵』（春秋社） 十二月、歌論歌話集『万葉以後』（春秋社）		十一月、日ソ共同宣言調印 一月、三島由紀夫『金閣寺』 二月、谷崎潤一郎『鍵』 六月、中村草田男『母郷行』 八月、井上光晴『書かれざる一章』
一九五七（昭和三十二）年《七十二歳》	二月、随筆集『斜面方丈記』（春秋社） 三月、『ことばについて』（郵政弘済会）、『ことば随筆』（宝文館） 四月、『鎌倉室町秀歌』（春秋社）	一月二日、日航の「新年酉歳名士招待飛行」に招かれる。	三月、「チャタレー」裁判最終判決、有罪確定 一月、中野重治『梨の花』 四月、三島由紀夫『美徳のよろめき』 八月、大江健三郎『死者の奢り』

	十二月、『新訳杜甫詩選』春秋社		十二月、井上光夫『人と狼』
一九五八（昭和三十三）年《七十三歳》	二月、歌集『歴史の中の生活者』（春秋社） 四月、文化勲章選考委員となる 十一月、文化功労者に推薦される。		一月、日本新劇協会結成 四月、売春防止法 五月、「週刊読書人」創刊 六月、寺山修司『空には本』 七月、埴谷雄高『第四間氷期』 八月、大岡昇平『花影』
一九五九（昭和三十四）年《七十四歳》	二月、金婚式記念に私家版『相聞抄』（春秋社） 十一月、『ことば風土記』（光書房）	九月十六日、全日空に招かれコンベア機に試乗。 十一月三日、山形市の茂吉文化賞授賞式記念会に茂吉との交遊を講演。	一月、メートル法実施 六月、国立西洋美術館開館 九月、伊勢湾台風 十月、井上靖『蒼き狼』
一九六〇（昭和三十五）年《七十五歳》	四月、中国文字改革学術視察団団長として訪中。 十二月、歌集『額田抄』（初音書房）		一月、日米新安保条約調印 六月、東大生樺美智子デモ中圧死。 七月、岸内閣総辞職 十月、浅沼社会党委員長刺殺される。
一九六二（昭和三十七）年《七十七歳》	八月、『杜甫草堂記』（中略）春秋社） 九月、『近代日本芸術史』（内田老鶴圃）	十一月、NHK芸術祭参加作品世阿弥生誕六百年ラジオドラマ「佐渡夢幻曲」制作放送。	一月、歌会始入選歌盗作事件 三月、著作権改正、有効三十三年に 十月、『悪徳の栄え』無罪判決

一九六三 （昭和三十八）年 《七十八歳》	二月、歌集『四月抄』（東峰出版） この集より作品を「新カナ」表記にする。 七月、随筆集『目前心後』（東峰出版） 十月、『訳注為兼和哥抄』		三月、吉典ちゃん誘拐事件 四月、近代文学館創立 九月、松川事件全員無罪判決 十一月、国鉄鶴見駅で二重衝突事故
一九六四 （昭和三十九）年 《七十九歳》	三月、『若葉抄』（東峰出版） 九月、日中文化交流協会団長として北京、長安等を訪問、帰途中飛行機故障に遭うも難を逃れる。	三月、冷水茂太『評伝土岐善麿』（橋短歌会）善麿初の評伝、六月に出版記念会（明治記念館）に八十余名参加。	東海道新幹線開業 東京オリンピック開催 高見順『死の淵より』 柴田翔『されどわれらが日々』 立原正秋『薪能』
一九六五 （昭和四十）年 《八十歳》	四月、勲二等瑞宝章叙勲の内示あるも辞退。 四月、武蔵野女子大文学部日本文学科教授。 四月、『杜甫門前記』（春秋社）		高度経済成長路線 髙橋和巳『邪宗門』 三島由紀夫『春の雪』 丹羽文雄『親鸞』 高井有一『北の河』 吉本隆明『言語にとって美とは何か』
一九六六 （昭和四十一）年 《八十一歳》	六月、歌集『連山抄』（春秋社） 六月、『生活と芸術』復刻版刊行（明治文献）		佐多稲子『塑像』 福永武彦『死の鳥』 遠藤周作『沈黙』 五木寛之『蒼ざめた馬を見よ』

一九六七（昭和四十二）年《八十二歳》	六月、筑摩書房版『石川啄木全集』の編集委員となる。 九月、『杜甫周辺記』（春秋社） 十月、歌論歌集『歌と人』（廣済堂出版） 十一月、エッセイ集『老荘花信』（東京美術） 十二月、歌集『東西抄』（初音書房）	四月十二日、窪田空穂逝去、享年九十歳、早稲田大隈講堂の葬儀委員長をつとめた。 八月十七日、新村出逝去、享年九十歳。	大江健三郎『万延元年のフットボール』 伊藤整『変容』 大岡昇平『レイテ戦記』 三浦朱門『箱庭』 阿部公房『燃えつきた地図』
一九六八（昭和四十三）年《八十三歳》	三月、『若山牧水、窪田空穂、土岐善麿、前田夕暮』（新潮社版『日本詩人全集』第六巻）出版 六月、新修版『京極兼為』（角川書店）	一月一日、朝日一面トップに「政治家よ、もっと庶民の声を聞け」インタビュー記事九月十三日、NHKテレビ「この人と語る」に出演。	大学紛争起こる 川端康成にノーベル賞 阿川弘之『暗い波濤』 大庭みな子『三匹の蟹』
一九六九（昭和四十四）年《八十四歳》	一月、『日本詩歌』（中央公論社）第一巻『釈迢空。会津八一・窪田空穂・土岐善麿』 三月、随筆集『斜面逃禅記』（光風社書店） 四月、『雪嶺永瑾杜詩抄』（光風社書店）	一月二日、日航の「新年酉年生まれ名士招待飛行」に招かれ太平洋上を巡る。 この年、東京、京都など各地での講演に追われる。	最高裁「サド」裁判に有罪判決 「早稲田文学」復刊 吉行淳之介『暗室』 倉橋由美子『スミヤキストQの冒険』 庄司薫『赤頭巾ちゃん気をつけて』
一九七〇	三月、『新訳杜甫』（光風社書店）		「すばる」復刊

(昭和四十五)年 《八十五歳》			
一九七一 (昭和四十六)年 《八十六歳》	一月、『十方抄』(短歌新聞社) 二月、『京極為兼』(筑摩書房) 六月、『土岐善麿歌集』(光風社書店) 十一月、歌文集『一念抄』(光風社書店)	一月、喜多六平太逝去、享年九十六歳。 五月、金田一京助九十歳祝賀会の発起人となる。 九月、冷水茂太らによる土岐善麿中心の雑誌『周辺』発行計画持ち上がる。	開高健『夏の闇』 新田次郎『八甲田山死の彷徨』 円地文子『遊魂』 井上ひさし『道元の冒険』 野間宏『青年の環』
一九七二 (昭和四十七)年 《八十七歳》	二月。善麿支援誌『周辺』創刊(編集代表冷水茂太)	六月八日、『周辺』主宰「善麿米寿祝賀会」参加者六十八名。十日、朝日新聞旧友会主催、善麿米寿祝賀レセプション、石井光次郎、美土路昌一、荒垣秀雄ら六十名。	沖縄本土復帰 札幌冬季オリンピック 丸谷才一『たった一人の反乱』 有吉佐和子『恍惚の人』 河盛好蔵『パリの憂鬱』
一九七三 (昭和四十八)年 《八十八歳》	六月、随筆集『斜面送春記』(光風社書店) 七月、『杜甫への道』(光風社書店)	二月、日中国交正常化初の団長として訪中、万里の長城を先頭に立って健脚を披露。 十一月、「土岐善麿朗唱レコード」吹き込み(発売・短歌新聞社)。	石油ショック 瀬戸内晴美『抱擁』 安部公房『箱男』 中里恒子『歌枕』
一九七四 (昭和四十九)年		三月、冷水茂太『土岐善麿の歌』(光風社書店)	城山三郎『落日燃ゆ』 和田芳恵『接木の台』

《八十九歳》		六月、卒寿祝賀会と「土岐善麿の歌」出版記念会、八十余名参加。 九月二十一日、NHKラジオ「学生の気分で」を放送。 十一月、全国図書館大会（上野文化会館）で講演。	渋沢孝輔『われアルカディアにもあり』 中島健蔵『回想の文学』
一九七五（昭和五十）年 《九十歳》	五月、『土岐善麿歌論歌話上・下』（木耳社） 六月、『斜面周辺記』（光風社書店）、『訪中記念歌文集『いのちありて』（大法輪閣） 十月、『駅伝五十三次』（蝸牛社）	四月六日、西村陽吉十七回忌法要に参列。	佐多稲子『時に佇つ』 加賀乙彦『宣告』 庄野潤三『丘の明り』 林京子『祭りの場』 八木義徳『風祭』 中上健次『岬』 檀一雄『火宅の人』
一九七六（昭和五十一）年 《九十一歳》	一月、随筆選集『春望』（蝸牛社） 六月、『新作能縁起』（光風社書店） 十一月、阿倍仲麻呂研究『天の原ふりさけ見れば』（蝸牛社）		ロッキード事件 池田満寿夫『エーゲ海に捧ぐ』 村上龍『限りなく透明に近いブルー』 髙橋たか子『誘惑者』
一九七七（昭和五十二）年 《九十二歳》	三月、『斜面季節抄』（木耳社） 四月、小歌集『むさし野十万抄』（蝸牛社） 六月、『歌舞新曲選』（光風社書店）『土岐善麿近作百首墨韻』（蝸	一月、NHKラジオで「九十の春」放送 六月八日、誕辰祝賀の会『周辺』の会主催、百二十名参加 六月二十日、米沢から誕辰 賀	『愛のコリーダ』で大島渚と三一書房が起訴される 和田芳恵『雪女』 竹西寛子『管弦楽』 林京子『ギヤマンビードロ』

	牛社） 六月二十五日、夫人タカ逝去、享年九十歳、法名をつけず寿塔の碑に「一念」の二字のみ。 七月、『斜面彼岸抄』（光風社書店） 十二月、啄木の旧宅だった「喜之床」が明治村に移築されることになり六十六ぶりで清水卯之助、冷水茂太らと旧宅を訪問。	会に参加した大熊信行が逝去、享年八十四歳 十一月、冷水茂太歌集『むらぎも』出版記念会に出席	三田誠広『僕って何』 島尾敏雄『死の棘』 宮本輝『蛍川』
一九七八 （昭和五十三）年 《九十三歳》	六月、『斜面相聞抄』（光風社書店） 十一月、所蔵する石川啄木関連の資料一切を日本近代文学館に寄贈する。	本来であればこれら啄木の資料は善麿が館長を務めた日比谷図書館や函館図書館の啄木文庫に収めても不思議はなかったがこれらを選ばなかった。その理由を善麿は語っていない。	日中平和友好条約調印 鮎川信夫『宿恋行』 芝木好子『羽搏く鳥』 津島祐子『寵児』 木下順二『子午線の祈り』
一九七九 （昭和五十四）年 《九十四歳》	三月、武蔵野女子大学教授を辞退。 六月、『土岐善麿歌集　第二寿塔』（竹頭社） 十二月、角川文化振興財団理事会、これが最後の外出となった。	三月、横浜市立深谷台小学校校歌を作詞、これが最後の作詞となる。是までの校歌作詞は三百以上に及ぶ。 六月八日、中島健蔵逝去、享年七十六歳、弔辞を読む。	河野多恵子『一念の牧歌』 山口瞳『血族』 曾野綾子『神の汚れた手』 北杜夫『輝ける碧き空の下で』 深沢七郎『みちのくの人形たち』 野口冨士男『なぎの葉考』
一九八〇 （昭和五十五）年	三月十四日、午後三時、昏睡状態となり　三月十五日、午前二	三月八日、京都の吉川幸次郎逝去、享年八十二歳、善麿自ら弔	校内暴力・家庭内暴力現象

《九十五歳》	時十五分、老衰で逝去。生前の善麿の意志により戒名はつけず生家浅草等光寺境内に「一念」と刻印した石塔に三年前に亡くなった妻タカと二人で眠っている。	電を打つ。	青島幸男『人間万事塞翁が丙午』 田久保英夫『雨飾り』 田中康夫『なんとなく、クリスタル』 つかこうへい『蒲田行進曲』 佐伯彰一『近代日本の自伝』

＊参考：①「冷水茂太編『土岐善麿年譜』（『周辺』終刊号　一九五九年）
②「冷水茂太編「参考文献」（人物書誌大系『土岐善麿』紀伊國屋書店　一九八三年）
③余情編集部編「土岐善麿年譜」（『余情』第七集「土岐善麿研究」千日書房　一九四八年）
④「久松潜一・吉田精一編『近代日本文学辞典』東京堂出版　一九五四年）
⑤『増補改訂　新潮日本文学事典』新潮社　一九八八年）

参考文献

【全般】

佐藤　勝編『石川啄木文献書誌集大成』武蔵野書房　一九九九年
岩城之徳他編『石川啄木全集』（全八巻）筑摩書房　一九七九年
土岐哀果編『啄木全集』（全三巻）新潮社　一九一九年
土岐善麿編『生活と芸術』（第一巻第一号―第三巻第十号　全三十四冊）東雲堂書店　（復刻版　明治文献資料刊行会　一九六七年）
大杉栄編『近代思想』（復刻版）近代思想社　一九一二・大正元年～一九一六・大正五年
冷水茂太編『周辺』（光風社書店　一九七二・昭和四十七年～一九八〇・昭和五十五年（一巻一号～九巻二号）

【土岐善麿関連】（順不同）

冷水茂太『評伝　土岐善麿』橋短歌会　一九六四年
冷水茂太『土岐善麿考』青山館　一九八五年
冷水茂太『啄木と哀果』学灯社　一九六六年
冷水茂太『啄木私稿』清水弘文堂　一九七八年
冷水茂太『大日本歌人協会』短歌新聞社　一九六五年
冷水茂太編『周辺―土岐善麿追悼特集』周辺の会　一九八〇年
冷水茂太『斜面慕情』短歌周辺社　一九八二年
土岐善麿『国語と国字問題』春秋社　一九四七年
土岐善麿『啄木遺稿』東雲堂　一九一三年
土岐善麿『啄木追懐』改造社　一九三二年
土岐善麿『春望―自選エッセイ集』蝸牛社　一九七六年

土岐哀果『佇みて・黄昏に』春陽堂書店　一九三六年
土岐哀果『雑音の中』東雲堂書店　一九一六年
土岐善麿『短歌―啄木とその時代』（四月号）角川書店　一九六一年
土岐哀果『緑の地平』東雲堂書店　一九一八年
土岐哀果『黄昏に』西郊書房　一九四八年
土岐善麿『六月』八雲書林　一九四〇年
土岐善麿『周辺』日本評論社　一九四二年
土岐善麿『斜面の憂鬱』八雲書林　一九四〇年
土岐善麿『土岐善麿歌論歌話　上・下』木耳社　一九七五年
土岐善麿『不平なく』春陽堂　一九一三年
土岐善麿『晴天手記』四条書房　一九三四年
土岐善麿『緑の斜面』紅玉堂　一九二四年
土岐善麿『歌集』日本評論社　一九四八年
土岐善麿『土岐善麿歌集』光風社書店　一九七一年
土岐哀果『生活と芸術』東雲堂　一九一三年―一九一六年六月（創刊号〜廃刊号）
土岐哀果編『啄木選集』新潮社　一九一八年
土岐善麿『斜面相聞抄』光風社書店　一九七八年
土岐善麿『斜面逃禪記』光風社書店　一九六九年
土岐善麿『近代日本芸術史』内田老鶴圃　一九六二年
土岐善麿『斜面周辺記』光風社書店　一九七五年
土岐善麿『ことば随筆』宝文館　一九五七年
土岐善麿『斜面送春記』光風社書店　一九七三年
土岐善麿『斜面季節抄』木耳社　一九七七年
土岐善麿『駅伝五十三次』蝸牛社　一九七五年

土岐善麿『一念抄』光風社書店　一九七一年
土岐善麿『目前心後』東峰出版株式会社　一九六三年
土岐善麿『十方抄』短歌新聞社　一九七一年
土岐善麿『紫煙身辺記』書物展望社　一九三七年
土岐善麿『斜面方丈記』春秋社　一九五七年
土岐善麿『天地自然』日本評論社　一九三八年
土岐善麿『文芸の話』朝日新聞社　一九二九年
土岐善麿『影を踏む』四条書房　一九三五年
土岐善麿『満目抄』人文書院　一九三八年
土岐善麿『老荘花信』東京美術　一九七七年
土岐善麿『朝の散歩』アルス　一九二五年
土岐善麿『土岐善麿集』新人社　一九四八年
土岐善麿『外遊心境』改造社　一九二九年
土岐善麿『春帰る』人文会　一九二七年
土岐善麿『斜面彼岸抄』光風社書店　一九七七年
土岐善麿『歌話』一燈書房　一九四九年
土岐善麿『やきりんご』白帝書房　一九三一年
土岐善麿『ことば風土記』光書房　一九五九年
土岐善麿『柚子の種』大阪屋号書店　一九二九年
土岐善麿『文芸遊狂』立命館出版部　一九三二年
TOKIAIKA『NAKIWARAI』TOKYO ROMAJI-HIROME-KAI MJ.43 GT(1910)
土岐善麿『明治大正芸術史』新潮社　一九三六年
武川忠一『土岐善麿』桜楓社
土岐善麿『能楽拾遺』謡曲界発行所　一九三九年

土岐善麿『歌集　相聞抄』春秋社　一九五九年
土岐善麿『杜甫門前記』春秋社　一九六五年
土岐善麿『杜甫周辺記』春秋社　一九六七年
土岐善麿『杜甫への道』光風社書店　一九七三年

【雑誌関連】
「土岐善麿研究」『余情―第七集』千日書房　一九四八年
「土岐善麿が語る初の個人史」『短歌―特集現代短歌のすべて』角川書店　一九七七・昭和五十二年七月　臨時増刊号
「五十年の後―啄木追懐五十首」『短歌―特集啄木とその時代』第四号　角川書店　一九六一年
「土岐善麿追悼特集」『短歌』角川書店　一九八〇年六月号
「土岐善麿特集」『啄木研究』洋洋社　一九八一年
「特集・土岐善麿」『短歌』角川書店　一九八五年十月号

【斉藤茂吉関連】
斎藤茂太『斉藤茂吉全集　全三十六巻』岩波書店　一九七三年
斎藤茂吉『浅流』八雲書店　一九四六年
斎藤茂吉「雪」『思索』第一号　青磁社　一九四六年
斉藤茂吉『童馬漫語』斉藤書店　一九四八年
斉藤茂吉・佐々木信綱選『支那事変歌集』三省堂　一九三八年
斉藤茂吉・土屋文明編『支那事変歌集―アララギ年刊歌集別編』岩波書店　一九三八年
藤岡武雄『年譜　斉藤茂吉伝』図書新聞社　一九六七年
山口茂吉他編『斉藤茂吉歌集』岩波書店　一九五八年
矢沢永一編『斉藤茂吉』新潮社　一九八五年
薄井忠男『斉藤茂吉論序説』桜楓社　一九七二年

本林勝夫『斉藤茂吉論』角川書店　一九七一年
佐藤佐太郎『斉藤茂吉言行』角川書店　一九七三年
斎藤茂太『茂吉の体臭』岩波書店　一九六四年
柴生田稔『斉藤茂吉伝』新潮社　一九七九年
柴生田稔『続斉藤茂吉伝』新潮社　一九八〇年
秋葉四郎『茂吉　幻の歌集『萬軍』』岩波書店　二〇一二年

【その他】

清水弥太郎編『聖戦歌集』岡倉書房　一九四一年
読売新聞社編『聖戦歌集』岡倉書房　一九四一年
荻野恭茂『新万葉集の成立に関する研究』（自宅出版）一九六八年
前田夕暮編『昭和十五年　年刊歌集』大日本歌人協会出版部　一九四〇年
若山牧水『若山牧水歌集』岩波書店　一九三六年
北原白秋『北原白秋歌集』岩波書店　一九九九年
佐藤一斎『言志四録（一）〜（四）』講談社　一九七八年

筆者紹介■長浜　功（ながはま　いさお）

1941 年北海道生まれ、北海道大学教育学部、同大学院修士、博士課程を経て上京、法政大学非常勤講師等を歴任後、東京学芸大学常勤講師に任用、以後同助教授、教授、同博士課程連合大学院講座主任、2007 年定年退職（濫発される「名誉教授」号は辞退）

【主な著書】
『教育の戦争責任—教育学者の思想と行動』1979 年　大原新生社
『常民教育論—柳田國男の教育観』1882 年　新泉社
『昭和教育史の空白』1986 年　日本図書センター
『教育芸術論—教育再生の模索』1989 年　明石書店
『彷徨のまなざし—宮本常一の旅と学問』1996 年　明石書店
『北大路魯山人—人と芸術』2000 年　双葉社
『石川啄木という生き方』2008 年　社会評論社
『啄木を支えた北の大地』2012 年　社会評論社
『「啄木日記」公刊過程の真相』2013 年　社会評論社
『啄木の意志を継いだ土岐哀果』2017 年　社会評論社

【未刊原稿】
『北大路魯山人を巡る５人の男たち—荒川豊蔵・加藤唐九郎・小山冨士夫・秦秀雄・白崎秀雄』2006 年
『なまくら教授の最終講義—教育の原点を問い続けて』2007 年
『石川啄木と野口雨情—北海道時代の葛藤』2008 年
『啄木と「小樽日報」隠謀事件の再検証』2009 年

明治・大正・昭和を生き抜いた
孤高の歌人　土岐善麿

2018 年 4 月 12 日　初版第 1 刷発行

著　者　長浜　功
発行人　松田健二
発行所　株式会社 社会評論社
東京都文京区本郷 2-3-10　〒 113-0033
tel. 03-3814-3861/fax. 03-3818-2808
http://www.shahyo.com/

装幀・組版デザイン　中野多恵子
印刷・製本　株式会社ミツワ

井上理恵の著作

日本近代演劇の幕をあけた音二郎と貞奴。内外の新資料を駆使して、彼らのさまざまな演劇的冒険と破天荒な生涯の全容を明らかにする本書は、日本近代演劇史研究の画期をひらく。

川上音二郎と貞奴
明治の演劇はじまる

第一章　川上音二郎の登場
第二章　中村座の大成功・巴里・日清戦争
第三章　文芸作品の上演と川上座
第四章　「金色夜叉」初演から海外への旅たち

四六判上製304ページ／定価：本体2700円＋税

川上音二郎と貞奴 II
世界を巡演する

第一章　アメリカ大陸横断　一八九九年
第二章　ヨーロッパ　一九〇〇年
第三章　帰国そして再渡欧　一九〇一年〜〇二年
・川上一座巡演作品一覧

四六判上製288ページ／定価：本体2800円＋税

川上音二郎と貞奴 III
ストレートプレイ登場する

第一章　世界巡演を振りかえる
——明治政府のプロパガンダとしての身体・表象
第二章　正劇「オセロ」の上演
第三章　シェイクスピア作品とお伽芝居
第四章　俳優養成・帝国劇場・大阪帝國座
第五章　大阪帝國座開場

四六判上製288ページ／定価：本体3000円＋税

A Bilingual Edition of *Three Sewa-mono* Plays by Chikamatsu Monzaemon

Adapted and Translated by Masako Yuasa

対訳 湯浅版

近松世話物戯曲集

翻案・英訳 湯浅雅子

国際演劇プロジェクト(近松プロジェクト)で舞台化した『女殺油地獄』『堀川波鼓』『今宮の心中』三作品の翻案戯曲の英語・日本語対訳。上演時の公演ポスター、舞台写真、舞台図を収録。序:鳥越文蔵(早稲田大学名誉教授)

(ゆあさ・まさこ　英国リーズ大学大学院博士終了。演劇学専攻。現在、英国ハル大学名誉研究員。これまでにリーズ大学ワークショップ・シアターで、清水邦夫、別役実、岩松了、岸田國士の作品を英訳・演出上演した。)

ISBN978-4-7845-1131-0 C0030　定価=本体4、500円+税　A5判上製/416頁

革命伝説・宮本研の劇世界

日本近代演劇史研究会／編

執筆／菊川徳之助、井上理恵、今井克佳、阿部由香子、林廣親、伊藤真紀、宮本啓子、鈴木彩、斎藤偕子、根岸理子、内田秀樹、ボイド眞理子、湯浅雅子

不発に終わった日本の〝革命〟というボールを舞台にあげてゴールを探し求めて歩いていった劇作家の軌跡を照らす。

四六判上製３４４頁
定価＝本体３２００円＋税

宮本　研（みやもとけん）１９２６～１９８８　熊本県宇土郡生まれ、天草・佐世保・北京で育つ。九州帝国大学経済学部卒業。法務省在職中、演劇サークル「麦の会」で作・演出を担当して演劇界へ。１９６３年「明治の柩」で芸術祭奨励賞を受賞。

演　劇

[改訂版] 20世紀の戯曲

日本近代戯曲の世界

●日本近代演劇史研究会編

A5判★4700円／0170-0

河竹黙阿弥から森本薫まで——。近代日本の51人の作家と作品に関する評論を集成。近代演劇史を読み直す共同研究の成果。(2005・6)

20世紀の戯曲・II

現代戯曲の展開

●日本近代演劇史研究会編

A5判★5800円／0165-6

敗戦後、新登場した劇作家——菊田一夫・木下順二・福田恆存・飯沢匡・三島由紀夫から、60年代に新たな劇世界を創りあげた福田善之・別役実・宮本研・山崎正和・寺山修司・唐十郎・清水邦夫などの作家と作品への批評。(2002・7)

20世紀の戯曲・III

現代戯曲の変貌

●日本近代演劇史研究会編

A5判★6200円／0169-4

つかこうへい・別役実・鴻上尚史・野田秀樹・如月小春・渡辺えり子・井上ひさしなど、現代演劇の最前線の作品を論じる戯曲評論集。(2005・6)

近代演劇の扉をあける

ドラマトゥルギーの社会学

●井上理恵

A5判★4500円／0162-5

近代戯曲の代表的作品を、ドラマ論の視座から再読し、近代の曙とともに展開された芸術運動としての近代演劇史の扉をあける。社会史としての演劇研究。(1999・12)

久保栄の世界

●井上理恵

A5変型判★4000円／0121-2

リアリズム演劇の確立に大きな足跡を残した劇作家・久保栄は、1926年築地小劇場に入ってからの32年間、翻訳・評論・戯曲・演出・小説の分野で生きた。「火山灰地」論を中心とした初の本格的な久保栄研究。(1989・10)

菊田一夫の仕事

浅草・日比谷・宝塚

●井上理恵

A5判★2700円／0199-1

ラジオ・テレビドラマ、映画、演劇、ミュージカルのヒット作を数多く世に送り出した菊田一夫。「誠実と純情がヒゲをはやして眼鏡をかけて」、人よりも何歩も先を歩いた演劇人の足跡をたどる。(2011・6)

ドラマ解読

映画・テレビ・演劇批評

●井上理恵

四六判★2200円／0191-5

第一部＝ドラマ批評、第二部＝戯曲分析、第三部＝劇作家編で構成されている。女性の視点から、テレビ、映画、演劇におよぶジャンル横断的なドラマ批評と作家論。(2009・5)

木下順二の世界

敗戦日本と向きあって

●井上理恵編著

四六判★2600円／1132-7

「風浪」、「山脈」、「夕鶴」、「暗い花火」、「蛙昇天」、「沖縄」、「オットーと呼ばれる日本人」、「白い夜の宴」、「子午線の祀り」、そして小説『無限軌道』。歴史的岐路にたつ今日の日本の情況を照射する、木下ドラマの全貌。(2014・2)

表示価格は税抜きです